균림천하

KB012479

군림천하 29

1판 1쇄 발행 2015년 1월 9일
1판 2쇄 발행 2020년 1월 6일

지은이 | **용대운**
발행인 | 신현호
편집장 | 이환진
편집부 | 이호준 송영규 최종건 정재웅 박건순 양동훈 곽원호
편집디자인 | 한방울
영업 · 관리 | 김민원 조은걸 조인희

펴낸곳 | ㈜ 디앤씨미디어
등록 | 2002년 4월 25일 제20-260호
주소 | 서울시 구로구 디지털로 26길 111 JnK디지털타워 503호
전화 | 02-333-2513(대표)
팩시밀리 | 02-333-2514
E-mail | papy_dnc@dncmedia.co.kr
홈페이지 | www.ipapyrus.co.kr

값 9,000원

ISBN 978-89-267-1686-1 04810
ISBN 978-89-267-1535-2 (SET)

용대운 대하소설

군림천하

君臨天下

4부 천하의 문[天下之門]

29

절대암류(絶代暗流) 편

PAPYRUS
파피루스

目次

흑룡강
길림
요녕
신강
내몽고
하북
삼월보
산서
검보
녕하
섬서
산동
청해
감숙
초가보
화산파
석가장
곤륜파
공동파
소림사
남궁세가
강소
종남파
하남
안휘
혁리가
남해 청조각
서장
청성파
무당파
사천
당문
호북
구궁보
절강
포달랍궁
구양가
아미파
호남
강서
귀주
복건
형산파
점창파
운남
광서
광동
君臨天下 武林全圖
해남검파
해남도

제 292 장

백아절현(伯牙絕絃)

제 292 장 백아절현(伯牙絶絃)

진산월의 시선이 빠르게 청삼 노인의 전신을 훑고 지나갔다.

외관상으로는 여느 평범한 노인과 크게 다를 바가 없었다. 하나 진산월은 노인의 유난히 긴 팔과 허리 뒤춤에 매여 겉으로는 잘 보이지 않는 작은 가죽 주머니가 이상하게 신경이 쓰였다.

청삼 노인은 손에 잎이 주렁주렁 달린 버드나무 가지를 들고 있었는데, 그중 한 부분이 잘려 있는 것이 유난히 눈에 들어왔다. 아마도 조금 전에 날아온 나뭇가지를 떼어 낸 자국 같았다.

"좋은 분위기를 깬 것 같아 미안하네. 하지만 기다리기가 너무 지루해서 말이지. 나이를 먹을수록 점점 참을성이 없어지더군."

용모와는 어울리지 않는 맑고 깨끗한 음성이었다. 목소리만 들으면 누구라도 중년인의 것이라고밖에 생각하지 않았을 것이다.

진산월은 노인의 주름진 눈을 뚫어지게 바라보고 있다가 뜨락

쪽으로 한 발 움직였다.

"노인장은 뉘신데 야심한 시각에 남의 숙소에 함부로 들어와 있는 것이오?"

"자네들에게 용무가 있어서 말이지."

진산월의 표정이 살짝 변했다.

"우리 두 사람에게 말이오?"

"그러네. 자네와 자네의 여자, 아니, 모용 공자의 약혼녀라고 해야 하나? 아무튼 자네가 몸으로 가리려고 애쓰는 그 여자에게도 용무가 있지."

진산월은 처음에는 청삼 노인이 자신을 노리고 찾아온 쾌의당의 천살령주가 아닐까 생각했었는데, 자신뿐 아니라 임영옥까지 목표로 두고 있다고 하자 불같은 의혹이 일어나는 것을 참기 힘들었다.

"노인장은 대체 누구요?"

"밤잠이 없고 걱정거리가 많은 늙은이라고 해 두지. 그보다 말일세."

청삼 노인의 두 눈이 유난히 투명한 빛으로 물들었다.

"자네의 검법이 당대 제일이라고 하기에 은근히 기대를 했는데, 오늘은 보기 힘들겠군. 아쉬워, 정말 아쉬운 일이야."

진산월은 늘 용영검을 차고 다녔으나, 지금은 숙소에 머물러 있느라 검을 잠깐 풀어 놓은 상태였다. 진산월도 그 점에 대해서 아쉽기는 마찬가지였다. 설마 깊은 야밤에 이런 일을 당하게 되리라고 어찌 상상이나 할 수 있겠는가?

청삼 노인은 자연스런 동작으로 손에 들고 있는 나뭇가지를 다시 하나 꺾었다.

"얼마 전에 자네가 복양 늙은이를 만났다더군. 그를 좋은 곳으로 보내 줬다지?"

진산월은 청삼 노인이 거론하는 사람이 음양신마 복양유임을 알아차렸다.

"음양신마와는 어떤 사이요?"

"글쎄. 젊었을 적에는 필생의 원수와도 같은 경쟁 상대였고, 점차 나이를 먹어서는 꼴도 보기 싫은 미운 존재였지. 하지만 오랜 세월이 흘러 같이 늙어지니 어느덧 흉허물 없는 묵은 술 같은 관계가 되더군. 굳이 말하자면 멀리 떨어져 있어도 서로 마음이 통하는 막역지우(莫逆之友)라고나 할까? 그는 나에게 종자기(鍾子期)나 마찬가지였네."

종자기는 춘추시대의 거문고의 명인(名人)인 백아(伯牙)의 둘도 없는 친구였다. 백아가 거문고를 타면 종자기는 그 소리를 듣고 백아가 무슨 생각을 하고 있는지를 알아차렸다. 훗날 종자기가 죽자 백아는 세상에 자신을 알아주는 사람이 없음을 슬퍼하며 거문고의 현을 끊고 더 이상 거문고를 타지 않았다고 한다.

이른바 백아절현(伯牙絕絃)의 고사였다.

"음양신마의 복수를 위해서 온 것이오?"

진산월의 물음에 청삼 노인의 주름진 얼굴에 처음으로 미소 비슷한 것이 떠올랐다.

"복수라. 모처럼 들어 보는 단어로군. 강호에 발을 들여놓는다는 건 언제 누군가의 손에 목숨이 끊어져도 기꺼이 감수하겠다는 각오가 되어 있다는 뜻일세. 그러니 복수가 무슨 의미가 있겠나?"

청삼 노인이 손을 움직이는 것은 보지 못했다. 다만 진산월은 서늘한 기운 한 가닥이 자신의 미간을 향해 다가오고 있다는 느낌이 들었을 뿐이다. 그는 반사적으로 옆으로 목을 틀었다.

무언가 차갑고 서늘한 것이 코끝을 스치듯 지나가는 것을 느끼고 진산월은 머리끝이 쭈뼛거렸다.

돌아보니 등 뒤의 벽에 나뭇가지 하나가 깊숙이 박혀 있었다. 조금 전 청삼 노인이 손에 들고 만지작거리던 나뭇가지였다.

청삼 노인의 입가에 떠올라 있는 미소가 조금 더 짙어졌다.

"자네는 듣던 것과는 달리 조금 둔하군. 그래서야 이 험난한 강호에서 어찌 목숨을 부지할 수 있겠나?"

말을 하면서 다시 청삼 노인은 가지 하나를 꺾고 있었다.

어찌 보면 어린아이가 장난을 치는 것 같기도 했고, 어찌 보면 노련한 정원사가 나무를 손질하는 모습 같기도 했다. 하나 진산월의 눈에는 무서운 솜씨를 지닌 검객이 예리한 검을 뽑아 드는 것처럼 생각되었다.

분명 청삼 노인은 나뭇가지를 꺾어서 던진 것뿐인데, 전혀 그런 기척을 느낄 수가 없었다. 심지어 나뭇가지가 자신의 지척에 이르도록 그것을 제대로 인지하지 못했으니, 진산월 자신도 믿어지지 않을 정도였다.

그러고 보니 예전에도 비슷한 경험을 한 적이 있었다. 영하 강변에서 금도무적 양천해와 생사의 격전을 벌인 후, 잠시 영문도 모르고 정신을 잃고 말았었다. 나중에야 진산월은 자신이 소수마후의 선녀호접표에 당했다는 것을 알게 되었으나, 설사 알았다고 해도 그녀의 공격을 막을 수 있을지는 자신할 수 없었다. 그만큼 당시 그녀의 공격은 은밀하면서도 가공스럽기 그지없는 것이었다.

그런데 오늘 다시 그녀에 비견될 만한 암기술의 절정고수를 만나게 된 것이다.

더구나 수중에는 용영검도 없고, 옆에는 반드시 지켜야 하는 임영옥이 있었다. 여러 가지로 너무나 불리한 상황이라 진산월로서도 잠시 아득한 기분이 들지 않을 수 없었다.

단순한 나뭇가지로도 이러한 위력을 발휘할진대, 청삼 노인이 제대로 된 암기를 사용한다면 과연 자신은 막을 수 있을 것인가? 만에 하나 자신이 그를 막지 못한다면 임영옥은 어떻게 될 것인가?

그리고 종남파는?

한순간의 암담함을 억누를 수 있었던 것은 오랫동안 수많은 시련을 극복하면서 형성된 불굴의 의지 때문이었다. 진산월은 물러서거나 회피하지 않고 오히려 성큼 뜨락 아래로 내려섰다.

그것을 본 청삼 노인의 무심한 눈에 살짝 이채가 떠올랐다.

"제대로 해 볼 셈이로군. 그것도 좋지."

이번에는 아예 어떤 기척도 느끼지 못했다. 단지 그때 임영옥의 음성만이 들려왔을 뿐이다.

"오른쪽이에요!"

진산월은 본능적으로 왼쪽으로 몸을 비틀었다가 그 탄력을 이용해 앞으로 달려 나갔다. 이대로 거리를 두어 서는 도저히 승산이 없다고 판단한 것이다. 굳이 뒤돌아보지 않아도 자신이 서 있던 공간을 지나 뒤쪽 바닥에 나뭇가지 하나가 깊숙이 틀어박힌 것을 알 수 있었다.

진산월은 단숨에 청삼 노인의 앞으로 다가가서 주먹을 휘두르려 했다. 하나 그가 채 반도 접근하기 전에 청삼 노인은 훌쩍 신형을 날려 뒤로 물러났다.

"오늘은 그냥 인사만 하려고 들른 것이니 너무 힘을 쓸 것 없네."

청삼 노인의 음성은 여전히 청명했으나, 진산월에게는 조롱으로밖에 느껴지지 않았다.

"나를 희롱하려는 것이오?"

청삼 노인은 의외로 진중한 표정으로 입을 열었다.

"그럴 리 있나? 노부가 듣기로는 자네가 복양 늙은이의 시신을 얌전히 돌려보냈다고 하더군. 덕분에 복양 늙은이는 늙고 추한 몸이나마 제대로 된 안식을 누릴 수 있게 되었네. 그래서 한 번은 자네에게 기회를 주려고 한 것일세."

"무슨 기회 말이오?"

"맛보기 할 기회라고 해 두지."

"이게 맛보기란 말이오?"

청삼 노인은 수중에 들고 있는 몇 가닥 남지 않은 나뭇가지를 바닥에 던져 버렸다.

"그럼 이런 것에 내 제대로 된 솜씨를 담을 수 있을 것이라 생각하나? 다음에는 정말 각오하는 게 좋을 걸세."

"언제 말이오?"

"기다리면 알게 될 걸세."

청삼 노인은 알 듯 모를 듯한 말을 하며 몸을 돌렸다. 그러다 다시 돌아보며 빙그레 웃었다.

"자네의 여자 말일세. 기척을 알아차리는 솜씨가 자네보다 나은 것 같군. 그녀의 도움을 받아보지 그러나. 혹시 아는가? 노부의 공격을 한 번 정도는 피할 수 있을지……."

그의 몸은 곧 어둠 속으로 사라져 버렸다.

진산월은 그 자리에 우뚝 선 채 그가 사라진 곳을 가만히 바라보았다.

지금 그의 심정은 그 자신도 모를 정도로 세차게 요동치고 있었다. 이토록 심한 무력감을 느낀 것은 중봉의 석실을 나온 이후 처음이었다.

청삼 노인은 단지 세 번 손을 썼을 뿐이지만 그는 처음 두 번의 공격만 간신히 알아차렸을 뿐, 세 번째에는 공격을 인식조차 하지 못했다. 생각해 보면 처음의 공격은 자신의 등장을 알리기 위해 일부러 기척을 흘린 것이 분명해 보였고, 두 번째는 전력을 다하지 않아서 기세도 훨씬 떨어진 다분히 형식적인 공격이었다.

세 번째가 비로소 제대로 된 공격이었는데, 진산월은 임영옥이 말해 줄 때까지 상대의 공격이 자신의 어디를 노리고 날아들었는지 알아차리지 못했다. 뻔히 눈앞에서 상대가 공격을 해 왔는데도 그것을 간파하지 못했다는 것은 무림인으로서 수치스러운 일이었다.

진산월이 받은 충격은 더욱 클 수밖에 없었다. 자신의 무공에 대한 나름대로의 확신을 가지고 있었는데, 그 확신이 철저하게 깨진 것이다.

사락사락…….

옷자락 스치는 소리와 함께 한 가닥 그윽한 내음이 다가왔다. 그 내음을 맡자 진산월은 들끓었던 마음이 이내 조금씩 가라앉는 것을 느꼈다.

"사형."

그녀의 음성에는 짙은 수심이 담겨 있었다.

진산월은 그녀를 돌아보며 빙긋 웃었다.

"사매에게 못난 모습을 보였군."

"사형……."

"아무래도 이번에는 호된 적을 만난 것 같아."

"사형, 음양신마와 싸운 적이 있어요?"

진산월은 살짝 고개를 끄덕였다.

"얼마 전에. 유 대협을 구하러 가는 길에 그를 만났지."

"왜 말을 안 했어요?"

"이미 지난 일이었는걸."

임영옥은 지그시 진산월을 바라보았다.

"내가 걱정할까 봐 그랬지요?"

"조만간 상황을 봐서 말할 생각이었어. 그럴 기회가 없었을 뿐이지."

"그래서…… 그를 이겼나요?"

"운이 좋았어. 그는 내 검만 경계하고 있다가 장(掌)에 당하고 말았지."

"태인장을 쓰셨어요?"

"응. 검만으로는 도저히 승부가 날 것 같지 않았어."

"사형에게는 검정중원이 있잖아요."

"그건 당분간 쓰지 않을 생각이야."

"왜요?"

"몇 군데 보충할 곳이 있거든. 미흡한 데가 계속 거슬려서 선뜻 사용할 마음이 생기지 않아."

임영옥의 눈이 어느 때보다 영롱하게 반짝였다.

"그게 완성되면 정말 무적의 검초가 되겠군요."

"그거야 모르지. 오늘 같은 일이 생기리라고는 조금 전까지도 전혀 예상치 못했잖아."

임영옥은 그의 손을 꼬옥 움켜잡았다.

"사형은 반드시 극복할 수 있을 거예요."

그 음성에 담긴 간절한 염원을 진산월은 너무도 절실하게 느낄 수 있었다.

"그래, 반드시 그렇게 될 거야."

"그 노인의 정체가 뭘까요?"

"아까부터 생각해 보았는데, 한 사람밖에 떠오르지 않더군."

"그게 누군데요?"

"천수나타 당각."

진산월의 음성은 어느 때보다 담담했다. 하나 그 음성을 들은 임영옥의 표정은 삽시간에 창백하게 굳어졌다.

"무림구봉 중의 수봉 말인가요?"

"그래. 백건에 청삼은 사천 당문의 대표적인 복장이야. 당문이 비록 독과 암기로 명성을 날리고 있지만, 그 정도의 암기술을 지닌 자는 그들 중에서도 오직 한 사람 뿐이지."

천수나타 당각은 자타가 공인하는 무림 제일의 암기 고수였다. 그의 무공 수준을 천하제일이라고 하는 사람은 없지만, 적어도 암기술에 관한 한 그는 강호무쌍(江湖無雙)이었다. 더구나 그는 일대일의 대결에서는 아직까지 단 한 번도 패한 적이 없으며, 그와의 대결에서 살아남은 사람도 없다고 알려져 있었다.

암기 무공 자체가 워낙 살상력이 강한 데다, 당각이 사용하는 암기의 위력이 너무나 강력해서 누구도 그의 손 아래 살아남지 못했던 것이다.

청삼 노인이 당각이라면 그의 공격에 진산월이 제대로 대응하지 못하고 어려워했던 것도 이해가 가지 않는 것은 아니었다. 오히려 소리도 없고 기척도 없는 그의 공격을 임영옥이 알아차린 것이 더욱 놀라운 일일 것이다.

임영옥의 두 눈에 걱정스러운 빛이 가득 떠올랐다.

"당각이 정말 음양신마의 죽음 때문에 사형을 찾아온 것일까요?"

"단순히 그런 것 같지는 않군. 무언가 나에게 다른 목적이 있을 거야. 그리고 사매에게도……."

"당각이 제게 목적이 있다면 그 이유는 오직 한 가지뿐일 거예요."

임영옥은 손을 들어 자신의 풍성한 머리 한쪽에 꽂혀 있는 봉황 문양의 비녀를 뽑아 들었다.

진산월은 한 눈에 그것을 알아보았다.

"봉황금시."

"그래요. 당각은 저와 일면식도 없을 뿐 아니라 어떠한 접점도 없는 사람이에요. 아무리 생각해 보아도 이 봉황금시 외에는 그가 저에게 관심을 가지고 있는 이유를 떠올릴 수 없군요."

봉황금시!

진산월을 비롯한 종남파 사람들에게는 참으로 질긴 인연을 가진 물건이었다. 아니, 그것은 차라리 악연(惡緣)이라고 해야 옳을 것이다.

사 년 전에도 이 물건 때문에 많은 고초를 겪어야 했고, 얼마 전에도 신목령은 물론이고 흑갈방과 쾌의당의 공격을 받아야만 했다. 그런데 그녀의 말이 맞다면 이 물건 때문에 이제는 무림 최고의 암기 고수를 상대해야 하는 것이다.

전대의 천하제일미인인 백모란의 신물이며, 또한 천룡객 석동의 물건인 천룡궤를 열 수 있는 열쇠라고만 알려진 이 작은 비녀는 대체 어떤 비밀을 지니고 있단 말인가?

진산월은 그녀의 손 위에 놓여 있는 세 치 길이의 금빛 열쇠를 뚫어지게 바라보더니 낮은 음성으로 말했다.

"이상한 일이로군."

"왜요?"

"봉황금시의 용도는 천룡궤를 여는 열쇠일 뿐이야. 그런데 나는 그 천룡궤를 모용 대협에게 전해 주었지. 그렇다면 당각은 모용 대협에게서 천룡궤를 얻어 낼 자신이 있는 건가?"

생각해 보면 확실히 이상한 일이었다.

천룡궤는 이미 진산월의 손을 거쳐 모용단죽에게 넘어간 상태였다. 이제 와서 굳이 봉황금시를 구해 보았자 모용단죽에게서 천룡궤를 얻지 못하면 아무 짝에도 쓸모가 없는 것이다.

아무리 당각이라 할지라도 모용단죽에게서 강제로 천룡궤를 빼앗을 수는 없을 터.

그렇다면 당각은 모용단죽의 부탁을 받고 천룡궤를 열기 위해 봉황금시를 노리는 것일까?

그렇더라도 의문은 사라지지 않는다. 만일 모용단죽이 천룡궤를 열기 위해서 봉황금시가 필요했다면 모용봉을 통해 부탁을 하면 되는 일 아닌가?

봉황금시는 모용봉이 청혼에 대한 증표로 임영옥에게 준 것이니, 그가 요구를 하면 임영옥이 돌려주지 않을 이유가 없었다. 봉황금시는 임영옥에게는 단지 귀찮은 혹덩어리 외의 어떤 것도 아니기 때문이었다. 굳이 당각 같은 불가일세(不可一世)의 인물까지 나설 이유가 없는 것이다.

오히려 임영옥은 봉황금시를 모용봉에게 돌려주려 했으나, 모용봉은 중추절 전에는 돌려받지 않겠다며 그것을 거절하기도 했었다.

진산월은 문득 모용봉이 임영옥의 구궁보 출행을 선뜻 승낙한 것이 자신이 모용단죽에게 천룡궤를 전해 준 직후임을 상기해 냈다. 쉽사리 임영옥을 돌려보낼 것 같지 않던 모용봉이 의외로 순순히 그녀를 데려가는 것을 승낙했을 뿐 아니라, 나중에는 오히려 빨리 떠나라며 등을 떠밀다시피 했다.

그것은 혹시 모용단죽이 봉황금시를 얻어 천룡궤를 열려는 것을 막기 위함이 아니었을까?

그렇다면 대체 모용봉은 무엇이 두려워 자신의 조부가 천룡궤를 여는 것을 막으려 한 것일까?

그의 말대로라면 천룡궤에는 석동이 남긴 것으로 보이는 세 번째 취와미인상이 있을 것이다. 혹시 모용봉이 진정으로 두려워한 것은 자신의 조부가 천룡궤 안의 취와미인상을 얻게 되는 것이 아니었을까? 모용단죽이 취와미인상을 얻게 되면 과연 무슨 일이 벌어지게 되는 것일까?

숱한 의문이 진산월의 머리를 어지럽혔다.

봉황금시 때문에 벌어지는 일련의 일들은 천룡궤만큼이나 비밀스러운 것이었다. 두 가지 물건에 진산월과 임영옥이 모두 얽히게 된 것은 단순한 우연인가, 아니면 누군가의 교묘한 장난이란 말인가?

그녀의 손에 들린 봉황금시를 바라보는 두 사람의 시선에는 말로 표현하기 힘든 복잡한 빛이 담겨 있었다.

임영옥은 잠시 봉황금시를 만지작거리고 있다가 가느다란 한숨을 내쉬며 그것을 다시 자신의 머리에 꽂았다.

"가끔은 이것을 없애 버릴까 하는 생각도 들었지만, 지금은 자연스레 흘러가는 대로 두고 싶군요. 만일 누군가에게 이것을 줘야

할 상황이라면 굳이 망설이거나 주저하지 않을 거예요."

역설적이게도 그녀의 머리 위에 꽂힌 봉황금시는 그녀와 더할 나위 없이 잘 어울려 보였다.

임영옥의 시선이 다시 진산월에게로 향했다.

"이제 말해 봐요. 사형은 당각이 왜 사형을 노리고 있는지를 알고 있죠?"

"단지 짐작 가는 게 있을 뿐이야."

"그게 무언지 말해 줘요. 조금 전처럼 말 돌리지 말고."

진산월은 이번에는 숨기지 않고 이정문에게 들은 말을 해 주었다.

묵묵히 그의 말을 듣고 있던 임영옥의 표정은 여전히 차분하고 침착했으나, 눈빛만큼은 어느 때보다 우울하게 가라앉아 있었다.

"결국 쾌의당이란 말이군요. 사형은 그가 천살령주라고 생각하는 거죠?"

"이정문이 말한 모든 조건에 너무 들어맞아서 그가 아닌 다른 사람을 생각할 수가 없더군."

임영옥의 입에서 자신도 모르게 한숨이 흘러나왔다.

"당각 같은 인물이 쾌의당에 속해 있다는 게 선뜻 믿어지지 않는군요. 그가 다른 사람의 지시를 받는 모습이 상상이 가지 않아요."

"담로검 매장원이나 금도무적 양천해도 누군가의 밑에 있을 사람들은 아니었어."

양천해의 이름이 나오자 임영옥의 몸이 가늘게 떨렸다. 얼마 전에 눈앞에서 벌어졌던 무시무시한 싸움이 뇌리에 떠올랐던 것이다. 당시 느꼈던 두려움과 죽을 것 같은 긴장감은 결코 두 번 다시 맛보고 싶지 않은 것이었다.

그런데 이제 그때보다 더욱 무섭고 두려운 적과 마주치게 된 것이다. 특히 그와 진산월의 무공이 상성이 맞지 않는다는 것이 더욱 그녀를 걱정스럽게 했다.

무림의 싸움에서 무공의 상성은 무척이나 중요한 요소였다. 특히 진산월과 당각 같은 절정고수들 간의 대결에서는 아무리 사소한 것이라도 승패를 가름하는 결정적인 요인이 되기 때문에 무공의 상성이 더욱 중요하게 여겨질 수밖에 없었다.

일정한 거리를 둔 채 작고 빠른 암기가 날아든다면 그것만큼 상대하기 까다로운 것도 없을 것이다. 그래서 일반적으로 검이나 도 같은 병장기의 고수들은 암기 무공의 달인과는 싸우기를 꺼려했다.

진산월은 무림에 출도한 이후 강호의 고수들과는 크고 작은 싸움을 많이 벌였으나, 암기 고수와의 싸움은 그다지 많지 않은 편이었다. 더구나 당각 같은 일정 수준 이상의 암기 실력을 지닌 절정고수와는 싸워 본 적이 전무했다.

그가 당각의 공격에 허무할 정도로 별다른 대응을 하지 못했던 것도 암기 무공의 고수와 싸워 본 경험이 거의 없기 때문이었다.

단순히 팔을 휘두르거나 손을 움직여 암기를 던지는 것은 하수들의 방식이었다. 진정한 암기 고수는 발출하는 동작은 물론, 그 순간까지도 정확히 파악하기가 힘든 법이었다.

그런 점에서 본다면 진산월의 뒤에 있던 임영옥이 당각의 공격 위치를 정확히 알아낸 것은 확실히 뜻밖의 일이 아닐 수 없었다.

진산월은 그 점에 대해 나름대로의 생각을 가지고 있었다.

'그건 아마도 사매의 몸에 음기가 가득한 상태여서 온몸의 감각이 최고조에 달해 있기 때문이었을 것이다.'

그녀는 보거나 들은 것이 아니라 극도로 예민해진 감각으로 당각의 공격이 어느 방향으로 날아오는지를 느꼈을 뿐이었다. 음기가 가라앉고 몸이 정상으로 돌아온다면 그녀 또한 진산월과 다를 바가 없을 것이다.

그런 점에서 당각의 등장은 그들에게 실로 커다란 위협이 되지 않을 수 없었다.

"그런데 당각은 왜 제대로 된 공격을 하지 않고 스스로 물러난 것일까요?"

조금 전의 상황으로 보아 당각이 전력을 기울였다면 진산월은 치명적인 상태에 빠졌을 가능성이 높았다. 당각이 쾌의당의 천살령주로서 진산월을 제거하기 위해서 온 것이라면 그런 좋은 기회를 놓친 것이 쉽게 이해가 되지 않았다.

그럼에도 당각은 인사차 온 것이라며 순순히 물러났을 뿐 아니라 진산월에게 충고까지 해 주었다. 그야말로 진산월로서는 당혹감을 넘어 수치심을 느낄 만한 일이 아닐 수 없었다.

"혹시 당각의 목표는 사형이 아닌 다른 사람인 게 아닐까요? 사형에게는 말 그대로 음양신마의 죽음을 묻기 위해서 들른 것이고……."

그녀의 음성에는 은근한 기대감이 깔려 있었다.

하나 진산월은 그런 헛된 기대는 품고 있지 않았다.

“만약 그랬다면 맛보기 운운하는 말은 하지 않았겠지. 그리고 그가 쾌의당 소속이라면 언제가 되었든 반드시 나와 마주치게 되었을 거야. 단지 시기상의 문제일 뿐이지.”

“하지만…….”

진산월은 임영옥을 돌아보며 빙긋 웃었다.

“너무 걱정하지 마. 나는 그리 약한 사람이 아니야.”

물론 임영옥은 잘 알고 있었다. 예전부터 진산월은 누구보다 강인한 사람이었다. 별 볼 일 없는 무공을 가지고 있을 때도 그는 승부에 강했으며, 무공이 고강해진 지금에 와서는 천하의 어느 누구와 싸워도 두려워하지 않는 인물이 되었다.

하나 그렇다고 그녀가 어찌 걱정하지 않을 수 있겠는가? 더구나 그 상대가 진산월과는 가장 상성이 맞지 않는 암기 무공의 최고수인 당각이니 말이다.

임영옥의 수심에 젖은 얼굴을 응시하며 진산월은 담담한 음성으로 말을 이었다.

“당각이 순순히 물러난 것은 따로 노리는 것이 있어서일 거야.”

임영옥은 묻지 않을 수 없었다.

“그게 무언가요?”

“그가 단순히 나 하나만을 목표로 했다면 오늘 손을 써 왔을 거야. 하지만 그게 아니라면? 단순히 나 하나만이 아닌 본 파의 몰락을 바라고 있다면?”

임영옥의 얼굴이 창백하게 굳어졌다.

"사형의 말씀은……."

"당각은 아마 좀 더 공개된 자리에서 나를 쓰러뜨리려고 할 거야. 그래야만 불길처럼 타오르고 있는 본 파의 기세를 꺾고, 본 파의 부흥을 제지할 수 있을 테니 말이야."

한동안 임영옥은 아무런 말도 할 수 없었다. 그토록 오랜 세월을 보내고 모진 고난을 겪어 가며 여기까지 왔는데, 종남파의 앞길에 펼쳐진 가시밭길은 아직도 넓고 험하기만 했다.

한참 후에야 임영옥은 간신히 입을 열 수 있었다.

"그는 본 파와 아무런 원한 관계도 없는데, 그가 왜……?"

"청부 자체가 그런 것일 수도 있고, 쾌의당 내에서 정한 방침일 수도 있지. 본 파의 부흥을 바라지 않는 존재들은 아직도 강호에 많을 테니 말이야."

"그건…… 본 파에게는 너무나 가혹한 일이에요."

진산월은 오히려 웃었다.

"어차피 각오했던 일이야. 군림천하의 꿈을 꾸었을 때부터 말이지."

"사형……."

"당각이 오늘 나를 찾아온 것은 자신의 무공이 내게 통하는지를 직접 확인하기 위해서였을 거야. 말 그대로 가벼운 맛보기에 불과했지만, 그는 오늘 일로 자신의 승리에 대한 절대적인 확신을 가지게 되었겠지."

"……."

"그러니 조만간에 그는 어떤 식으로든 나에게 승부를 걸어올 거야. 그것도 공개된 자리에서. 그 자리에서 나를 꺾음으로써 종남파의 부흥이 실패했다는 것을 온 무림에 알리고 싶은 것이겠지."

임영옥은 상상만으로도 소름이 끼치는지 몸을 가늘게 떨었다.

그녀는 자신도 모르게 손을 내밀어 진산월의 손을 움켜잡았다. 그러고는 애틋한 눈으로 그를 쳐다보았다.

그녀는 비록 아무 말도 하지 않았으나, 그녀의 눈은 수십 개의 질문을 던지고 있었다.

'사형은 자신 있나요? 그런 일이 벌어졌을 때, 정말 그를 상대할 자신이 있나요? 어떤 일이 있어도 꺾이지 않을 수 있나요?'

진산월은 그녀의 손을 마주 잡으며 그녀의 눈을 가만히 들여다보았다. 그러고는 나직하면서도 분명한 각오가 담긴 음성으로 말했다.

"나는 지지 않아. 그리고 본 파의 의지 또한 이 정도 일로는 결코 꺾이지 않을 거야."

임영옥은 하염없이 그를 올려다보고 있더니, 마침내 참지 못하고 그의 목을 끌어안았다.

* * *

진산월의 예측대로, 다음 날 오전에 한 장의 비무첩이 종남파가 머무르고 있는 청연각의 별실로 전해졌다.

종남파 장문인 친전.

이틀 후 정오에 현악문(玄岳門) 앞에서 우내사마 중 일인인 음양신마를 꺾은 신검무적의 검법을 직접 겪어 보고 싶소.

천수나타 당각.

간단한 문구만 적힌 비무첩이었으나, 그 내용은 능히 천하를 송두리째 뒤흔들고도 남았다. 무당산 일대가 온통 그 비무첩으로 인해 요동치기 시작했고, 그 여파는 이내 강호 전역으로 무섭게 퍼져 나가기 시작했다.

바야흐로 강호제일의 검객과 강호제일의 암기 고수가 정면으로 격돌하게 된 것이다.

제 293 장

철혈매화(鐵血梅花)

제 293 장 철혈매화(鐵血梅花)

종남산의 여름은 우거진 신록과 함께 찾아온다. 푸르게 물든 수림은 청명한 하늘과 어우러져 한층 더 짙은 녹음을 형성하고 있었다.

쪼로롱!

때마침 울어 대는 산새의 울음소리가 주위의 정적을 깨 버렸다.

노해광은 처처히 늘어진 처마 사이로 보이는 푸른 하늘을 잠시 올려 보고 있다가 산문 안으로 발을 들여놓았다.

"오셨습니까?"

미리 연락을 받고 기다리고 있던 소지산이 정중하게 인사를 해 왔다. 언제 보아도 믿음직한 그의 모습에 노해광은 흡족한 듯 고개를 끄덕였다.

"바쁜데 뭐하러 일부러 나왔느냐?"

"조용한 본산에 바쁠 일이 뭐가 있겠습니까? 저보다 사숙께서 배나 더 바쁘셨을 텐데요."

소지산의 말투는 다소 느린 편이었으나, 그래서인지 노해광에게는 목소리마저 듬직하게 느껴졌다.

"네가 본산을 지켜 주고 있으니 내가 마음 편하게 밖에서 활동할 수 있는 것이지. 아무튼 반갑구나. 사숙께서는 잘 계시느냐?"

"마침 제갈 노인에게 진료를 받고 계십니다."

노해광이 흠칫 놀라 급히 물었다.

"무슨 일이냐? 사숙께서 편찮은 곳이라도 있으신 게냐?"

"그동안 열흘에 한 번씩 정기적으로 진료를 받았는데, 제갈 노인 말씀으로는 아마도 이번이 마지막 진료일 거라고 하시더군요."

"왜? 사숙께 무슨 문제라도?"

평소에는 냉정하고 담대해 보였던 노해광이 조바심을 내자 소지산의 무뚝뚝한 얼굴에 살짝 미소가 걸렸다.

"그게 아니라 사숙조께서 완전히 회복하셔서 더 이상의 진료는 필요 없다고 하시더군요. 오늘 마지막으로 최종 점검을 하고 앞으로는 사숙조께 더 이상 신경을 쓰지 않겠다고 하셨습니다."

그제야 노해광의 얼굴에 환한 빛이 떠올랐다.

전풍개는 초가보와의 싸움 당시 입은 부상이 완치되지 않아 상당히 어려운 시간을 보내고 있었다. 제갈외조차 전풍개의 나이로 보아 그가 예전의 무공을 되찾는 것은 어려울 거라고 예상하고 있었다.

그런데 그가 몇 달 만에 제갈외가 인정할 정도로 완전하게 회복했다니, 어찌 놀랍지 않겠는가?

"오! 모처럼 듣게 되는 반가운 소식이구나. 어서 사숙께 가 보도록 하자."

노해광은 소지산의 대답도 듣지 않고 빠른 걸음으로 앞으로 성큼성큼 걸어갔다.

노해광과 소지산이 전풍개의 숙소로 갔을 때는 이미 진료가 끝났는지 전풍개와 제갈외가 함께 차를 마시며 담소를 나누고 있었다.

노해광은 급히 전풍개의 앞으로 가서 공손하게 머리를 조아렸다.

"사숙, 그동안 별일 없으셨습니까?"

전풍개는 특유의 냉엄한 눈으로 노해광을 힐끔 쳐다보았다.

"본산에만 처박혀 있는 노부에게 무슨 일이 있겠느냐? 그보다 너는 요즘 재미가 좋은 모양이구나."

그 음성에 은은한 노기가 실려 있음을 알아차린 노해광이 더욱 머리를 깊게 숙였다.

"자주 찾아뵙지 못해 죄송합니다. 몇 가지 일로 분주해서 정신이 없었습니다."

"그래서 그런 일을 한 것이냐?"

노해광은 전풍개의 반응이 너무 냉랭해서 절로 긴장하는 마음이 일었다.

"예? 무슨 말씀이신지……."

"화산파의 집법을 죽인 건 네가 한 짓이지?"

의표를 찔린 노해광은 아무 대답도 하지 못했다. 전풍개는 성난 눈으로 그를 노려보며 버럭 소리를 질렀다.

"당당한 명문정파의 제자로서 술수를 부려 타파의 고수를 제거하다니……. 아직도 흑도 무리들과 어울려 다니던 습성을 버리지 못한 것이냐?"

"사숙."

"사람의 목숨은 한번 죽으면 다시 되돌릴 수 없다. 네 마음에 들지 않는다고 무조건 살수를 펼쳐서야 강호의 흑도들과 다를 게 어디 있겠느냐?"

노해광은 굳이 그의 말에 변명을 하지 않고 정중하게 허리를 숙였다.

"사숙께 심려를 끼쳐 드려 죄송합니다."

서안 일대에서 가장 큰 위세를 자랑하고 있는 최고의 실력가라고는 볼 수 없는 공손한 모습이었다. 전풍개는 한동안 못마땅한 표정으로 고개를 돌리고 있었으나, 노해광이 허리를 숙인 채 일어서지 않고 있자 버럭 소리를 질렀다.

"허리를 펴라. 종남파 장문인의 사숙이란 자가 함부로 허리를 굽혀서야 되겠느냐?"

그제야 비로소 노해광은 몸을 똑바로 일으켜 세웠다.

"사숙께 사죄를 올리는 마당에 그보다 더한 일인들 못하겠습니까?"

"말은 잘하는구나. 이제 말해 보아라. 대체 왜 그런 무도한 일을 저질렀느냐?"

"강호의 법칙에 따랐을 뿐입니다."

의외로 담담한 노해광의 말에 전풍개의 눈초리가 사납게 꿈틀거렸다.

"강호의 법칙?"

"눈에는 눈, 이에는 이(以眼環眼 以牙環牙). 그들이 먼저 저를 도발해 왔으므로 저로서는 응대하지 않을 수 없었습니다."

"그들이 네게 살수를 써 왔단 말이냐?"

"그보다 더욱 나쁜 것이었습니다."

"그게 무엇이냐?"

"그들은 저의 주거래 전장을 빼앗으려 했습니다. 제 목줄을 죄려 한 것입니다. 그리고 그 목줄 끝에는 본 파의 목도 함께 걸려 있었지요."

노해광의 주거래 전장인 방보당은 종남파의 주거래 전장이기도 했다. 만약 방보당을 화산파에 빼앗겼다면 종남파 또한 위태로워지지 않을 수 없었을 것이다.

전풍개의 음성이 날카로워졌다.

"화산파에서 정말 그런 짓을 했단 말이냐?"

"그들은 그 일에 매화사절과 두 명의 장로까지 투입했습니다. 제 주거래 전장이 무사했던 것은 정말 운이 좋아서였습니다."

"그 일을 주도한 자가 화산파의 집법이었던 모양이구나."

"예. 그를 제거하지 않고서는 그들의 위협에서 온전히 벗어날 수가 없었습니다. 그들이 다시 수작을 부려 온다면 그때도 운이 좋을지는 장담할 수 없으니 말입니다."

노해광을 바라보는 전풍개의 표정이 비로소 누그러졌다.

"용케도 일을 잘 수습했구나. 하지만 화산파에서 순순히 넘어가지는 않을 것이다."

"곡수는 비록 화산파의 집법이기는 하지만, 본산의 제자는 아닙니다."

"그게 무슨 말이냐?"

"곡수는 화산파 본산의 제자가 아니라 신풍수사 갈수독의 제자입니다."

전풍개는 곡수에 대해 이름만 들었지 자세히 몰랐던 듯 눈을 살짝 치켜 떴다.

"그런데 그런 자가 어떻게 화산파의 집법이란 자리에 오를 수 있었느냐?"

화산파 같은 명문정파에서 집법이란 중요한 자리에 외부인을 앉혔다는 것은 쉽게 이해가 되지 않는 일이었다.

"신풍수사 갈수독은 화산파의 전대 장문인이었던 사마원과 절친한 사이였습니다. 곡수가 어렸을 때 갈수독이 죽자, 혼자가 된 곡수가 안쓰러워서 사마원이 화산파에 데려와 일을 시켰고, 그가 의외로 일을 잘하자 점점 중책을 맡겨서 나중에는 집법의 자리까지 오르게 된 것입니다."

"흠, 화산파에서 그에 대한 신임이 대단했겠구나. 그렇다면 더욱 화산파에서도 어떤 식으로든 그자의 복수를 하려 할 텐데……."

"저는 이번 일에 증거를 남기지 않았습니다. 그들로서는 곡수의 죽음에 대해 제게 의심의 눈초리를 보낼지언정 확신은 할 수 없을 것입니다."

"……!"

"또한 곡수가 아무리 집법이라고 해도 본산의 제자가 아닌 이상 단순한 의심만으로 본 파를 적대시할 수 없을 것입니다."

전풍개는 새삼스런 눈으로 노해광을 바라보았다.

"그런 것까지 예상하고 그런 일을 저지른 것이냐?"

"본 파에 누를 끼치지 않기 위해 여러 차례 숙고를 거듭했습니다. 곡수의 죽음은 화산파에게는 커다란 충격이겠지만, 그 일로 본 파와 정면 충돌까지 가는 일은 없을 겁니다."

"하지만 너에게는 얼마든지 위해를 가할 수 있겠지. 확증이 없어도 심증만으로 능히 그럴 수 있는 게 화산파다."

"그 정도는 이미 각오하고 있는 일입니다."

"너 혼자에게만 무거운 짐을 지울 수는 없다. 이미 화산파에서 이번 일에 장로들까지 내보냈다면 그들이 본 파와 정면으로 부딪치는 것은 시간문제일 뿐이다."

그 점에 대해서는 노해광도 같은 생각이었다. 하나 이제 겨우 몸을 회복한 늙은 사숙에게 또 다른 걱정거리를 넘겨주고 싶지 않았기에, 그는 짐짓 환하게 웃으며 자신 있는 음성으로 말했다.

"그들이 어떤 식의 대응을 해 오던 충분히 감당할 준비가 되어 있습니다. 그들도 본 파와 막다른 길까지 가는 것은 바라지 않을 테니, 사숙께서 우려하시는 일은 일어나지 않을 겁니다."

전풍개는 묵묵히 그를 응시하고 있다가 천천히 고개를 끄덕였다. 그러고는 알아듣기 힘든 나직한 음성으로 중얼거리는 것이었다.

"네 말대로 된다면 더 바랄 게 없겠지. 하지만 세상 일이란 왕왕 뜻대로 되지 않는 법이니……."

전풍개를 만나고 난 다음, 노해광은 소지산과 자리를 마주했다.

"제갈 신의께 들으니 사숙께서 예전 실력을 완전히 되찾았다고 하더구나. 제갈 신의도 예상치 못했던 일이라며 놀라워하시는 것 같았다."

"사숙조께서 그동안 얼마나 각고의 노력을 기울이셨는지 지켜보는 제가 다 조마조마할 정도였습니다. 이제는 여유를 가지셔도 될 텐데 전혀 그런 기미를 보이시지 않아 조금 걱정스럽습니다."

"자신의 몸은 누구보다 잘 알고 계신 분이니 무리가 갈 정도의 수련은 하지 않으실 것이다. 그래도 혹시 모르니 네가 잘 지켜보도록 해라."

"알겠습니다."

노해광이 문득 눈을 빛내며 소지산의 얼굴을 바라보았다.

"얼마 전에 두기춘이란 자를 보게 되었다. 무척이나 재기발랄하고 뛰어난 인재 같더구나."

두기춘의 말이 나오자 무표정했던 소지산의 얼굴에 표정 비슷한 것이 떠올랐다.

"듣기로는 그가 본 파의 제자였을 때 너와 가장 친했다고 하던데, 그게 사실이냐?"

소지산은 굳이 부인하지 않았다.

"예."
"그에 대해 너에게 몇 가지 물어볼 게 있구나."
"말씀하십시오."
"그는 어떤 녀석이냐?"
소지산은 잠시 생각을 가다듬더니 특유의 느리고 완만한 어조로 말했다.
"성격을 물으시는 거라면 꼼꼼하고 치밀한 편입니다. 속마음을 남에게 잘 이야기하지 않고, 힘든 일도 내색을 하지 않아서 가끔 쓸데없는 오해를 사기도 하지요."
"소심한 구석이 있다는 말이로구나."
"저는 소심하기보다는 생각이 깊어서 그렇다고 봅니다. 한 가지 일을 해도 몇 번이나 앞뒤로 검토를 하기 때문에 실수를 거의 하지 않는 편입니다. 몇몇 사람들은 그 점을 탓하기도 했지만, 그건 그만의 특성이어서 쉽게 변하지 않을 겁니다."
"가족 상황은?"
"홀어머니 밑에서 어린 시절을 보냈습니다. 어머니가 돌아가신 후에 본 파로 들어왔습니다."
"흠."
노해광은 그에게 몇 가지 더 묻고는 이내 깊은 생각에 잠겼다.
소지산은 조용한 음성으로 물었다.
"그에 대해서는 왜 알고 싶으신 겁니까?"
"곡수가 죽은 후 누가 화산파의 머리 역할을 할까 고민해 보았다."

"기춘이 그 역할을 맡게 되리라고 보십니까?"

"본 파 출신이라는 낙인이 있으니 공개적으로는 그렇게 될 수가 없겠지. 아직 나이도 어린 편이고. 하지만 누가 그 역할을 맡든 두기춘을 가까이에 두고 중용(重用)할 가능성이 많다는 게 내 생각이다."

소지산은 살짝 눈을 크게 떴는데, 그것은 그가 무척이나 놀랐을 때 나타나는 모습이었다.

"기춘의 위치가 벌써 그렇게 되었습니까?"

"나라도 옆에 두고 싶을 정도였으니, 눈이 있는 자라면 그냥 내버려 두지는 않을 것이다. 하지만 그가 수뇌부에 드는 일은 절대로 일어나지 않을 것이다."

"왜 그렇습니까?"

"한 번 배신한 자는 언제 다시 배신할지 모르기 때문이지. 너 같으면 어려울 때 함께했던 동료의 등에 칼을 꽂고 돌아온 자에게 문파의 사활을 맡길 수 있겠느냐?"

소지산은 입을 다물 수밖에 없었다.

노해광은 눈살을 찡그리며 고개를 흔들었다.

"말도 없이 본 파를 떠난 것도 문제지만, 장문인에게 돌아가야 할 영약까지 빼돌린 것은 도저히 용서받을 수 없는 중죄다. 본 파의 법도를 위해서도 그를 그냥 내버려 둘 수는 없다."

"……."

"화산파에서도 이용할 수 있는 대로 이용하고는 효용가치가 떨어졌다 싶으면 두 번 다시 기회를 주지 않을 것이니, 그의 말로는 누구보다 비참할 것이다."

소지산은 아무 말이 없었으나, 그의 표정은 무겁게 가라앉아 있었다.

별로 말이 없고 특별히 친하게 지내는 자가 없었던 소지산에게 두기춘은 그나마 유일하게 말을 나눌 수 있는 상대였다. 두기춘 또한 약삭빠르다거나 소심하다는 남들의 평가 때문에 쉽게 마음을 여는 사람이 없다가, 소지산과 어울린 다음에야 비로소 허심탄회하게 말할 수 있는 사람이 생기게 되었다.

두 사람의 성격상 특별히 둘만 친하게 지내거나 함께 어울려 다닌 적은 거의 없지만, 그래도 다른 사형제들에 비하면 속마음을 터놓고 이야기할 수 있는 거의 유일한 존재들이었다.

그래서 두기춘이 만년삼정을 훔쳐서 달아났을 때 누구보다 놀란 사람도 소지산이었고, 두기춘이 화산파의 제자들과 함께 쳐들어와서 매상을 때려눕혔을 때 가장 분노한 사람도 소지산이었다.

그런데 이제 노해광의 입으로 두기춘의 미래에 대한 불길한 예상을 듣게 되자, 소지산은 가슴이 답답해지고 전신에서 맥이 탁 풀리는 것 같은 허탈함을 느꼈다.

"생각할수록 정말 한심한 놈이다. 그놈은 자신이 만년삼정을 먹어 고수가 되면 강호에서 마음껏 행세할 수 있으리라 생각했겠지만, 본거지를 등진 승냥이는 사냥꾼에게 가죽이 벗겨지거나 남들의 구경거리가 될 뿐이다."

노해광의 말을 묵묵히 듣고 있던 소지산이 돌연 무뚝뚝한 음성으로 말했다.

"두기춘은 효자(孝子)였습니다."

노해광의 시선이 소지산에게로 향했다.

소지산의 눈빛은 어느 때보다 침침했고, 음성은 낮게 가라앉아 있었다.

"병든 자신의 어머니가 고기가 먹고 싶다고 하자 한겨울에 삼 일 동안이나 야산을 돌아다니며 고기를 구해 온 놈입니다. 그 때문에 그 녀석은 왼쪽 발가락 두 개를 동상(凍傷)으로 잃었지요. 사숙께서도 아시지 않습니까? 효자 중에 정말 못된 놈은 없다는 걸."

"……."

"없어진 발가락 때문에 두기춘은 상승 무공을 익히는 데 치명적인 제약이 있지요. 그가 만년삼정을 탐했던 것도 정상적인 방법으로는 자신이 고수가 되지 못한다는 것을 절실히 깨달았기 때문이었을 겁니다."

노해광은 한동안 무거운 눈으로 소지산을 응시하고 있다가 한결 차분해진 음성으로 입을 열었다.

"네 말대로 효자 중에 나쁜 놈은 없지. 나는 그렇게 발가락을 잃어서라도 모시고 싶은 부모가 없었다는 게 늘 아쉬웠다."

"부모님이 계셨다면 사숙께서도 누구 못지않은 효자이셨을 겁니다."

"그래도 그를 용서할 수는 없다."

"저도 그를 용서하라는 것은 아닙니다. 다만 그가 사숙께서 생각하신 것만큼 못돼 먹은 놈은 아니라는 걸 말씀드리고 싶었을 뿐입니다."

"이래서 강호의 일이 어렵지. 사람마다 사정이 있는 법이고, 그 사정을 봐주다 보면 무슨 일이든 마음먹은 대로 할 수가 없게 된다. 그럴 때 내가 어떻게 행동하는지 아느냐?"

소지산은 그에게 묻는 시선을 보냈다.

노해광은 그를 마주 보며 웃었다. 평소의 그답지 않게 진중하고 무거움이 느껴지는 미소였다.

"각자의 사정은 가슴 깊숙한 곳에 담아 두고, 오직 머리로만 생각하고 판단한다. 그래서 분명히 말하는데, 내가 본 그의 미래는 결코 변하지 않을 것이다."

그 점에 대해서는 소지산도 더 이상 무어라고 할 말이 없었다.

노해광은 지그시 그를 바라보다가 천천히 품에 손을 넣어 한 가지 물건을 꺼내 들었다.

"어두운 이야기는 그만하자. 오늘 너를 보려고 한 건 너에게 한 가지 전해 줄 물건이 있기 때문이다."

그의 품속에서 나온 물건은 작은 옥함이었다. 노해광은 신중한 손길로 그 옥함의 뚜껑을 열었다.

"이건 내가 칠팔 년 전에 우연히 기련산(祁連山)을 지날 때 구한 것으로, 천지유불란이라 한다."

* * *

두기춘은 요새 천국과 지옥을 번갈아 오가는 심정이었다.

오후의 햇살이 따사롭게 내리쬘 때, 두기춘은 천국을 걷고 있었다. 그의 옆에는 나삼을 곱게 차려입은 여인이 다소곳한 걸음으로 그와 어깨를 나란히 한 채 걸음을 옮기고 있었다.

이십 대 중반쯤 되는 여인은 비록 절세의 미녀는 아니었으나, 이목구비가 단정하고 피부가 고와서 누구나가 호감을 느낄 만한 미모를 지니고 있었다. 특히 유난히 반짝이는 두 눈에서 흘러나오는 영롱한 눈빛은 어떠한 남자라도 혹할 만큼 매력적이었다.

그녀의 이름은 양소선. 서안 최고의 기루인 화월루의 재정을 담당하고 있으며, 올해 나이는 불과 스물네 살이었다.

두기춘이 양소선과 정식으로 사귀기 시작한 것은 불과 며칠 전이었다. 그동안 그는 그녀와 세 번의 만남을 가졌으며, 그때마다 그녀의 지적인 모습과 여인다운 섬세한 마음씨에 점차 매료되어 갔다.

그녀 또한 다정하면서도 예의를 잃지 않는 그의 행동거지와 꾸밈없는 미소, 그리고 수려한 얼굴과 기품 있는 태도를 마음에 들어 하는 눈치였다.

두 사람은 특별한 일이 없는 날이면 점심을 같이 하기로 약조했고, 오늘도 어김없이 식사를 하기 위해 주루로 향하고 있었다. 화월루에는 물론 기루뿐 아니라 주루도 있기는 했으나, 그곳에서 개인적인 만남을 가질 수는 없기에 두 사람은 화월루에서 조금 떨어진 영화루(榮華樓)라는 작고 아담한 주루를 자주 이용하고는 했다.

그곳은 번화가의 뒤쪽에 있어서 주위가 조용할 뿐 아니라 음식이 담백하고 정갈해서 연인들이 즐겨 찾는 곳이었다. 뿐만 아니라 이 층에서 바라보는 경치도 제법 뛰어나서 두 사람 모두 마음에 들어 했다.

오늘은 다행히 이 층의 창가에 자리 하나가 남아 있어서 두 사람은 기꺼운 마음으로 그곳으로 향했다. 이 층에서 바라보는 하늘은 유난히 창연했고, 공기는 따뜻했으며, 분위기는 더할 수 없이 흥겨웠다.

두 사람은 서로를 마주 본 채 조용히 웃었다. 특별한 말을 하지 않고 보고만 있어도 마음이 즐거워지며 절로 입가에 미소가 그려졌던 것이다.

하나 그들이 채 식사를 주문하기도 전에 누군가가 그들을 불렀다. 그리고 두기춘은 천국에서 지옥으로 떨어지는 듯한 기분을 맛보아야만 했다.

"역시 이곳에 있었군."

불쑥 나타난 사람은 백의를 입은 차가운 인상의 사내였다. 그는 다름 아닌 화산파의 일대제자인 동개였다. 동개는 냉랭한 눈으로 두기춘과 양소선을 쳐다보더니, 이내 싸늘한 음성을 내뱉었다.

"호출이 떨어졌다. 나와 함께 가야겠다."

두기춘의 표정이 거의 알아차릴 수 없을 만큼 살짝 굳어졌다. 어느새 세 명의 화산파 제자가 나타나 자신의 주위를 에워싸고 있음을 알아차린 것이다. 마치 그가 도망가지 못하게 포위하고 있는 듯한 모습이었다.

곡수가 갑작스럽게 살해된 후, 화산파 내에서 두기춘의 위치는 아주 애매해졌다. 곡수가 그를 중용하는 것을 내심 못마땅해 했던 화산파의 제자들은 곡수의 죽음이 마치 그의 잘못이라도 되는 양 그를 추궁했으며, 알게 모르게 그를 따돌리고 있었다.

양소선을 만날 때마다 입가에 미소를 잃지 않던 두기춘이었으나, 숙소로 돌아가서는 그야말로 가시방석에 앉은 것 같은 위태롭고 불편한 시간을 보내야 했다. 두기춘은 언제고 자신에 대한 의심의 눈초리가 거두어질 것이라고 기대하고 있었으나, 지금 상황을 보니 그러기는커녕 오히려 자신이 압송되는 듯한 분위기였다.

양소선 또한 무언가 심상치 않은 것을 느꼈는지 불안한 눈으로 두기춘을 바라보았다.

"가가, 이분들은……."

두기춘은 걱정하지 말라는 듯 밝게 웃어 보였다.

"선매, 이분은 본 파의 사형이시오. 본 파의 어른께서 급히 나를 찾으시는 모양이오."

그제야 양소선은 안심한 듯 표정이 풀어지며 그를 따라 살짝 웃었다.

"그러면 어서 가 보셔야지요."

"미안하오, 선매. 아무래도 오늘의 약속은 지키지 못할 것 같소. 대신 다음에는 오늘 못한 것까지 배로 보답하리다."

"기대하고 있겠어요."

양소선이 어서 가라는 듯 그를 떠밀다시피 해서 두기춘은 떨어지지 않는 발걸음으로 동개를 따라 영화루를 나오고 말았다.

멀어지는 두 사람의 뒷모습을 보는 양소선의 얼굴에는 조금 전에 떠올랐던 미소가 씻은 듯이 사라져 있었다.

이 층의 창문에서 내려 보는 그녀의 눈에는 동개와 두기춘의 주위를 에워싸듯 걷고 있는 세 명의 화산파 제자들의 모습이 일목요연하게 시야에 들어왔다.

"아무래도 가가의 신상에 무슨 일이 일어난 것 같구나."

두기춘의 앞에서는 아무렇지도 않은 척했으나, 그녀는 왠지 모를 불안함에 걱정스런 표정을 숨기지 못했다.

동개는 말없이 자신의 옆을 따라오고 있는 두기춘을 힐끔 노려보았다.

"집법께서 그렇게 비명에 가신 후 모두들 비분강개하고 있는데, 너는 팔자 좋게 여인과 사랑 놀음을 하고 있구나."

두기춘은 무어라 할 말이 없어 입을 굳게 다물고 있었다.

동개는 그 모습이 더욱 얄미운지 얼음장을 씌운 것처럼 얼굴에 냉랭한 빛을 가득 떠올렸다.

"너에 대해 여러 가지 좋지 않은 말들이 오가는 것을 너도 알고 있을 것이다. 모든 일은 잠시 후에 명명백백하게 가려질 테니, 혹시라도 엉뚱한 마음을 먹고 있다면 각오하도록 해라."

두기춘은 문득 궁금한 생각이 들어 불쑥 물었다.

"저를 호출한 분이 누구십니까?"

"잠시 후면 알게 될 거다. 너로서는 상상도 할 수 없는 분이니 마음의 준비를 단단히 하고 있는 게 좋을 거다."

동개의 자신에 찬 말에 두기춘은 오히려 마음이 차분하게 가라앉았다. 화산에서 누가 내려왔든 자신의 처지가 별로 변할 것 같지 않다는 생각에 반쯤 자포자기하는 심정이 된 것이다.

동개가 두기춘을 데려간 곳은 희빈루의 내실이었다. 동개와 두기춘을 호위하듯 따라왔던 세 명의 이대제자들은 물러가고, 동개는 두기춘만을 데리고 내실로 들어갔다.

그곳에는 여러 명의 일대제자들이 질서정연하게 앉아서 두기춘을 기다리고 있었다. 그리고 그들의 가장 앞에는 두기춘이 처음 보는 중년의 백의인이 단정한 자세로 앉아 있었다.

백의 중년인을 본 순간, 두기춘은 무언지 모를 섬뜩함을 느끼고 정신이 번쩍 들었다.

백의 중년인의 이목구비는 상당히 뛰어난 편이었으나, 그에 대한 첫인상은 준수하다기보다는 강철로 만든 인간을 보는 듯 냉정하고 차갑다는 것이었다. 특히 무심하게 가라앉아 있는 두 눈은 마치 예리한 두 개의 칼날과도 같아서 마주 보는 것만으로도 가슴이 떨릴 지경이었다.

백의 중년인은 그런 서늘한 시선으로 두기춘의 얼굴을 가만히 보고 있다가 유난히 얇은 입술을 살짝 열었다. 그리고 눈빛만큼이나 무심하고 싸늘한 음성이 흘러나왔다.

"네가 두기춘이냐?"

두기춘은 그가 화산파의 본산에서 내려온 곡수의 후임자임을 알아차리고 정중하게 인사를 했다.

"제가 두기춘입니다. 제가 아직 본 파의 사정에 어두워 존장의 함자를 모르고 있습니다."

"나를 모르는 자들은 너 하나뿐이 아니니 신경 쓸 것 없다. 너에 대한 곡 집법의 신임이 두터워서 언제나 너를 곁에 두고 있었다고 하더구나."

"그분께 과도한 은혜를 받았사오나, 그분을 제대로 보필하지 못한 죄인일 뿐입니다."

"그거야 차차 알아보면 될 일이지. 곡 집법이 변을 당했을 때, 너도 그 자리에 있었다고 들었다."

"예."

"당시의 상황을 당사자의 입으로 듣고 싶다. 자세히 말해 보거라."

두기춘은 자신이 알고 있는 한 최대한 상세하게 당시의 일을 말해 주었다. 곡수가 노해광의 반격을 염려해 하루 종일 노해광을 감시한 일부터 천개방의 갑작스런 보고로 황급히 유화상단으로 달려간 일, 그리고 후원으로 가기 위해 유화상단의 뒤편에 있는 골목길을 달려가다 갑자기 양쪽의 벽이 무너지는 바람에 곡수와 천개방의 종적을 잠깐 놓쳤고, 먼지가 가라앉은 다음에 가 보았을 때는 이미 곡수가 싸늘한 시신이 되어 있었고 천개방은 어딘가로 사라져 버렸다는 일까지 자신이 듣고 본 것을 그대로 이야기했다.

자신의 생각이나 느낌을 철저히 배제한 채 사실적인 부분만을 진술하는 그의 모습을 가만히 지켜보고 있던 백의 중년인이 고개를 끄덕였다.

"곡 집법이 너를 가까이 둔 이유를 알겠다. 두뇌가 명석하고 말에 논리가 정연하니, 수십 개의 보고서를 읽는 것보다 너 한 사람에게 듣는 것이 당시의 상황을 더 쉽게 이해하게 하는구나."

"제가 현장에 있어서 남들보다 좀 더 가까이에서 지켜볼 수 있었기에 그리된 것뿐입니다."

"나는 불필요한 공치사는 하지 않는다. 그러니 너도 나와 말을 할 때 쓸데없는 사례 따위는 하지 마라."

바늘로 찔러도 피 한 방울 나오지 않을 것 같은 백의 중년인의 냉정한 말에, 두기춘은 순순히 머리를 조아렸다.

"명심하겠습니다."

상대에 따라 대응 방법을 달리하는 것도 두기춘이 가진 장점 중 하나였다. 백의 중년인도 그것을 알아차렸는지 눈빛이 잠깐 번뜩이더니 이내 다시 입을 열었다.

"곡 집법을 유인한 천개방이 가짜임은 이내 밝혀졌다. 진짜 천개방은 그때 주방에서 차려 준 음식을 잘못 먹고 배탈이 나서 유화상단의 후원에 있는 객방에 누워서 꼼짝도 못하고 있었지. 참으로 공교로운 일 아니냐?"

여러 가지 의미를 담은 듯한 그의 말에 두기춘은 아무런 대꾸 없이 머리만 조아렸다.

"곡 집법을 살해한 흉수는 단 한 번의 공격으로 그의 가슴에 선명한 구멍을 뚫어 놓았다. 흉기는 창(槍) 종류로 보이는데, 너도 알다시피 종남파에는 창을 쓰는 자가 없다."

백의 중년인은 두기춘의 대답을 기대하지도 않은 듯 계속 혼잣말처럼 말을 이었다.

"곡 집법을 살해한 흉수가 누구건 그 배후에 대해서는 모두들

의심 가는 인물이 있을 것이다. 하나 강호에는 심증(心證)만으로 해결할 수 없는 종류의 일들이 있다. 거대한 세력을 배후에 두거나 뛰어난 실력을 지닌 자들을 상대하는 일들이 그것이지. 그런데 이번 일은 그 두 가지가 모두 포함되어 있다. 그러니 우리는 반드시 확실한 물증(物證)을 잡아야만 한다."

그의 음성은 그리 크지 않았으나 실내의 구석구석까지 아주 생생하게 들렸다. 그래서인지 적지 않은 사람들이 들어와 있는 내실 안은 쥐 죽은 듯 고요했고, 나직하면서도 서늘한 그의 음성만이 잔잔하게 울려 퍼지고 있었다.

"곡 집법을 살해한 자들은 아주 치밀한 계획하에 움직인 것이 분명하다. 본 파에서는 며칠 동안 장안 일대를 이 잡듯이 뒤졌으나, 어떠한 직접적인 증거도 발견하지 못했다. 그래서 나는 생각의 방향을 조금 바꾸기로 했지."

백의 중년인은 자신의 앞에 있는 탁자 위에 놓인 차를 한 모금 마시고는 다시 입을 열었다.

"본 파가 주력해서 쫓고 있던 자들은 곡 집법을 살해한 흉수와 유화상단에 불을 저지른 마부, 그리고 본 파 제자로 변장한 가짜 천개방이다. 하나 그들에게 추적이 집중된다는 것을 흉수의 배후에 있는 자가 모를 리 없다. 그러니 그에 대한 대비는 철저히 해 두었을 것이다. 하지만 물건은 어떨까?"

두기춘을 비롯한 모든 사람들의 시선이 백의 중년인의 입에 고정되었다.

"예를 들어 보면 진패라는 술도가의 마부는 완전히 종적을 감추었지만, 그가 유화상단에 불을 지를 때 사용했던 물건은 지금도 남아 있다. 그건 역청이란 것인데, 그 때문에 불길이 잘 잡히지 않았을 뿐 아니라 불길에 비해 연기와 열이 많이 나서 주방의 창고 몇 개가 탄 것을 사람들이 큰 화재로 잘못 인식하게 된 것이다."

"역청?"

처음 듣는 이름에 사람들이 어리둥절했으나 백의 중년인은 아랑곳하지 않고 말을 계속했다.

"주로 바다를 항해하는 배의 밑창에 바르는 것이라 해안가에서도 배를 만드는 곳이 아니면 본 사람이 없고, 하물며 무림인 대부분은 이름조차 들어 보지 못했을 것이다. 아무튼 진패는 역청을 이용해 불을 질렀는데, 그 역청은 장안 일대에서는 구할 수 있는 곳이 없다. 단 한 곳을 제외하고는 말이지."

이제는 모두 홀린 사람처럼 백의 중년인의 말에 모든 신경을 집중시키고 있었다.

"기름을 취급하는 선유당(鮮油堂)에서 가끔 역청을 취급할 때가 있다. 어떤 물건에 방수를 하거나, 질 좋은 관(棺)을 만들 때 벌레의 침입을 막기 위해 주로 구입한다고 하더군. 그래서 나는 사람 하나를 선유당에 보냈다. 장표(張表)!"

백의 중년인이 누군가의 이름을 부르자 뒤에 있던 일대제자 중 한 사람이 앞으로 걸어 나왔다.

"부르셨습니까?"

"네가 조사한 것을 말해 보거라."

장표는 눈썹이 유달리 짙고 인상이 날카로운 청년이었다. 그는 즉시 허리를 굽혀 인사를 하고는 낭랑한 음성으로 입을 열었다.

"선유당의 주인은 자신들이 얼마 전에 상당한 양의 역청을 팔았다는 것을 시인했습니다. 그 역청을 사 간 자들은 모두 세 사람인데, 한 사람은 말의 안장에 칠하기 위해, 또 한 사람은 수조(水槽)를 만들기 위해, 마지막 사람은 특제 관을 만들기 위해 구입했다고 합니다."

"그들이 실제로 그것을 사용했는지를 확인해 보았느냐?"

"확인하지 못했습니다."

"왜 그랬느냐?"

"그들이 모두 무림문파에 속해 있는 인물들이었기 때문입니다. 확인을 위해서는 그들 문파의 협조를 구해야 하는데, 그것은 제 능력 밖의 일이었습니다."

"어느 문파의 사람들이냐?"

"말의 안장에 칠하기 위해 사 갔다는 자는 철기보의 총관이었고, 수조를 만들기 위해 구입했다는 자는 쌍하보의 주방장이었습니다. 그리고 관을 만들려는 자는 만혼당의 수석인부였습니다."

그제야 사람들은 백의 중년인이 굳이 역청에 대한 말을 꺼낸 이유를 알 수 있었다. 철기보와 쌍하보, 만혼당은 모두 곡수가 살해당한 날에 노해광이 주최한 모임에 참석한 문파들이었던 것이다.

"수고했다. 들어가 보아라."

"예."

장표기 자리로 돌아가자 백의 중년인은 다시 천천히 입을 열었다.

"나는 그 세 문파에 은밀히 사람을 풀어 실제로 그들이 역청을 사용했는지를 조사했다. 도일상(屠一象)."

백의 중년인은 다시 일대제자 한 사람을 불렀다. 이번에 나온 사람은 평범한 용모에 눈빛이 탁하고 체구가 작은 인물이었다.

"저는 먼저 철기보에서 마구(馬具)를 만드는 가죽 공방을 찾아갔습니다. 그곳의 담당자는 지난 한 달간 철기보에서 어떠한 마구도 주문한 적이 없다고 말했습니다. 쌍하보의 주방에서 일하는 요리사에게 물어도 쌍하보의 주방에서는 최근에 수조를 만들지 않았다고 했습니다. 그리고 만혼당은……."

도일상은 잠깐 말문을 멈추었다가 다시 입을 열었다.

"이달에 모두 열다섯 개의 관을 만들었지만, 그 관들 중 역청을 사용하는 특수한 관은 없었다고 합니다. 이 역시 만혼당의 제자에게 직접 확인한 사실입니다."

백의 중년인은 잘 들었다는 듯 고개를 끄덕이고는 다시 두기춘에게 시선을 돌렸다.

"너는 그들이 구입한 역청을 어떻게 했다고 생각하느냐?"

두기춘은 주저하지 않을 수 없었다.

"제자가 감히 장담할 수는 없습니다."

"네 의견을 말하면 된다."

"제자는 그들이 역청을 다른 곳으로 넘겼을 가능성이 있다고 봅니다."

"그 다른 곳이란?"

두기춘은 다시 한차례 주저했다.

백의 중년인은 투명한 칼날 같은 눈으로 그를 빤히 쳐다보았다.

“나는 할 말을 제대로 하지 못하는 자를 싫어한다. 역청이 어디로 갔을 것 같으냐?”

두기춘은 마른침을 꿀꺽 삼키고는 조용히 입을 열었다.

“철면호에게 전해진 것 같습니다.”

“그리고 철면호는 그것을 진패에게 주었겠지.”

“그렇다고 생각합니다.”

“진패는 그것을 이용해 유화상단에 불을 질렀고…….”

“그 혼란의 와중에 집법께서 암수에 당하신 것입니다.”

백의 중년인은 한동안 두기춘을 가만히 바라보더니 이윽고 빙긋 웃었다.

“네 말은 그럴듯하다. 하나 이것도 모두 추측에 불과할 뿐, 직접적인 물증은 되지 못한다.”

“그렇습니다.”

“그래서 나는 보다 확실한 물증을 잡기 위해 다시 사람들을 풀었다.”

그가 슬쩍 고갯짓을 하자 내실 한쪽의 문이 열렸다. 그리고 그제야 비로소 두기춘은 다른 방에 몇 명의 인물들이 바닥에 무릎을 꿇고 있는 것을 발견했다.

그들은 모두 세 명이었는데, 하나같이 적지 않은 고초를 겪은 듯 낭패스런 몰골이었다.

“저자들이 바로 선유당에서 역청을 구입한 철기보와 쌍하보, 만혼당의 인물들이다. 나는 그들의 입에서 직접 역청이 철면호에게 흘러간 경위를 들을 수 있었지."

백의 중년인은 그들 중 가장 좌측의 인물에게 물었다.

"너는 역청을 누구에게 주었느냐?"

그 사람은 백의 중년인의 얼굴도 제대로 마주 보지 못하고 머리를 숙였다.

"흐, 흑선방의 마림이란 자입니다."

"너는?"

백의 중년인의 시선이 그 옆의 인물에게 향하자, 그는 떨리는 음성으로 대답했다.

"저도 마림이란 자에게 역청을 건네주었습니다."

백의 중년인이 마지막 인물을 쳐다보자 묻지도 않았는데 대답부터 들려왔다.

"저도 역시 마림에게 주었습니다."

"그렇군. 마림이란 자는 누구지?"

그 대답은 두기춘의 입에서 흘러나왔다.

"흑선방주 최동의 수하입니다."

"그렇다면 이제 최동에게 직접 역청의 행방을 물어보면 되겠군?"

"그건……."

두기춘은 차마 더 이상 입을 열지 못했다.

최동을 건드리는 것은 곧 노해광과 정면으로 부딪치겠다는 말과 다름이 없었다.

백의 중년인은 다시 웃었다. 얼음장처럼 차갑고 냉정한 미소였으나 웃음은 웃음이었다.

"종남파와의 격돌도 두려워하지 않는 마당에 흑선방을 상대하는 데 꺼려할 필요가 있겠느냐?"

"그 말씀은?"

"심증이니 물증이니 하는 것은 모두 약자의 변명일 뿐이다. 진정한 강자라면 자신이 옳다고 믿는 것을 그대로 수행하면 되는 것이다."

두기춘은 가슴이 덜컥 내려앉음을 느끼고 절로 표정이 굳어졌다.

백의 중년인은 그런 그를 보고 웃더니, 이내 허공으로 시선을 돌렸다.

"종남파와의 질긴 악연도 끊을 때가 되었다. 이십 년 전에 내가 말한 대로 했더라면 이런 일은 벌어지지도 않았을 것이다. 이제 잘못된 것을 알았으니, 늦었더라도 제대로 된 해결책을 찾아야 하지 않겠느냐?"

그 말을 듣자 비로소 두기춘은 백의 중년인이 누구인지 알게 되었다.

이십여 년 전, 기산취악이 일어난 후에 이 기회에 종남파를 멸문시켜야 한다고 강력하게 주장하다 당시 장문인이었던 사마원에 의해 무기한 폐관을 명받았던 화산파의 일대 괴인이 떠올랐던 것이다.

무공에 관한 한 최고의 자질을 가졌으면서도 누구보다 차가운 심성에 손속이 악랄해서 화산파 내에서조차 경원받아야만 했던 일대 기재!

당금의 화산파 장문인인 용진산이 가장 두려워하면서도 은연 중에 가장 믿고 의지하는 인물!

한때는 '철혈(鐵血)의 매화(梅花)' 라고 불렸던 철심혈수(鐵心血手) 검단현(劍斷絃)이 드디어 강호에 다시 모습을 드러낸 것이다.

제 294 장
무음무적(無音無跡)

제294장 무음무적(無音無跡)

손풍은 요새 무공을 익히는 재미에 흠뻑 빠져 시간 가는 줄을 몰랐다. 장괘장권구식을 처음 익힐 때만 해도 지겹기만 하고 영 흥미를 못 느꼈었는데, 막상 초식의 형을 모두 배우게 되자 그 초식들을 사용하는 방식에서 묘한 재미가 있다는 것을 알게 된 것이다.

똑같은 초식이라도 언제 어떻게 사용하느냐에 따라 판이한 위력을 나타내게 된다. 그가 그것을 절실히 깨달은 것은 한수의 배위에서 자신이 악전고투하던 장강십팔채의 고수를 낙일방이 같은 장괘장권구식만을 사용해 간단히 무찔러 버렸을 때였다.

그때 손풍은 지금껏 느껴 보지 못했던 통쾌함과 어떤 짜릿한 감흥을 맛볼 수 있었다.

종남파에서도 가장 기초적인 입문무공이라고 대수롭지 않게 생각했던 장괘장권구식에 그와 같은 오묘한 위력이 있으리라고는 전혀 생각도 못했던 손풍이었다. 일단 그 맛을 알게 되자 손풍은 미친 사람처럼 장괘장권구식에 빠져들게 되었다. 그래서 아침에 눈을 뜰 때부터 밤에 잠이 들 때까지 그는 남들의 눈을 피해 구슬땀을 흘리며 장괘장권구식을 연마했다. 익히면 익힐수록 장괘장권구식의 묘용을 하나둘씩 알게 되는 재미에 힘든 줄도 몰랐다.

오늘도 손풍은 아침 식사를 마친 후부터 해가 뉘엿뉘엿 기울어질 때까지 후원의 한쪽에서 열심히 장괘장권구식을 수련하고 있었다. 심지어는 그 좋아하는 점심도 거의 건너뛰다시피 해서 동중산마저 놀랄 정도였다.

며칠 전에 얼굴을 알아보기 힘들 정도로 두들겨 맞은 사람이라고는 상상도 할 수 없는 열정적인 모습이었다. 신기하게도 그토록 퉁퉁 부어올랐던 얼굴은 하루 만에 부기가 싹 빠졌고, 금이 갔던 갈비뼈도 아물어서 이틀도 되지 않아 평상시와 구분할 수 없을 정도로 나아 버렸다. 십이경맥이 타통되어 체내에 있는 엄청난 양의 진기가 몸속을 마구 치달려 준 덕분이었으나, 손풍은 그저 그러려니 하고 대수롭지 않게 생각했다.

지금 그가 집중적으로 연습하고 있는 초식은 단봉조양으로, 낙일방이 장강십팔채의 수적을 해치울 때 마지막으로 사용한 수법이었다. 그때 낙일방의 모습이 어찌나 멋져 보였던지, 손풍은 오랫동안 그 순간을 잊을 수 없을 거라고 생각하고 있었다.

"이렇게 했었지, 아마?"

손풍은 왼발을 반 보쯤 앞으로 이동하며 오른손을 옆으로 살짝 꺾어서 허공의 한 점을 후려쳤다. 하나 이내 마음에 들지 않는지

고개를 저으며 다시 같은 동작을 반복했다.

"아니야. 이거보다 훨씬 더 매끄럽고 날카로웠던 것 같은데……. 분명히 알고 있는 동작인데, 왜 그때 낙 사숙 같은 멋있는 자세가 안 나오는 거지?"

손풍이 고개를 갸우뚱거리며 자신의 오른팔을 바라보고 있을 때, 누군가의 음성이 들려왔다.

"그만하면 괜찮은 자세다."

손풍이 돌아보니 뜻밖에도 진산월이 뒷짐을 진 채 자신을 바라보고 서 있는 게 아닌가? 손풍은 황급히 그를 향해 머리를 조아렸다.

"나오셨습니까, 장문인."

"그래. 요즘 들어 수련에 열중하고 있다더니, 이제는 제법 자세가 갖춰지기 시작하는구나."

손풍은 정말 모처럼 진산월에게 칭찬을 받자 마음 한편으로는 기쁘면서도 쑥스러운 생각에 머리를 긁적거렸다.

"아직 멀었습니다. 그런데 제 자세가 괜찮은 겁니까?"

"배운 기간을 생각해 보면 나쁘지 않다."

"그런데 일전에 봤던 낙 사숙의 모습과는 왠지 많이 다른 것 같아서……."

"언제 말이냐?"

손풍은 무심결에 아무 생각 없이 대답했다.

"일전에 한수의 나룻배에서 장강십팔채의 수적과 싸울 때 낙 사숙께서 도와주셨는데, 그때 그분이 장괘장권구식으로 수적을 물리친 모습이 너무 인상적이었습니다. 저도 흉내라도 내 보려고 며칠째 연습했지만, 영 그때 낙 사숙께서 보여 주신 모습이 나오지 않는 것 같아 고민 중입니다.”

진산월의 눈에 엄격한 빛이 떠올랐다.

“나와 한 약조를 어기고 수적들과 싸웠단 말이냐? 그래서 일방이 너를 도와준 것이고?”

그제야 ‘면벽 일 년’의 약속이 생각난 손풍이 안색이 노랗게 변했다.

“아니, 그게…… 제가 장괘장권구식을 모두 익힌 다음이라 동 사형께서도 승낙을 하셨고…… 그래서 만만해 보이는 놈을 골라 덤볐는데, 이상하게도 그놈이 생긴 것과 다르게 상당한 고수여서…….”

손풍이 어쩔 줄을 몰라 횡설수설하자 진산월이 의외인 듯 반문했다.

“장괘장권구식을 모두 익혔단 말이지?”

“예, 자세만 겨우…….”

“어디 한번 펼쳐 보거라.”

진산월의 말에 손풍은 움찔하다가 이내 마음을 다부지게 먹고 장괘장권구식의 기수식을 취했다.

“그럼 부족한 모습이지만 장문인께 보여 드리도록 하겠습니다.”

진산월이 고개를 끄덕이자 한차례 심호흡을 한 손풍은 이내 장괘장권구식의 첫 초식인 금강서벽부터 펼치기 시작했다. 평소와는 달리 진지한 표정으로 한 초식 한 초식을 시전하는 손풍의 모습에, 얼핏 진산월의 입가에 살짝 미소가 그려졌다. 태어나면서부터 줄곧 무공과는 아예 담을 쌓고 살았던 손풍이었는데, 이제는 제법 얼치기 무인(武人) 같은 냄새가 나는 것이다.

손풍은 금강서벽에 이어 낙성연적과 삼환투일, 영양괘각의 초식들을 하나씩 신중하게 펼쳤다. 조용한 후원의 한편에서 땀을 뻘뻘 흘리며 장괘장권구식을 시전하는 손풍과 뒷짐을 진 채 묵묵히 그것을 지켜보고 있는 진산월의 모습은 몹시 대조적이었으나, 한편으로는 무척이나 어울리는 광경이기도 했다.

손풍은 정말 열심히, 초식 하나하나를 정성을 다해 펼쳤다. 처음에는 장문인 앞이라서 긴장도 되었으나, 일단 시작한 뒤에는 초식을 운용하는 재미에 빠져 옆에 사람이 있는 것도 모를 정도였다. 문득 정신을 차리고 보니 자신은 마지막 초식인 단봉조양까지 모두 시전을 끝낸 상태였다.

엉거주춤하게 손을 거두어들인 손풍이 조심스럽게 물었다.

"어떻습니까?"

진산월은 담담한 표정으로 고개를 끄덕였다.

"그만하면 적어도 형(形)만큼은 그럭저럭 익힌 것 같구나."

손풍의 입이 헤벌쭉하게 벌어졌다. 하나 그는 이내 다시 질문을 던졌다.

"그런데 왜 낙 사숙이 펼쳤던 자세가 안 나오는지 모르겠습니다."

"아직은 시기상조다."

"예?"

"지금 네 실력으로 일방이 펼치는 모습을 흉내라도 내는 건 불가능하다."

손풍의 얼굴이 실망감으로 물들었다.

"역시 그렇겠죠? 저 같은 놈은 낙 사숙의 발끝에도 따라갈 수 없으니."

진산월은 시무룩해진 손풍의 얼굴을 가만히 응시하고 있다가 조용한 음성을 내뱉었다.

"서예를 배운 적이 있느냐?"

뜻밖의 물음에 손풍은 약간 어리둥절해졌으나 이내 대답했다.

"예, 어렸을 적에 아버님의 강요로 몇 년 배운 적이 있습니다."

"그렇다면 이해하기 쉽겠구나. 서예로 말하면 너는 이제 겨우 막 천자문을 배운 상태다. 그런 너의 글씨가 오랫동안 서예를 익힌 대가(大家)의 글씨와 같을 수 있겠느냐?"

"그건……."

"똑같은 글씨를 써도 이제 겨우 서예에 발을 들여 놓은 자와 오랫동안 글을 써 온 대가의 글씨가 같을 리 없다. 무공도 마찬가지다. 같은 초식을 익혔어도 오랫동안 수련을 해 온 고수와 이제 겨우 입문한 지 한 달밖에 되지 않은 풋내기의 동작이 같을 수는 없지."

"……!"

"일방은 장괘장권구식을 십 년 가까이 익혀 왔다. 네가 펼쳤던 단봉조양만 해도 그는 수천수만 번을 연습했을 것이다. 그런데 네가 이제 겨우 한 달 배운 것으로 그와 비슷한 자세를 펼칠 수 있다면 일방이 지내 온 세월이 너무 억울하지 않겠느냐?"

손풍은 멍하니 그의 말을 듣고 있다가 황급히 머리를 조아렸다.

"제가 생각이 모자랐습니다."

"네게 부족한 건 오직 시간뿐이다. 계속 지금처럼 정진한다면 어느 순간에 일방 못지않은 자세로 장괘장권구식을 펼치는 네 자신을 볼 수 있게 될 것이다."

"명심하겠습니다, 장문인."

"그래."

진산월은 허리를 숙인 손풍의 어깨를 가볍게 두드려 주었다.

그러자 손풍은 갑자기 기분이 좋아졌다. 장문인의 손이 닿은 어깨 부분에서 따뜻한 열기가 전해져 온몸으로 퍼지는 듯한 기분이 들었다.

용기백배한 손풍은 고개를 번쩍 쳐들고 진산월을 올려다보았다.

"후원으로 저를 찾아오신 걸 보니 제게 시키실 일이 있으신 것 같군요. 무엇이든 말씀만 하십시오. 기꺼이 분부를 받들어 모시겠습니다."

갑자기 열정적으로 변한 손풍의 모습이 우스웠는지, 진산월의 왼쪽 뺨에 있는 칼자국이 미묘하게 꿈틀거렸다. 알아차리기 힘들 만큼 미약한 웃음이었으나, 손풍은 그 웃음을 보자 마음이 즐거워졌다.

"손풍."

"예, 장문인!"

"잠시 후에 이곳에서 만날 사람이 있다. 그들 외에는 아무도 들어오지 못하게 해라."

"알겠습니다."

손풍은 신이 나서 대답한 후, 절도 있는 동작으로 몸을 돌려 후원 입구로 씩씩하게 걸어갔다. 후원에 있는 작은 월동문을 막 지난 다음에야 손풍은 고개를 갸웃거렸다.

"어? 그런데 장문인이 만나려는 사람이 누구지?"

그걸 물어보려고 다시 들어가려니 왠지 내키지 않아서 망설이고 있던 손풍은 멀지 않은 곳에서 두 남녀가 걸어오는 것을 보고 눈을 크게 떴다.

"어? 저들은……."

사이좋게 팔짱을 끼고 다가오고 있는 두 남녀는 다름 아닌 이정문과 육난음이었다.

'오냐, 잘 만났다.'

손풍은 재빨리 월동문 앞을 막아섰다.

"이곳은 들어갈 수 없으니 돌아가시오."

이정문은 가만히 있는데, 육난음이 고운 아미를 치켜뜨며 그를 쏘아보았다.

"지금 우리에게 시비를 거는 거예요?"

손풍의 얼굴에 심술궂은 미소가 떠올랐다.

"누가 누구에게 할 소리인지 모르겠군. 장문인께서 아무도 출입하지 못하게 하셨으니, 곱게 말로 할 때 얼른 돌아가는 게 좋을 거요."

육난음의 눈매가 한층 더 날카로워졌다.

"이건 아무리 봐도 시비를 거는 말투 같은데. 당신은 어떻게 생각해요?"

육난음이 돌아보자 이정문은 뚱한 표정으로 시큰둥하게 대꾸했다.

"막내 제자가 장문인 말을 잘못 알아듣고 나름대로 열심히 하려는 모양인데, 좋게 봐주자고."

손풍의 얼굴이 살짝 일그러졌다. 이정문의 말은 얼핏 자기를 생각해 주는 것 같아도 묘하게 들을 때마다 기분이 나빠졌던 것이다.

"장문인 말씀을 잘못 알아듣다니, 그게 무슨 개소리……."

손풍이 버럭 소리를 지르려 할 때, 그의 귓전으로 진산월의 전음성이 들려왔다.

-손풍, 내가 기다리는 자들이니 안으로 들어오게 해라.

그제야 손풍은 진산월이 후원에서 만나려는 자들이 이들임을 알아차리고 얼굴이 붉어졌다. 매번 이들과 얽히면 실수를 하거나 창피를 당하는 일이 생기니 속도 상하고 약도 올랐던 것이다.

육난음은 씩씩거리는 그의 얼굴을 빤히 바라보더니 갑자기 생글생글 웃었다.

"잘하면 주먹이라도 휘두를 것 같은데, 오늘은 종남파 막내 제자분의 솜씨를 볼 수 있으려나?"

손풍의 눈이 시뻘겋게 충혈되며 코에서 거친 숨이 흘러나왔다. 하나 손풍은 억지로 숨을 고르며 분기를 가라앉혔다. 모처럼 장문인에게 칭찬까지 받은 좋은 날을 망쳐 버릴 수는 없다는 생각에, 솟구치는 화를 필사적으로 눌러 참은 것이다.

손풍은 아무 말 없이 월동문 옆으로 비켜섰다.

육난음이 다시 무어라고 그를 놀리려 했으나, 그때 이정문이 재빨리 그녀의 팔을 잡아끌고 월동문 안으로 들어갔다.

"고맙소."

이정문이 인사까지 하고 안으로 들어가자 어쩔 수 없이 끌려 들어가던 육난음이 입술을 삐죽거렸다.

"왜요? 먼저 시비를 걸어온 건 그자인데……."

"진 장문인이 와 있어."

이정문의 짧은 말에, 육난음은 그제야 표정을 풀었다.

손풍은 놀리는 재미가 있는 인물이지만, 장문인 앞에서 그 문파의 제자를 놀려 먹을 수는 없는 일이었다. 더구나 그 상대가 신검무적이라면 아무리 그녀라도 조심하지 않을 수 없었다.

후원에는 과연 진산월이 그들을 기다리고 있었다.

이정문과 육난음은 그의 앞으로 가서 인사를 했다.

"동 대협의 연락을 받고 바로 달려왔는데도 시간이 조금 지체되었소. 오래 기다리셨소?"

"나도 방금 왔소."

이정문은 후원을 한차례 둘러보았다.

"이곳은 제법 아담하고 조용한 곳이구려. 진 장문인께서 우리를 굳이 이런 곳에서 뵙자고 하니 의아한 생각이 드는구려."

진산월은 조용히 웃었다.

"내가 두 사람에게 손이라도 쓸까 봐 걱정되는 거요?"

이정문도 따라 웃었으나, 약간은 딱딱한 웃음이었다.

"그럴 리 있소? 다만 진 장문인이 우리와 단순히 이야기만 나눌 의향이었으면 실내에서 보자고 했을 거라는 생각이 들었을 뿐이오."

"바로 보았소."

진산월이 의외로 선뜻 시인을 하자 이정문의 표정이 살짝 굳어졌다.

"진 장문인의 말씀은……."

진산월의 시선은 그의 옆에 찰싹 붙어 있는 육난음에게로 향했다.

"육 소저의 암기가 강호일절이라는 말을 들었소. 육 소저의 솜씨를 한번 보고 싶소."

그 말에 이정문은 물론이고 육난음의 표정마저 모두 변했다. 특히 육난음은 무척이나 놀랐는지 입을 살짝 벌린 채 아무 말도 하지 못했다.

어찌 그렇지 않겠는가? 누구라도 강호제일 검객의 입에서 솜씨를 보자는 말을 듣게 되면 놀라고 당황하지 않을 수 없을 것이다.

육난음의 시선이 자신도 모르게 진산월의 허리춤으로 향했다. 그러고 보니 평상시에 자신들을 만날 때와는 달리, 오늘따라 진산월은 허리에 용영검을 차고 있었다.

다행히 이정문은 누구보다 두뇌가 영민하고 냉정한 인물이었기에 즉시 진산월의 말 속에 숨은 뜻을 알아차렸다.

"진 장문인께서는 그녀의 암기술을 견식하고 싶은 모양이구려?"

"그렇소."

이정문은 여유를 되찾았는지 입가에 떠올라 있는 미소가 조금 더 짙어졌다. 아까보다는 한결 부드러워진 웃음이었다.

"이틀 후에 있을 비무에 대한 대비 때문이라면 괜찮은 방법이라고 생각하오."

그 말에 육난음도 겨우 들끓는 마음을 진정시킬 수 있었다.

진산월이 자신과 싸우기 위해 부른 게 아님을 뒤늦게 알아차린 것이다.

그녀는 살짝 진산월을 흘겨보았다.

"깜짝 놀랐어요. 오늘 소문이 자자한 신검무적의 검을 직접 보게 되는 줄 알고 가슴이 두근거렸지 뭐예요."

진산월은 담담하게 그녀의 말에 대꾸했다.

"육 소저께서 보고 싶다면 기꺼이 보여 드릴 의향이 있소."

"그런 두근거림은 이틀 후로 미뤄 두겠어요."

"하지만 오늘은 내가 육 소저께 도움을 부탁드려야겠소."

"기꺼이 도와 드리죠."

육난음은 갑자기 활기찬 표정으로 앞으로 한 발 나섰다.

"제가 어떻게 해 드리면 진 장문인에게 도움이 될까요?"

진산월은 손으로 후원의 한 부분을 가리켰다.

"실례가 되지 않는다면 저 나뭇등걸을 향해 암기를 발출해 주셨으면 좋겠소."

"이렇게 말인가요?"

그녀가 장난처럼 말하며 슬쩍 손을 휘두르자, 어느새 한 줄기 섬광과 함께 진산월이 가리킨 나무 한복판에 비침 하나가 틀어박혀 있었다. 언제 비침이 그녀의 손에 쥐어져 있었는지, 그리고 그것이 어떻게 발출되었는지는 누구도 정확히 본 사람이 없었다.

진산월은 진지한 얼굴로 나무에 깊숙이 박혀 있는 비침을 바라보고 있더니 육난음을 향해 물었다.

"실례가 되지 않는다면 방금 육 소저께서 몇 성의 공력을 사용했는지 알 수 있겠소?"

육난음은 살짝 미소 지었다.

"다른 사람이라면 절대로 밝히지 않겠지만, 진 장문인이니 말씀드리죠. 나는 육성(六成)을 썼어요."

진산월은 정중하게 포권을 했다.

"어려운 질문에 답해 주신 것에 감사드리오."

무공의 시범을 보여 달라는 것도 모자라 그 무공에 몇 성의 공력을 사용했는지까지 알려 달라는 것은 보기에 따라서는 상당히 무례하고 위험한 부탁이 될 수 있었다. 그걸 잘 알고 있음에도 진산월이 그런 질문을 던진 것은 그만큼 중요한 일이기 때문이었다. 다행히 육난음이 조금도 망설이지 않고 선뜻 알려 주었기에 진산월은 마음에서 우러나오는 감사의 인사를 한 것이다.

"한 가지만 더 부탁드리겠소."

"말씀하세요."

진산월은 육난음의 얼굴을 정면으로 응시하며 진중한 음성으로 말했다.

"육 소저께서 전력을 다한 솜씨를 보고 싶소."

육난음은 여전히 생글생글 웃었다.

"저 나무에 말인가요?"

진산월은 고개를 저었다.

"나를 향해 펼쳐 주시오."

육난음의 얼굴에 떠올라 있는 미소가 씻은 듯이 사라졌다. 육난음은 진산월의 의중을 파악하려는 듯 그의 얼굴을 뚫어지게 바라보고 있다가, 그가 진심임을 알아차렸는지 표정에 차가운 빛이 떠올랐다.

"진 장문인께서는 내가 전력을 다한다 해도 진 장문인의 털끝 하나 건드리지 못한다고 생각하시는 모양이지요?"

"그게 아니오."

"그게 아니라면……?"

"한 가지 확인해 볼 것이 있기 때문이오."

"내 암기술이 진 장문인에게 통할지 안 통할지 몸으로 직접 확인해 보겠다는 뜻인가요?"

진산월은 가만히 고개를 저었다.

"자세한 건 잠시 후에 말씀드리겠소."

이어 그는 가볍게 신형을 움직여 그녀에게서 삼 장 떨어진 공간에 우뚝 멈춰 섰다. 그런 다음 양손을 늘어뜨린 채로 담담한 음성을 발했다.

"내 왼쪽 어깨 위의 견정혈(肩井穴)을 노려 주시면 고맙겠소."

진산월이 자신의 의사를 무시한 채 일방적으로 공격 부위까지

정해 주자 육난음의 눈에 분노의 빛이 일렁거렸다. 사실 그녀는 진산월이 과거 사천에서 당한 일을 안타깝게 생각하고 있었기 때문에 그의 처지를 동정하면서도 한편으로는 그에 대해 약간의 호감을 가지고 있었다. 진산월의 다소 무리한 부탁에도 그녀가 선뜻 응했던 것은 그런 이유에서였다.

하나 지금 진산월의 요구는 아무리 그를 좋게 보고 있는 그녀라도 참기 힘들 정도로 무례하고 이해하기 어려운 것이었다.

이정문 또한 진산월의 그런 모습에 의아한 빛을 감추지 못했다.

'이상하구나. 진 장문인은 속마음이야 어떻든 결코 남에게 예의를 잃지 않는 사람인데, 왜 저렇게 무리한 부탁을 하는지 정말 모르겠구나.'

육난음은 붉은 입술을 잘근잘근 깨물더니 이윽고 냉랭한 음성으로 입을 열었다.

"좋아요. 나는 전력을 다하겠으니, 진 장문인도 피를 보고 싶지 않으면 최선을 다하는 게 좋을 거예요."

"명심하겠소."

진산월의 말이 채 끝나기도 전에 그녀의 어깨가 살짝 흔들렸다. 그 흔들림은 너무도 미약해서 유심히 보지 않았다면 누구도 알아차리기 힘들었을 것이다.

그리고 그때, 한 줄기 검광이 번뜩거렸다.

땅!

동시에 터져 나오는 날카로운 음향 하나!

이정문은 흠칫 놀라 눈을 크게 뜨고 앞을 바라보았다. 언제 뽑아 들었는지 진산월의 손에는 우웃빛을 뿌리는 검 하나가 쥐어져 있었다.

육난음의 시선은 이정문과는 전혀 다른 것을 보고 있었다.

진산월의 발밑에 무언가 유리 조각 같은 것이 반짝거리고 있었다. 그것이 자신이 발출한 절명침(絕命針)의 잔해임을 그녀는 한눈에 알아보았다. 놀랍게도 그녀가 전력을 다해 발출한 절명침을, 진산월은 정확히 용영검으로 가격해 한 줌의 가루로 만들어 버린 것이다.

비록 절명침이 날아오는 부위를 알고 있다고 해도 놀라운 일이 아닐 수 없었다. 자신의 비침에 적지 않은 자신감을 가지고 있던 육난음으로서는 마치 가슴이 검광에 쪼개지는 듯 강한 충격을 맛보아야만 했다.

다시 한차례 검광이 번뜩이더니 용영검이 소리도 없이 진산월의 검집 안으로 들어가 버렸다. 검이 저절로 살아서 움직이는 듯한 그 모습에 이정문이 입을 딱 벌렸다. 그와 같은 납검(納劍)의 경지는 일찍이 본 적도 들은 적도 없었던 것이다.

진산월은 다시 육난음을 향해 포권을 했다.

"육 소저의 도움에 감사드리오. 정말 좋은 경험을 했소."

육난음은 그 말에 퍼뜩 정신을 차리고 복잡한 빛이 담긴 눈으로 진산월을 바라보았다.

"진 장문인의 검술이 신화경(神化境)에 달해 있다는 것은 주위에서 하도 떠들기에 들어서 알았지만, 정말 소문 이상이군요. 실로 놀라운 솜씨였어요."

"육 소저의 솜씨가 더욱 놀라웠소. 왼쪽 견정혈이 아닌 다른 곳으로 날아왔다면 사정이 달라졌을 거요."

육난음의 얼굴에 갑자기 쌀쌀맞은 표정이 떠올랐다.

"그거야 모르는 일이지요. 지금 다시 한 번 시험해 볼까요?"

진산월은 고개를 저었다.

"사양하겠소. 아무래도 다음에는 정말 피를 보게 될지 모르니 말이오."

"이제 말씀해 보세요. 대체 무엇을 확인하려고 했던 것이죠?"

진산월은 잠시 무언가 곰곰이 생각하는 듯하더니 이윽고 천천히 입을 열었다.

"솔직히 말씀드리면, 소리를 듣고 싶었소."

"소리라니요?"

"육 소저가 암기를 발출하는 소리 말이오."

육난음의 몸이 한 차례 움찔거렸다.

"그 소리를 들었단 말이에요?"

"그렇소."

육난음은 도저히 믿을 수 없다는 듯 눈을 크게 뜨고 진산월을 쳐다보았다.

"그건 정말 미약한 소리여서 인간의 청력으로는 듣기 힘들 텐데……."

"처음 소저가 육성을 사용했을 때 암기가 발출되는 소리를 들었소. 하지만 그 소리가 너무 미약하고 희미해서 그것이 진짜 육 소저가 암기를 발출할 때 나는 소리인지 확신할 수가 없었소. 그리고 육 소저가 전력을 다한 상태에서도 소리가 나는지 또한 알고 싶었소."

그제야 알겠다는 듯 육난음이 짧은 탄성을 토해 냈다.

"아! 그래서 두 번째는 몸으로 직접 확인하려 했던 거로군요."

"그게 가장 확실한 방법이라고 생각했소."

"그래서 두 번째에도 소리를 들었단 말이죠?"

"그러지 못했다면 육 소저의 암기를 쳐 낼 수 없었을 거요."

"정말 대단하군요."

육난음은 거듭 감탄성을 발했으나, 의외로 진산월의 표정은 그리 밝지 않았다.

"하지만 피하지는 못했소."

"그래요. 그건 조금 아쉬운 일이군요."

옆에서 듣고 있던 이정문이 의아한 눈으로 물었다.

"그게 무슨 말이야? 피하지 못한 게 아쉬운 일이라니? 막는 게 더 대단한 거 아니야?"

육난음은 그를 흘겨보며 피식 웃었다.

"다른 건 똑똑한 사람이 무공 방면은 정말 숙맥이라니까. 암기란 원래 피할 수 있으면 무조건 피하는 게 더 좋은 법이에요."

"왜?"

"목표를 맞히지 못한 암기는 무용지물이니까."

"그럼 막는 게 안 좋은 거야?"

"그건 도저히 피할 수 없을 때 선택하는 방법이에요. 하지만 완전한 방법은 아니지요."

"그건 또 왜?"

"암기를 막다가 무슨 일을 당할지 모르기 때문이에요. 만약 그 암기가 폭발하는 성질을 가지고 있다면? 아니면 몇 개로 갈라지거나, 너무 강력한 위력을 담고 있어서 검을 자르고 들어온다면? 어떤 상황이 벌어질지 아무도 모르잖아요."

이정문은 고개를 끄덕였다.

"그렇군. 그래서 막기보다는 피하는 게 제일 좋은 방법이라는 거로군."

"그래요. 물론 진 장문인처럼 막으면서 암기 자체를 완전히 파쇄해 버릴 수 있으면 다행이지만, 암기의 종류에 따라서 어떤 것은 도저히 그럴 수 없는 것도 있으니까요. 상대가 어떤 암기를 쓸지 모르는 이상, 피할 수 있으면 무조건 피하는 게 상책이에요."

이정문은 새삼스런 눈으로 그녀의 하얀 손을 내려다보았다.

신검무적조차 피하지 못하고 막아야만 할 정도로 가공할 암기술을 지닌 손이라고는 믿을 수 없을 정도로 보드랍고 고운 손이었다. 그리고 그 손의 주인은 자신의 여자였다.

그 눈길에 담긴 의미를 알아차렸는지 육난음은 밉지 않게 그를 흘겨보더니 이내 진산월에게로 시선을 돌렸다.

"진 장문인께서 단순히 소리를 듣고 내 암기를 피할 수 있을지 확인하기 위해서 그런 모험을 한 것 같지는 않군요."

진산월의 표정은 여전히 무거웠다.

"그렇소. 솔직히 나는 육 소저의 암기를 피하기보다는 소리를 듣는 것 자체에 더 신경을 쓰고 있었소."

"그건 왜 그렇죠?"

진산월의 음성은 어느 때보다 낮게 가라앉아 있었다.

"소리도 없이 발출되는 암기를 본 적이 있으니까."

그 말에 육난음은 물론이고 좀처럼 놀라는 법이 없는 이정문조차 깜짝 놀라고 말았다.

특히 육난음은 충격이 컸던지 표정이 굳어지고 입술마저 가늘게 떨리고 있었다.

"정말 그런 암기를 사용하는 사람을 보았단 말이에요?"

"그렇소."

"그가 누구인가요?"

"내일모레 싸우기로 한 사람이오."

육난음의 안색이 창백해졌다.

"역시 그로군요. 그럼 진 장문인은 이미 그와 한 번 만난 적이 있었군요."

이정문이 그녀의 말에 놀라 황급히 되물었다.

"그럼 정말로 소리도 없이 암기를 발출할 수가 있단 말이야?"

"방금 듣지 못했어요? 그건 암기술의 최고 경지인 무음경(無音境)이에요. 내가 알기로는 당금 무림에서 그 경지에 올랐거나 올랐을 가능성이 있는 사람은 단지 세 명뿐이에요."

"그들이 누구야?"

"첫째는 사부님이세요. 사부님이 암기를 발출하면 정말 아무 소리도 들리지 않아요. 그리고 또 한 사람은 사부님의 숙적인 소수마후예요. 그건 사부님께서 말씀해 주셨어요."
두 절대고수의 이름을 듣자 이정문은 이내 단정적으로 말했다.
"마지막 인물은 나도 알겠군. 천수나타 당각이지?"
"그래요. 그동안 확신할 수는 없었지만, 당각이라면 그 경지에 올랐을 수도 있을 거라고 예상했었지요. 그런데 진 장문인의 말씀을 들어 보니, 확실히 그는 이미 무음의 경지에 도달해 있는 게 분명해요."
진산월은 고개를 저었다.
"한 가지가 더 있소."
"그게 무어예요?"
"그자의 암기는 소리뿐 아니라 어떠한 흔적도 없었소."
육난음의 입에서 자신도 모르게 뾰족한 음성이 터져 나왔다.
"뭐라고요? 그건 불가능해요."
이정문이 황급히 그녀를 다독거렸다.
"진정해. 진 장문인이 없는 말을 지어낼 리가 없잖아."
"하지만…… 그건 정말 말도 안 되는 일이에요."
"뭐가?"
육난음은 넋이라도 나간 사람처럼 중얼거리듯 말했다.
"무적경(無跡境)은 단지 전설로만 전해지는 경지예요. 암기술을 익히는 모든 사람들이 꿈에서도 이루기를 원하지만 누구도 이루지 못해서, 그저 마음속의 상상으로만 만들어 낸 경지란 말이에요."
그녀의 목소리가 갑자기 커졌다.

"생각해 보세요. 아무런 소리도 없고 흔적도 없이 암기가 날아든다면 천하의 누가 그걸 막을 수 있겠어요? 그래서 암기 무공을 익히는 자들 사이에서는 오래전부터 '무적(無跡)은 곧 무적(無敵)이다'라는 말이 은밀하게 전해져 오고 있었죠. 마치 이룰 수 없는 환상 속의 신화나 전설처럼 말이에요."

그녀의 말을 듣자 이정문은 갑자기 소름이 쭈욱 끼쳐 왔다.

그녀의 말마따나, 소리도 없고 어떠한 흔적도 없이 날아드는 암기를 무슨 수로 피할 수 있겠는가?

그리고 진산월은 이제 이틀 후에 그런 암기의 고수와 정면 승부를 해야 하는 것이다.

"천수나타가 정말 그런 경지에 올라 있단 말인가?"

그의 중얼거림에 육난음도 고개를 갸웃거렸다.

"비록 당각이 암기의 최고수라고 해도 아직 그 경지에는 이르지 못했을 텐데……. 진 장문인께서는 정말 그의 암기가 날아드는 어떠한 흔적도 알아차리지 못하셨나요?"

듣기에 따라서는 굉장히 무례한 질문이었으나, 질문을 하는 그녀도 대답을 하는 진산월도 전혀 그 점을 의식하지 않았다.

"그렇소. 그때 그는 세 번 암기를 발출했는데, 처음에는 암기가 발출되는 소리와 흔적을 알 수 있었으나 두 번째에는 어떠한 소리도 들을 수 없었소. 단지 미약한 기척을 느꼈기에 겨우 피할 수 있었을 뿐이오."

육난음은 침을 꼴깍 삼켰다.

"세 번째는요?"

진산월의 음성은 어느 때보다 진중하고 묵직했다.

"아무런 소리도 들리지 않았고, 어떠한 기척도 느낄 수 없었소."

이정문과 육난음은 아무 말도 하지 않고 서로를 바라보았다.

신검무적이 듣지도 못하고 느끼지도 못했다면 누구도 듣거나 흔적을 알아차릴 수 없을 것이다.

그렇다면 당각은 정말 꿈의 경지라는 무적경에 도달해 있는 것일까?

만약 그렇다면 이틀 후의 싸움이 어떠한 결과를 맺게 될지는 너무도 뻔한 일이 아니겠는가?

진산월은 할 말도 잊은 채 굳어 있는 두 남녀를 차례로 보더니 이윽고 조용한 음성으로 말하는 것이었다.

"그래서 두 분께 한 가지 부탁할 것이 있소. 대신 이 공자가 야율척의 둘째 제자를 잡는 것을 도와주겠소."

제 295 장

당랑규선(螳螂窺蟬)

제 295 장 당랑규선(螳螂窺蟬)

진산월을 만나고 돌아오는 이정문과 육난음의 발걸음은 그다지 가볍지 않았다. 특히 육난음의 표정이 너무 심각해서, 이정문은 그녀의 팔을 가볍게 두드리며 그녀를 달래 주었다.

"너무 불안해 하지 마. 진 장문인이 어떤 사람인지 잊었어? 별볼 일 없는 무공을 지니고 있을 때에도 세상에서 가장 무서운 두 개의 극독을 맞고도 살아 나온 사람이야. 그는 절대로 쉽게 굴복하지 않을 거야."

육난음은 이정문을 돌아보았다. 그녀의 얼굴은 평소와 달리 한없이 무거워 보였다.

"그건 당신이 무적경에 올랐다는 것이 어떤 의미인지 모르기 때문이에요."

"어떤 의미인데?"

"그건…… 일단 암기를 발출하면 천하의 누구라도 죽일 수 있다는 뜻이에요."

이정문의 눈에 한 줄기 기광이 번뜩였다.

"그 상대가 무공의 신(神)이라고 할지라도?"

"그래요. 무림에 신이 있다면 그 신조차 무적경의 고수가 발출하는 암기를 피할 수 없어요. 그런데 당신, 표정이 왜 그래요?"

"내가 뭘?"

"무언가 몰랐던 걸 알았다는 듯한 얼굴을 하고 있잖아요. 말해봐요. 내 말에서 뭘 알아차린 거죠?"

이정문은 대수롭지 않은 듯 입꼬리를 삐죽이며 웃었다. 그다운 각박하고 딱딱한 웃음이었다.

"별거 아냐. 당각이 왜 진 장문인에게 공개적인 비무첩을 보냈는지 여러 가지로 해석을 하고 있었는데, 아무래도 그중 하나가 확실한 것 같아서 말이지."

"그게 뭔데요? 어서 말해 줘요."

육난음이 팔에 매달리자 묵직한 가슴의 감촉이 생생하게 느껴졌다.

"쾌의당의 천살령주가 진 장문인을 죽이기 위해 이쪽으로 왔다는 말을 들었지?"

"그래요. 당신은 혹시 그 천살령주가 당각이 아닐까 하고 의심했잖아요."

"그래. 그런데 아무래도 그런 것 같아. 천살령주에 대해 알려진 것이 하나 있는데, 천살령주는 마음먹기에 따라 신조차 죽일 수 있는 능력을 지니고 있다는 것이지. 어디서 많이 듣던 소리 같지 않아?"

"그렇군요. 그건 확실히 무적경의 고수를 두고 한 말 같아요. 당각이 정말 무적경에 오른 고수라면 그가 바로 천살령주일 거예요."

열심히 그의 말에 맞장구를 치던 육난음이 고개를 갸웃거렸다.

"그렇다면 왜 당각은 은밀히 진 장문인을 공격하지 않고 일부러 공개리에 비무첩까지 보낸 것일까요? 원래 쾌의당의 암살 청부는 최대한 은밀하게 진행하는 게 일반적이잖아요."

"아무래도 혁리공이 무언가 수작을 부리는 것 같아. 종남파의 움직임에 대한 소문이 너무 빨리 퍼져 나가 세인들의 이목이 잔뜩 집중된 상태에서 당각의 비무첩이 공개되었단 말이야. 당연히 사람들로서는 미친 듯이 열광할 수밖에 없지. 너무 냄새가 나지 않아?"

"혁리공은 서장 야율척의 둘째 제자라면서요?"

"서장과 쾌의당은 사안에 따라 협력하기도 하고 반목하기도 하는데, 진 장문인을 상대하는 일이라면 서로 힘을 합치려 할 거야. 지금같이 온 무림의 이목이 집중된 상황에서 당각이 진 장문인을 공개리에 쓰러뜨리면 어떤 일이 벌어질 거 같아?"

육난음은 잠시 생각해 보더니 한숨을 내쉬었다.

"상상만으로도 끔찍하군요. 그렇게 되면 적어도 종남파가 이번에 구대문파로 복귀하는 일은 일어나지 않을 거예요. 그 후의 일은 가정으로라도 하고 싶지 않군요."

"당신이 진 장문인을 좋아한다는 건 진작부터 알고 있었지."

"그래요, 이 심술쟁이. 나는 진 장문인도 좋아하고, 그 잘생긴 옥면신권도 좋아하고, 심지어는 진 장문인의 제자인 애늙은이 같은 꼬마 녀석도 좋아하죠. 내가 또 누굴 좋아하는지 더 말해 줄까요?"

"내 말은 당신이 종남파 사람들에게 너무 편향적일 정도로 짙은 호감을 느끼고 있다는 거야. 우리 같은 사람들은 좀 더 냉정하고 공정해져야지."

"그런 게 내 마음대로 돼요? 당신은 그럼 종남파 사람들이 안쓰럽고 대견하지도 않아요? 그 험난한 가시밭길을 뚫고 여기까지 올라온 사람들인데……."

이정문의 눈빛이 침착하게 가라앉았다.

"그런 건 혼자서만 생각하고 있어야지. 개인적인 호불호는 대세를 판단하는 데 장해가 될 뿐이야."

육난음은 도톰한 입술을 삐죽거렸다.

"어련하겠어요, 목석 같은 양반."

"아무튼 이번 공개 비무첩의 배후에는 혁리공의 의도가 숨어 있을 거야. 그 말은 달리 말하면 혁리공은 지금 이 근처에 있다는 뜻이지. 비무가 당각의 승리로 끝나는 순간, 그는 움직이려 할 거야."

"어떻게요?"

"두 가지 중의 하나겠지. 직접 움직이거나, 다른 사람을 움직이게 하거나."

"둘 중 어느 거라고 생각해요?"

"혁리공은 늘 싸움을 붙여 놓고 그걸 구경하는 걸 자신의 제일락(第一樂)이라고 말해 왔지. 이번에도 반드시 그렇게 하려 할 거야."

"그럼 그가 누굴 움직이는지를 지켜봐야겠군요?"

이정문은 빙긋 웃으며 육난음을 바라보았다.

"그가 움직이기 아주 좋은 상대가 바로 옆에 있잖아."

"누굴 말하는 거예요?"

이정문은 턱으로 어느 한쪽을 가리켰다.

"종남파가 머무르고 있는 별실 건너편에 누가 있는지를 생각해 봐."

육난음은 무심코 그쪽으로 고개를 돌리다가 입을 딱 벌렸다.

"설마 형산파를?"

"형산파는 그동안 진 장문인과 종남파의 비무행 때문에 전전긍긍하고 있었지. 종남파의 약진을 막자니 진 장문인을 상대할 자신이 없고, 두고 보고 있자니 자신들의 입지가 점점 좁아지고 있으니 얼마나 속이 탔겠어? 그런데 진 장문인이 당각의 손에 쓰러진다면 그들이 어떻게 나올 거 같아? 누군가가 살짝 심지를 갔다 대기만 해도 활활 타올라 버릴걸."

"그렇다면……."

"그래. 우리는 우선 형산파를 주목해 봐야지. 그곳에서부터 혁리공의 꼬리를 잡아 나가기 시작하는 거야. 그나저나 당신, 살이 좀 찐 거 같아. 가슴이 더 커졌잖아."

"지금 무슨 말을 하는 거야, 이 바보가!"

육난음은 이정문의 마른 몸을 확 밀쳐 버렸다.

* * *

황일기(黃逸麒)는 자신의 허리춤에 매달린 검을 내려다보았다.

푸른 수실에 매인 네 개의 매듭이 어느 때보다 선명하게 눈에 들어왔다.

사결검객(四結劍客). 형산파는 물론이고, 강호 어디에서도 내로라하는 일류검객의 상징이었다.

지난 몇 년간의 고련 끝에, 올봄에 황일기는 드디어 사결검객이 될 수 있었으며, 형산파 내에서 나름대로 적지 않은 인정을 받게 되었다. 그의 나이가 이제 겨우 스물아홉인 것을 감안해 본다면 보기 드물게 파격적인 발탁이라고 할 수 있었다.

혹자는 그의 사부이자 오결검객인 칠지신검 좌군풍의 입김이 들어갔을 거라고 말하기도 했으나, 그것은 형산파의 속사정을 모르고 하는 소리였다. 매듭을 하나 늘리고자 할 때마다 형산파 내에서는 여러 방면에서 치밀하고도 공정한 심사를 거쳤고, 특히 사결검객은 형산파의 대외적인 얼굴에 가까워서 더욱 혹독한 심사과정을 통과해야만 했다.

형산파의 실질적인 수뇌부인 오결검객들은 좀처럼 강호에 모습을 드러내지 않았기에 실제로 강호에서 볼 수 있는 형산파의 실력자들은 대부분이 사결검객이었다. 이제 황일기는 적어도 신분면에서는 형산파를 대표할 수 있는 인물 중 한 사람이 된 것이다.

한동안 자신의 검에 매달린 푸른 수실의 매듭을 어루만지고 있던 황일기는 문득 고개를 들었다.

멀지 않은 곳에서 한 사람이 그에게로 다가왔다.

"사부님께서 찾으십니다, 황 사형."

다가온 사람은 그의 사제인 조뢰명이었다.

그의 검에 매달린 수실의 매듭은 아직도 세 개였다. 그래서인지 황일기를 대하는 그의 태도는 예전보다 훨씬 더 공손해져 있었고, 조심스러워 하는 기색마저 보이고 있었다. 삼결과 사결의 차이는 그처럼 막대한 것이었다.

황일기는 살짝 고개를 끄덕이고는 내실을 향해 성큼 걸어갔다. 조뢰명은 그의 등을 묵묵히 바라보고 있다가 그를 따라 몸을 움직였다.

두 개의 방을 지나 내실로 들어가자 좌군풍이 누군가와 차를 마시고 있었다. 이십 대 중반쯤 되어 보이는 문사 차림의 젊은 청년이었는데, 유난히 피부가 하얗고 눈썹이 선명해서 마치 여인이 남장(男裝)을 한 것이 아닌가 하는 의혹이 들 정도였다. 하나 목젖이 선명한 것을 보면 남자임이 분명했다.

"부르셨습니까?"

황일기가 다가와 머리를 조아리자 좌군풍은 앞에 앉은 의자를 가리켰다.

"너는 이곳에 앉고, 뢰명은 잠시 물러가 있거라."

"예."

조뢰명이 내실 밖으로 조용히 사라지자, 좌군풍은 앞에 앉아 있는 문사 차림의 청년을 가리켰다.

"서로 인사를 나누거라. 구양가의 셋째 공자이시다."

문사 차림의 청년이 단정한 자세로 인사를 했다.

"구양가의 구양현성(歐陽玄星)이라 합니다."

"구양가의 일월성진 사대공자의 명성은 익히 들어서 알고 있소. 형산파의 사결인 황일기라 하오."

황일기의 태도는 정중하지도 무례하지도 않은 담백한 것이었다. 그 안에는 형산파의 사결이라는 자존심이 담겨 있었다. 적어도 강호의 어느 누구도 형산파의 사결을 무시할 수는 없다는 강한 자신감의 발로이기도 했다.

구양현성의 하얀 얼굴에 흰 선이 그려졌다. 의미를 알기 힘든 묘한 미소였다.

"저도 황 소협의 명성은 많이 들었습니다. 당대에서는 네 번째로 젊은 나이에 사결에 오르셨다는 말을 듣고 꼭 만나고 싶었습니다."

형산파의 사결검객은 서른한 명에 불과했다. 그들 중 대부분은 삼사십 대의 나이였으며, 이십 대는 극소수뿐이었다. 당대의 사결검객 중 가장 어린 나이에 사결에 오른 사람은 대로검 백대행이었으며, 그때 백대행의 나이는 불과 스무 살이었다.

그 때문에 당시 무림에 상당한 화제를 불러일으켰고, 백대행은 일약 형산파의 미래를 상징하는 인물이 되어 버렸다. 하나 모든 사람의 기대를 한 몸에 받았던 백대행이 지금은 검을 꺾고 형산파의 깊은 곳에 칩거하는 신세가 되었으니, 사람의 인생이란 참으로 모를 일이었다.

황일기는 구양현성의 준수하다 못해 아름다워 보이는 얼굴을 가만히 응시했다. 구양현성에 대한 소문은 황일기도 몇 번 들은 적이 있었다.

구양가는 호남성 장사(長沙)에 있는지라 형산에서 그리 멀지 않았다. 자연히 형산파는 대대로 구양가와 밀접한 관계를 유지해 왔으며, 그 관계는 지금도 계속되고 있었다.

구양현성은 일월성진의 사대공자 중에서도 가장 특이한 인물이었다. 첫째인 구양표일은 술과 여자를 좋아하여 풍류공자로 이름이 높았고, 둘째인 구양전월은 이재(理財)에 밝아서 황금공자(黃金公子)라고까지 불리고 있었으며, 막내인 구양수진은 무공광으로 유명했다. 그들에 비해 셋째인 구양현성은 조용하고 침착한 성격에 인물이 뛰어나다는 것 외에는 그다지 알려진 것이 없었다. 그럼에도 불구하고 많은 사람들이 후대의 구양가는 그와 구양전월 중 한 사람이 맡게 될 거라고 말하고는 했다.

심지어는 구양전월보다 그를 더 높게 평가하는 자들도 적지 않았다.

풍류를 모르고, 이재에도 밝지 않으며, 무공에도 소질이 없는 그가 어떻게 그런 평가를 받게 되었는지 의아해하는 자들도 있었으나, 그를 아는 모든 사람들은 그에 대해 이렇게 말했다.

"구양현성이 어떤 일을 하기로 결심하면 그 일은 무조건 이루어진다. 왜냐하면 구양현성은 실패할 가능성이 조금이라도 있는 일에는 결코 뛰어들지 않기 때문이다."

어떻게 보면 그의 신중함을 칭찬하는 말 같기도 했고, 또 어떻게 보면 그의 소심함을 비웃는 말 같기도 했으나, 아무튼 그의 주위에 있는 사람들은 구양현성이 어떤 일을 하든 절대적인 지지를 보내고 투자와 지원을 아끼지 않았다. 그리고 그들의 기대는 지금까지 단 한 번도 배반당한 적이 없었다.

그런 구양현성이 형산파의 오결검객인 좌군풍을 만나고 있다는 것은 여러모로 시사하는 바가 적지 않았다. 구양현성이 움직였다는 것은 어떤 일을 계획하고 있으며, 그 일이 거의 성공 단계에 있음을 나타내는 것이기 때문이다. 그리고 좌군풍은 기꺼이 그 일에 동참할 생각임이 분명했다. 그러하지 않고서는 황일기에게 구양현성을 소개해 줄 리 없었다.

두 사람이 인사를 나누자 좌군풍은 특유의 굵직한 음성으로 입을 열었다.

"사 년 전에 네가 신검무적을 비롯한 종남파 고수들과 가벼운 충돌이 있었다는 말을 들은 기억이 나는구나. 그때의 이야기를 해보거라."

황일기는 이미 오래전에 지난 일을 좌군풍이 왜 굳이 다시 거론하는지 의아스러웠으나, 아무런 내색도 하지 않고 당시의 일을 말하기 시작했다.

무림대집회에 참석하기 위해 소림사로 갔다가 우연히 팽파진의 주루에서 종남파 고수들과 시비가 붙어 결국 관제묘 앞에서 공개적인 비무를 벌이게 된 것부터, 비무가 점점 흉험해져서 서로 합의하에 비무를 중단하게 되기까지의 과정을 빠짐없이 이야기했다.

묵묵히 그의 말을 듣고 있던 좌군풍이 나직하게 혀를 찼다.

"결국 좌동은 옥면신권에게 패하고, 조뢰명은 승부를 가리지 못한 채 물러나고 말았다는 말이로구나."

"당시의 상황으로는 어쩔 수가 없었습니다. 조금만 더 사태가 진행되었다면 조 사제와 종남파의 제자 중 한 사람은 반드시 불의의 변을 당하고 말았을 것입니다."

"무림의 비무에서 그 정도 일은 얼마든지 일어날 수 있는 것이지. 그나저나 당시 좌동과 옥면신권의 대결은 우열을 가리기 힘들 정도로 호각지세라고 했는데, 겨우 사 년 만에 옥면신권은 강호제일의 후기지수가 되었고, 좌동은 여전히 이결에 머물러 있다. 너는 이것을 어떻게 생각하느냐?"

황일기는 당시의 기억을 떠올려 보고는 고개를 저었다.

"저도 이해가 가지 않는 일입니다. 당시의 옥면신권은 정말 성질만 급하고 별다른 재주가 없는 애송이였습니다. 그때 좌 사제가 조금만 냉정했어도 비무에서 결코 패하지 않았을 것입니다. 그런 그가 어떻게 불과 사 년 만에 그런 고수가 될 수 있었는지 도무지 짐작도 가지 않습니다."

"짐작 가지 않는 일은 그뿐만이 아니지. 종남파의 장문인을 생각해 보면 온통 이해하지 못할 일투성이다. 그의 급격한 성장은 무림 유사 이래 좀처럼 보기 드문 것이다. 평범한 강호의 고수가 불과 사 년 만에 무림의 최정상을 달리는 절세의 검객이 될 수 있다는 것을 누가 선뜻 믿을 수 있겠느냐?"

황일기도 그 점이 의아스럽기는 마찬가지였다. 사 년 전의 진산월은 나름대로 특출난 점이 있기는 했으나 결코 사람들을 두렵게 할 정도로 무공에 뛰어난 재질을 지닌 인물은 아니었다. 오히려 나이답지 않게 침착하고 유들유들한 성격을 지니고 있어서 무공보다는 두뇌가 비상한 인물로 기억되고 있었다.

황일기의 뇌리에는 아직도 풍채 좋은 체구에 언제나 부드러운 미소를 짓고 있는 그의 모습이 선명하게 남아 있었다. 그 사람 좋아 보이는 덩치 커다란 청년이 불과 사 년 만에 모든 무림인들이 경외해 마지않는 강호제일의 검객이 될 줄이야 어찌 상상이나 할 수 있었겠는가?

좌군풍의 표정은 한층 더 진지해졌고, 음성은 더욱 낮게 가라앉아 있었다.

"신검무적도 그렇고 옥면신권이나 다른 고수들을 봐도 그렇고, 확실히 종남파에는 남들이 모르는 무언가가 있음이 분명하다. 그것이 강호의 적지 않은 사람들을 두렵게 만들고 있다. 그래서 그들은 기회가 닿는다면 그런 불안 요소를 깔끔하게 제거할 수 있기를 바라고 있지."

황일기의 눈빛이 날카롭게 번뜩였다.

"사부님의 말씀은 곧 그런 기회가 올 거라는 뜻입니까?"

"기회란 찾아오기도 하고 만들어지기도 하는 것이다. 우리로서는 언제 어떤 일이 벌어질지 모르니 만반의 준비를 하고 있어야 한다는 뜻이다."

"만반의 준비라 하심은?"

"이틀 후의 결과에 따라 많은 일들이 달라질 것이다. 그에 대한 대비를 해야겠지."

좌군풍은 분명한 이야기는 하지 않았다. 늘 딱 부러지게 말하지 않고 에둘러 표현하는 것은 좌군풍의 오랜 습관 중 하나였다. 하나 그런 좌군풍의 어법에 익숙해 있는 황일기는 이내 공손하게 머리를 조아렸다.

"알겠습니다."

어떤 일을 어떻게 대비하라는 것인지 좌군풍이 굳이 지적하지 않아도, 황일기는 일이 어떻게 진행되고 있는지 충분히 짐작할 수 있었다. 아울러 구양현성과 좌군풍이 무슨 일을 꾸미고 있는지도 알 수 있었다.

그들은 신검무적과 천수나타의 비무 결과에 따라 종남파를 말살하려 하는 것이다. 만약 신검무적이 천수나타에게 패한다면 종남파는 지금까지의 욱일승천하는 기세가 꺾임과 동시에 가장 무서운 무기를 잃게 되는 것이다. 그때 아무도 예상치 못했던 날카로운 비수가 날아든다면 종남파는 의외로 허무한 종말을 맞이하게 될지도 모르는 일이다.

문제는 과연 비수가 단숨에 종남파의 숨통을 끊을 정도로 충분히 날카로우냐 하는 것이다.

이번 무당산 집회에 참석하기 위해 이곳에 온 형산파의 고수는 좌군풍 외에 두 명의 오결검객과 네 명의 사결검객, 그리고 일곱 명의 삼결검객이 전부였다. 이 정도 숫자라면 강호무림의 어느 문파에도 뒤지지 않는 막강한 전력이라고 할 수 있다. 하나 과연 이들만으로 신검무적이 빠진 종남파를 능가한다고 할 수 있을지는 솔직히 황일기로서도 자신할 수 없었다.

신검무적이 없다고 해도 종남파에는 강호 제일의 후기지수로 공인된 옥면신권이 있고, 무공의 끝을 알 수 없다는 신비로운 무영검군이 있으며, 강호삼정랑의 일인인 다정군자 남궁선을 꺾은 폭뢰검객도 있다. 뿐만 아니라 장강십팔채의 총채주인 천교자 방산동을 격살한 자는 새롭게 등장한 종남파의 여고수라는 소문까지 은밀히 퍼지고 있어, 그야말로 종남파의 가공할 전력에 많은 무림인들이 전율하고 있는 판국이었다.

그런 황일기의 우려를 알아차렸는지 좌군풍은 조용한 한마디를 덧붙였다.

"내일 사공표와 비성흔이 올 것이다."

그 말에 황일기의 눈이 번쩍 뜨여졌다.

비응검 사공표와 절영검 비성흔.

그들은 모두 오결검객들로, 이십여 년 전의 기산취악 때 종남파와의 비무에 나섰던 당사자들이기도 했다. 그들은 오결검객 중에서도 최고 수위의 실력을 지닌 절정고수들로, 그들보다 뛰어난 고수는 오결검객의 수좌인 조화신검 사견심과 검에 미쳐 검귀(劍鬼)라고까지 불리는 냉홍검 고진뿐이었다.

그중 사견심은 애제자인 백대행의 일로 상심하여 형산파에 칩거하고 있고, 고진은 아직도 축융봉의 동굴 속에 틀어박혀 미친 듯이 검법을 연마하고 있었다.

좌군풍이 이번 무당집회의 책임을 맡게 된 것도 그런 연유에서였다.

사공표와 비성흔이 온다면 그들의 제자인 네 명의 사결검객 또한 동행할 것이 분명했다.

그렇게 되면 형산파의 전력은 다섯 명의 오결검객에 여덟 명의 사결검객으로 늘어난다. 이 정도라면 신검무적이 빠진 종남파를 충분히 압도하고도 남음이 있었다.

그렇다면 이제 관건은 하나였다. 그리고 또한 가장 중요한 절대조건이기도 했다.

과연 이틀 후의 비무에서 천수나타는 신검무적을 꺾을 수 있을 것인가? 신검무적이 존재하는 한 다른 어떤 시도도 무의미한 것이기 때문이다.

그때, 지금까지 묵묵히 그들의 대화를 듣고 있던 구양현성이 조용한 음성으로 입을 열었다.

"신검무적은 절대로 천수나타의 암기를 막을 수 없소. 천수나타 본인이 직접 확인까지 한 일이오. 다시 말해서 이틀 후가 바로 신검무적의 기일이 될 것이며, 또한 종남파가 머무르는 별실에 의문의 화재가 발생하는 날이기도 하오."

그제야 비로소 황일기는 절대적인 승산이 있을 때만 일에 뛰어든다는 구양현성에 대한 소문이 거짓이 아님을 알게 되었다. 그리고 이번에야말로 종남파를 영원히 재기할 수 없는 깊은 구렁텅이로 몰아넣게 될 것임을 추호도 의심하지 않았다.

* * *

혁리공은 손에 들고 있던 편지를 내려놓으며 한숨을 내쉬었다.

"휴우……."

옆에서 그를 지켜보고 있던 선약연이 고개를 갸웃거렸다.
"당신답지 않게 웬 한숨이에요? 일이 잘 안 풀려요?"
"오히려 그 반대요. 일이 너무 술술 풀리고 있소."
"그런데 왜 한숨을 내쉬는 거예요?"
"너무 잘 풀리니 자꾸 이상한 생각이 든단 말이오. 순류(順流)에는 항상 역류(逆流)가 따르기 마련인데, 이번 일에는 역류의 기미가 전혀 없으니 공연히 마음이 불안해지는구려."
선약연은 피식 웃고 말았다.
"그런 걸 기우(杞憂)라고 하는 거예요. 그런데 일이 정말 당신 계획대로 진행되고 있단 말인가요?"
"그렇소. 조건도 완벽하게 갖춰지고, 장기 말도 움직일 채비를 마쳤소."
"그런데 영 표정이 밝지 않군요."
혁리공의 얼굴에 한 줄기 쓴웃음이 떠올랐다.
"신검무적의 마지막이 멀지 않았다고 생각하니 왠지 기분이 묘해진단 말이오."
"왜 그렇죠?"
"신화의 종말을 보는 건 언제나 슬픈 법이오. 하나의 신화가 전설로 남지 않고 사라지는 건 사람의 마음에 묘한 감상(感傷)을 불러일으킨단 말이오. 특히 강호인들에게는 더욱 그렇지."
선약연은 머릿속에 떠오르는 신검무적의 얼굴을 잠시 그려 보다가 고개를 저었다.
"나는 잘 모르겠군요. 신화니 전설이니 하는 말들이 너무 막연하게 느껴지네요."

"그건 당신이 여자라서 그럴 거요. 여자란 의외로 냉정한 구석이 있거든."

"남자는 그렇지 않은가요?"

"남자란 존재는 가끔 엉뚱한 데서 의기소침해지거나 마음이 약해지고는 하오."

선약연의 눈에 냉랭한 웃음이 떠올랐다.

"당신은 전혀 그럴 것 같지 않으니 안심해요."

"나는 남자도 아니란 말이오? 아무튼 아쉬운 일이오. 신검무적은 나름대로 무척 매력 있는 인물이었는데 말이오."

"당신이 그를 그렇게 생각할 줄은 몰랐군요."

"원래 무서운 적일수록 더 가깝게 느껴지는 법이오. 그는 정말 대단한 인물이지만, 아쉽게도 시기를 잘못 만났소."

"그가 정말 당각을 당해 내지 못할 거라고 생각해요?"

"생각이 아니라 확신이오. 신검무적은 이번에 외통수에 단단히 걸려 버렸소."

"아무리 그가 암기 무공에 취약하다고 해도 명색이 강호제일의 검객인데, 당신이 그렇게 일방적으로 그의 패배를 기정사실화하는 것이 잘 이해가 되지 않는군요."

"쾌의당에서는 두 명의 용왕이 그의 손에 쓰러진 후 그에 대한 철저한 연구를 했소. 그의 모든 것을 여러 각도에서 치밀하게 분석한 결과, 그를 쓰러뜨릴 수 있는 방법은 암기와 쾌검이라고 결론 내렸지. 그런데 공교롭게도 당각은 그 두 가지를 모두 가지고 있는 사람이거든."

"당각이 쾌검까지 익히고 있단 말인가요?"

"자세한 내용은 워낙 기밀이라 나도 밝힐 수 없소. 아무튼 현재 무림에서 신검무적의 상극(相剋)이라고 할 수 있는 인물이 바로 당각이고, 현재 신검무적의 능력으로는 그것을 극복할 수 없다는 것이 너무나 분명하오."

"그럼 당각이 천하제일고수라도 된단 말이에요?"

선약연의 물음에 혁리공은 피식 웃었다.

"천하제일이 그렇게 쉽게 되는 것이면, 이미 무림에는 오래전부터 천하제일고수가 나왔을 거요."

"강호제일 검객도 꼼짝 못하는 암기 무공의 달인이라면 천하제일을 노려 볼 만하지 않아요?"

"신검무적이 당각을 이기지 못하는 건 조금 전에도 말했다시피 신검무적의 가장 치명적인 약점을 당각이 노릴 수 있기 때문이오. 그런 약점이 없는 사람이라면 아무리 당각이라도 승산을 자신하지 못하지."

"그런 약점이 없는 사람도 있어요?"

혁리공의 두 눈이 어느 때보다 밝게 빛났다.

"있소. 최소한 세 사람."

"그들이 누군가요?"

혁리공은 고개를 저었다.

"그들의 이름은 내가 감히 거론할 수 없소."

"쓸데없는 이야기는 잘도 하면서 정작 내가 궁금해하는 중요한 일들에 대해서는 입을 다물어 버리는군요."

"일전에도 말했지만, 당신이 정말 알아야 할 일이라면 기꺼이 알려 줬을 거요. 하지만 그렇지 않은데도 굳이 당신에게 말할 필요는 없지 않소?"

선약연은 샐쭉한 표정으로 그를 쏘아보더니 이내 말문을 돌렸다.

"또 그 당신의 이상한 철칙을 떠들 생각이라면 그만둬요. 그나저나 그때 그들을 그렇게 내버려 둔 건 너무 심하지 않았나요?"

"조화심과 공손도 등 세 사람 말이오?"

"그래요. 그래도 그들은 지난 몇 년간 당신을 도와 여러 가지 일들을 잘 처리해 주었는데……."

"어쩔 수 없었소. 일이 잘 되어 그들이 무사할 수 있었으면 다행이었겠지만, 하필이면 거기서 신검무적을 만났으니 그들의 운이 나빴던 거요."

선약연은 혁리공의 얼굴을 뚫어지게 바라보더니 입가에 냉랭한 미소를 머금었다.

"내가 당신 속을 모를 줄 알아요? 당신은 그들이 그렇게 될 줄을 알고 있었죠? 신검무적이 근처에 있는 걸 알고도 그들을 그쪽으로 보냈잖아요."

"그들은 단지 운이 나빴을 뿐이라니까."

"정말 그런가요?"

"그렇소. 설사 신검무적을 만나지 않았더라도 그들은 어차피 오래 살 운명이 아니었소."

"왜 그렇죠?"

"신목령의 오천왕 중 한 사람인 광풍서생 양척기가 그들을 잡기 위해 이쪽으로 오고 있소."

"양척기가 비록 오천왕 중 두 번째 가는 고수라고 해도 당신이 도와주었다면 그들이 충분히 버틸 수 있었을 텐데……."

"신목령에서 내가 알게끔 양척기의 행방을 공공연히 드러낸 것은 나에게 일종의 신호를 보낸 것이오."

"무슨 신호 말인가요?"

"그들을 제거해 주면 지금까지의 일을 더 이상 문제 삼지 않겠다는 신호 말이오."

선약연은 흠칫 놀랐다.

"그들이 정말 그런 신호를 보낸 거예요?"

"신목령이 그들 세 사람을 자신들의 손으로 제거하려 했다면 좀 더 비밀리에 움직였을 거요. 하지만 양척기는 일부러 우리의 눈에 뜨이는 노선으로 움직였고, 속도도 그리 빠르지 않았소."

"그들이 왜 그런 신호를 보낸 거죠?"

"몇 가지 이유가 있겠지. 자신들이 키웠던 제자들을 자신들의 손으로 처단하는 것이 불편했든지, 아니면 이 기회에 천목지약을 완전히 깨뜨리려는 심산이었든지……."

"그게 무슨 말이죠? 천목지약은 이미 유명무실해진 지 오래잖아요?"

"유명무실해진 것과 완전히 깨진 것은 분명한 차이가 있소. 천봉궁과 신목령은 그동안 보이지 않는 암투를 벌여 왔지만, 공개적으로 상대편 고수를 살해한 적은 없었소. 그런데 이번에 신목령의 십이사자 중 세 사람이 천봉선자들에게 죽은 거요. 비록 그들이 신목령의 배반자들이라고 해도 신목령으로서는 천목지약을 깰 확실한 명분을 얻게 된 것이지."

선약연은 잠시 생각에 잠겼다가 살짝 눈을 찌푸렸다.

"결국 신목령은 손도 대지 않고 배반자를 처리하면서 코를 푼 셈이고, 당신도 이용 가치가 떨어진 자들을 떨쳐 버리고 후환을 없앤 격이 되었군요."

"아까도 말했다시피 그들은 운이 없었던 거요. 만약 그들이 신검무적이나 정소소를 만나지 않고 무사히 임무를 마치고 돌아왔다면 그들의 운명도 달라졌을 거요."

"아니에요. 당신은 틀림없이 다른 수를 써서라도 그들을 같은 꼴로 만들었을 거예요."

혁리공은 억울하다는 표정을 지어 보였다.

"나를 너무 피도 눈물도 없는 나쁜 놈으로 만드는구려."

"그들 세 사람은 당신을 너무 믿은 게 실수였어요. 아니, 애초에 당신을 알게 된 것이 그들의 가장 큰 실수인 셈이었을지도 모르죠."

"그들이 잘못한 것은 나를 만난 게 아니라 능력에 비해 너무 큰 욕심을 가지게 된 것이오. 그들은 신목령이 자신들을 구속하고 있다고 생각하고 그것을 벗어나려 한 것이지만, 사실은 신목령에 속해 있을 때 자신들의 능력을 가장 온전히 발휘할 수 있는 그런 존재들이었소."

선약연은 고개를 절레절레 흔들었다.

"죽은 사람들 이야기는 이제 그만하죠. 그나저나 당신은 산수재 이정문이 종남파 고수들과 함께 있는 걸 알고 있죠?"

이정문의 이야기가 나오자 혁리공의 얼굴에 야릇한 미소가 떠올랐다. 그에게서는 좀처럼 볼 수 없는 투지 가득한 웃음이었다.

"물론이오. 그는 나의 가장 큰 먹잇감인데, 그의 행방에 소홀할 리가 있소?"

"그런데 그에게는 별로 신경을 쓰지 않는 것 같군요."

"그럴 리가? 그를 맞을 준비는 어느 때보다 철저하게 되어 있소."

혁리공의 자신만만한 말에 선약연은 고개를 갸웃거렸다.

"듣기로는 이정문이 여우보다 약고 두뇌가 비상해서 천하에서 가장 상대하기 까다로운 인물 중 하나라고 하는데, 당신은 그에 대해 별로 두려워하는 것 같지 않군요."

"솔직히 이정문은 두려운 상대요. 몇 년 전에 우리 측에서 그자에게 호되게 당한 적이 있다는 건 당신도 알고 있을 거 아니오?"

"그런 말을 듣기는 했지만 별로 관심이 없어서 자세히 알지는 못해요."

"당신답군."

선약연의 눈초리가 가늘어졌다.

"나답다는 게 뭐죠?"

"당신은 자기와 직접 관련이 있는 일이 아니면 별로 신경을 쓰지 않는 성격이지. 뭐, 특별히 흠잡거나 비꼬려는 건 아니니까 그렇게 노려볼 필요는 없소. 아무튼 이정문은 만만한 인물이 아니니, 나로서도 나름대로 주의를 기울이고 있다는 말을 하려고 했던 거요."

"어떻게 말이죠?"

"이정문은 나 혼자 상대하기에는 벅찬 감이 있소. 더구나 이곳은 그의 안마당이나 마찬가지인 중원 한복판이니 말이오. 그래서 이번에는 특별히 한 사람의 도움을 받기로 했소."

선약연은 누구보다 자존심 강하고 다른 사람을 우습게 알고 있는 혁리공이 누군가의 도움을 받기로 했다는 말에 놀라지 않을 수 없었다.

"그게 누군데요?"

혁리공은 선약연을 향해 미소 지었다. 무언가 야릇한 빛을 띤 의미심장한 미소였다.

"당신이 아주 반가워할 사람이오."

그 말에 무언가를 느낀 듯 선약연의 표정이 딱딱하게 굳어지기 시작했다.

"혹시……."

그녀가 무어라고 말을 하기도 전에, 소리도 없이 문이 열리며 한 사람이 안으로 들어왔다. 그가 등장하자 방 안이 갑자기 한층 더 밝아진 것 같은 느낌이 들었다.

"연매, 오랜만이오."

보는 사람을 매혹시킬 만큼 멋진 미소를 짓고 있는 그 사람은 그녀가 한때 미친 듯이 사랑했던 연인이었고, 이제는 누구보다도 미워하는 철천지원수이기도 했다. 피 끓던 시절에 그녀의 마음을 뒤흔들어 그녀로 하여금 삼월보를 뛰쳐나오게 만들었던 그 인물은 바로 절세옥안(絕世玉顔)의 사나이, 화면신사 백석기였다.

제 296 장 취선지호(醉仙之呼)

第296장 취선지호(醉仙之呼)

손풍은 오늘 기분이 아주 좋았다. 무공을 연마하면서 자신의 실력이 부쩍 늘어나는 것을 스스로도 느낄 수 있었고, 그래서인지 자신을 쳐다보는 주위의 시선도 많이 바뀐 것 같았다. 더구나 조금 전에는 전혀 기대도 하지 않았던 장문인의 칭찬까지 들어서인지 전신에서 끝도 모를 힘이 솟구치는 것 같았다.

물론 종남파의 분위기는 평시와는 달리 많이 가라앉아 있었다.

이틀 후에 있을 비무 때문에 그런 것 같았다. 하나 손풍은 사람들의 그런 분위기를 이해할 수가 없었다.

장문인이 어떤 사람인가?

일단 검을 손에 쥐면 단숨에 구름을 만들어 내는 강호제일의 검객이 아닌가?

그런 장문인에게 누군가가 도전해 왔다는 것도 우스웠지만, 그 상대가 보기 드문 강적이라며 걱정하는 사람들의 반응도 어처구니없었던 것이다.

'천수나타인지 뭔지 하는 자가 제아무리 암기의 최고수라고 해도 장문인에게는 어림도 없지. 암, 그 작자는 암기 한 번 던져 보지 못하고 장문인의 일검에 목이 달아날 것이다.'

손풍은 남들이 걱정하건 말건 신경도 쓰지 않고 혹시 수련할 공간이 있나 주위를 두리번거렸다. 한번 수련에 맛을 들이니 도저히 몸이 근질거려 참을 수 없었던 것이다. 늘상 사용했던 후원은 지금 장문인이 머무르고 있어 갈 수 없었다. 대신 별실 입구의 앞뜰에 제법 쓸 만한 공간을 발견한 손풍은 그곳에서 슬슬 몸을 풀기 시작했다.

한동안 열심히 장괘장권구식을 연마하던 손풍은 문득 누군가의 시선을 느끼고 고개를 돌려 보았다. 별실의 대문 앞에서 황의와 남의를 입은 두 명의 여인이 나란히 선 채 그를 지켜보고 있었다.

언뜻 보기에도 눈이 번쩍 뜨이는 미인들이어서 반색을 했던 손풍은 그중 한 여인의 얼굴이 어딘지 눈에 익은 것을 느끼고 그녀를 자세히 쳐다보았다. 그러고는 이내 얼굴이 시커멓게 변해 버렸다.

결코 이곳에서 만나리라고는 상상도 하지 못했던 뜻밖의 얼굴이 그곳에 있었던 것이다. 그 얼굴의 주인은 손풍과 시선이 마주치자 요염할 정도로 진한 미소를 머금었다.

"어머, 이곳에서 또 만났네."

꾀꼬리같이 맑고 고운 음성이었으나 손풍에게는 지옥의 야차(夜叉)가 울부짖는 소리로 들렸다.

그 음성의 주인은 생글생글 웃으며 손풍을 향해 다가왔다.

"확실히 종남파의 제자가 되더니 신수가 훤해졌네. 제법 무림인 냄새도 나는 것 같고. 아무 짝에도 쓸모없는 파락호인줄 알았더니, 그래도 제법 무공에 소질이 있나 봐. 자세가 괜찮던걸."

손풍은 얼굴을 구기며 고개를 돌렸으나, 눈앞에 노란색이 번뜩였다 싶더니 그녀의 얼굴이 다시 코앞에 불쑥 나타나는 것이었다.

"내가 반갑지도 않은가? 영 꼴 보기 싫은 걸 보는 표정이네."

손풍은 속으로 욕지거리가 치밀어 올랐다.

'그걸 몰라서 묻는 거냐, 이 망할 계집년아!'

손풍은 정말 눈앞의 이 천방지축 같은 여자를 상대하고 싶지 않았다. 그녀에게 두들겨 맞아 며칠간을 꼼짝도 못하고 누워서 끙끙거린 기억이 아직도 생생하거늘, 어찌 그녀와 말 한 마디라도 섞고 싶겠는가?

손풍이 아무 말도 하지 않고 계속 고개를 돌리자 그녀의 눈초리가 조금씩 하늘로 솟구쳐 올랐다.

"아직도 그 못된 망아지 같은 버릇을 못 버렸나? 사람이 말을 했으면 가타부타 대꾸를 해야 할 거 아냐?"

그녀의 음성이 거칠어지자 손풍은 순간적으로 몸이 움찔거렸다. 남에게 맞은 적이 한두 번이 아니었던 손풍이었지만 그녀처럼 무자비하게 사람을 두들겨 패는 경우는 본 적이 없었다. 그러니 그녀의 언성이 높아지자 절로 마음이 움츠러들지 않을 수 없었다.

때마침 그녀와 함께 와 있던 남의 미녀가 그녀의 손을 잡았다.

"산매, 쓸데없이 분란을 일으키지 마. 우리가 이곳에 왜 왔는지 잊었어?"

손풍을 향해 눈을 부라리는 여인은 다름 아닌 누산산이었고, 그녀를 제지하는 남의 미녀는 엄쌍쌍이었다. 누산산은 손풍을 날카로운 눈으로 쏘아보더니 냉랭한 코웃음을 날렸다.

"흥, 언니는 저 자식이 예전에 나한테 뭐라고 했는지 몰라서 그래요. 아무튼 오늘은 언니 얼굴을 봐서 내가 참도록 하지요. 괜히 언니의 그이에게 눈총받기는 싫으니까."

그 말에 엄쌍쌍의 얼굴이 빨개졌다. 가뜩이나 수줍음이 많고 내성적인 그녀로서는 '그이'라는 말에 부끄러움을 참기 힘들었을 것이다. 공교롭게도 말이 씨가 되려는지 주위의 소란스러움에 무슨 일인가 싶던 낙일방이 밖으로 모습을 드러냈다.

"손풍, 무슨 일인가?"

낙일방은 무심결에 고개를 돌렸다가 엄쌍쌍과 누산산을 발견하고는 준수한 얼굴에 한 줄기 홍조가 어렸다. 뜻밖의 만남에 기쁘기도 하고 설레기도 한 모습이었다.

"엄 소저, 언제 오셨소?"

엄쌍쌍은 낙일방을 보자 얼굴이 온통 홍시처럼 붉어지며 고개가 절로 숙여졌다.

"방금 도착했습니다. 낙 공자님께서는 그동안 잘 계셨는지……."

"나야 잘 있었소만, 엄 소저께서는……."

낙일방은 무어라고 말을 하려다 입을 다물고 말았다. 그녀 때문에 벌어진 파란만장한 일을 어찌 말로 형용할 수 있겠는가? 그동안 그녀에 대한 여러 가지 감정 때문에 많은 어려움을 겪었던 낙일방으로서는 막상 그녀를 다시 보게 되니 참으로 복잡한 심정이 솟구쳐 올라 제대로 말을 잇기 힘들었다.

엄쌍쌍 또한 정소소에게서 그간의 일을 대충이나마 들었기에 낙일방에 대한 미안한 마음과 애틋함이 겹쳐 고개만 떨구고 있었다.

두 남녀가 서로 눈도 제대로 마주치지 못하고 어색한 표정으로 얼굴만 붉히고 서 있자 누산산이 재빨리 끼어들었다.

"낙 공자를 보니 반갑군요. 우리는 진 장문인을 뵈러 왔는데, 지금 계신가요?"

낙일방은 퍼뜩 정신을 차리고 안광이 형형한 눈으로 그녀를 돌아보았다.

"장문인께서는 안에 계시오. 그런데 실례가 되지 않는다면 무슨 일인지 여쭤 봐도 되겠소?"

그녀를 대하는 낙일방의 태도는 명문정파의 제자다운 절도와 당당한 기개가 서려 있는 것이었다. 누산산은 그 모습에 압도되어 자신도 모르게 고분고분한 음성으로 대답했다.

"본 궁의 공주님께서 진 장문인께 전하는 서신을 가져 왔어요."

"장문인께 아뢸 테니 접견실에서 잠시만 기다리시오. 손풍, 두 분을 접견실로 모시도록 해라."

손풍으로서는 그저 머리를 조아릴 수밖에 없었다.

"예, 사숙."

낙일방은 엄쌍쌍을 한 번 더 각별한 눈으로 쳐다보더니, 두 여인에게 살짝 고개를 숙이고는 다시 안으로 들어갔다. 그의 훤칠한 신형이 사라지자 그제야 두 여인은 누가 먼저랄 것도 없이 각기 의미가 다른 한숨을 내쉬었다.

"후우."

"휴! 이제 살겠네."

누산산은 무엇이 그리도 못마땅한지 연신 입술을 삐쭉거리며 투덜댔다.

"종남파 사람들은 어째 갈수록 상대하기 힘들어지는지 모르겠네. 언니, 언니는 그 사람이 보고 싶다고 노래를 부르더니 왜 바보같이 한 마디도 못하는 거예요? 그러니까 저자가 더 기세등등한 거 아니에요?"

"그게 무슨 말이니?"

엄쌍쌍이 도리질을 했으나 누산산은 단단히 심통이 난 표정이었다. 그러다 그녀의 시선이 엉거주춤한 자세로 서 있는 손풍에게로 향했다.

그녀의 따가운 시선을 받자 손풍은 황급히 몸을 돌렸다.

"따라오시오. 접견실로 안내해 드리겠소."

손풍은 그녀가 당장이라도 덤벼들 것처럼 생각되었는지 재빨리 안으로 걸음을 옮겼다. 그 행동이 어찌나 재빨랐는지 누산산은 미처 트집을 잡을 기회를 놓치고 아쉬운 입맛을 다셔야만 했다.

그녀는 아직도 얼굴을 붉히고 서 있는 엄쌍쌍의 손을 잡아끌었다.

"어서 가요. 안에 들어가서 요즘 강호를 뒤흔들고 있는 그 대단한 종남파의 다른 사람들 얼굴도 좀 보자고요."

두 여인은 손풍의 뒤를 따라 별실 안으로 들어갔다.

진산월은 손에 들린 서신을 무심한 시선으로 읽었다.

서신의 내용은 특별한 것이 없었다. 간단한 안부 외에 무당파에 들어가기 전에 잠깐의 만남을 청하는 용건이 짤막하게 적혀 있었다.

일전에도 느낀 것이지만, 그녀의 서신은 여인답지 않게 지극히 직선적이고, 꼭 말하고자 하는 핵심만 담겨 있었다. 어찌 보면 너무 무미건조하고 냉정하다고 할 수 있었고, 또 어찌 보면 불필요한 허례를 배제한 지극히 실용적인 것이라고 할 수도 있었다.

아름다운 필체만 아니었다면 앞뒤가 꽉 막힌 남자가 보낸 것이라고 해도 믿을 수 있을 정도였다.

진산월은 서신을 접은 후 담담한 눈으로 누산산을 쳐다보았다.

"공주께서 언제쯤 만났으면 하시는 것 같소?"

누산산은 눈을 반짝인 채 진산월의 얼굴을 빤히 응시하며 입을 열었다.

"공주님께서는 어제 먼 길을 오셨는지라 이틀 정도는 쉬고 싶어 하십니다. 마침 삼 일 후면 무당파의 집회가 열리는 날이니, 모레 저녁이 괜찮을 것 같군요."

옆에서 듣고 있던 동중산이 속으로 혀를 찼다.

'너무 속이 보이는군. 비무의 결과를 보고 만날지 말지를 결정하겠다는 게 아닌가?'

천수나타와의 비무는 모레 정오에 벌어지니, 비무에 승리하면 그날 저녁에 단봉공주를 만나는 일은 무리가 없을 것이다. 그리고 만약 진산월이 비무에서 패하게 되면 자연히 그날 저녁의 만남도 없던 일이 되어 버릴 것이다.

어차피 진산월이 패하면 단봉공주와 만나는 일 같은 건 무의미하게 되기 때문에 이해 못할 것도 없으나, 동중산은 새삼 강호의 인심이란 것이 얼마나 믿을 수 없고 위태로운 것인지를 다시 한 번 절감할 수 있었다.

그러고 보니 처음에는 사방에서 진산월을 보고 싶어 하는 고수들의 방문 요청이 쇄도했으나, 천수나타와의 비무가 알려진 다음에는 그런 요청이 딱 끊겨 버렸다. 중요한 비무를 앞두고 방해하지 않겠다는 의미인 줄은 알고 있지만, 그래도 입맛이 씁쓸한 것은 어쩔 수 없었다.

진산월은 그런 사정을 아는지 모르는지 전혀 표정의 변화가 없이 차분한 태도를 유지하고 있었다.

"그럼 모레 유시(酉時) 경에 찾아뵙겠다고 전해 주시오."

"알겠어요."

"유 대협의 상세는 어떠시오?"

"노 신의께서 돌보신 덕분에 빠르게 회복 단계에 접어들고 있어요."

"다행이군. 곽 대협은 유 대협과 잘 만나셨소?"

팔비신살 곽자령은 유중악이 이곳에서 멀지 않은 객잔에서 노방의 간호를 받으며 머무르고 있다는 걸 알자 곧바로 그곳으로 이동했다. 제갈도를 비롯한 그의 일행들이 모두 동행했음은 당연한 일이었다.

"그분들은 회포를 푼 후 모두 노 신의께 치료를 받고 계셔요. 유 대협의 상세가 낫는 대로 이곳으로 진 장문인을 뵈러 온다고 하시더군요."

제갈세가의 가주인 제갈도가 있기는 하지만, 내상에 관한 한 노방이 당대 제일의 실력을 지니고 있었다. 강호에서는 '외상(外傷)은 신수무정, 내상은 철면군자가 최고'라는 말이 정설처럼 퍼져 있는 상태였다.

노방이라면 유중악과 곽자령이 당한 부상은 어렵지 않게 완치시킬 수 있을 것이다.

"굳이 이곳으로 오실 필요 없이, 모레 저녁에 내가 그쪽으로 갈 때 그분들도 만나는 게 좋을 것 같소. 그렇게 전해 주시오."

누산산은 진산월이 혹시 언짢은 게 아닐까 하여 그의 표정을 살피다가 그의 기색이 평온한 것을 보고는 겨우 안심하고 고개를 끄덕였다.

"그렇게 전해 드리겠어요. 사실 오늘도 그분들이 같이 오겠다고 하는 걸 노 신의께서 말려서 간신히 떼어 놓고 오느라 고생했거든요."

진산월의 시선이 한쪽에 다소곳하게 앉아 있는 엄쌍쌍에게로 향했다.

"엄 소저의 안색을 보니 중독은 모두 치료가 된 모양이구려."

엄쌍쌍은 고개를 숙이고 공손하게 인사를 했다.

"진 장문인 덕분에 무사할 수 있었습니다. 다시 한 번 감사드립니다."

"별말씀을. 모처럼 여기까지 어려운 걸음을 하셨으니 찬찬히 둘러보고 가도록 하시오."

이어 진산월은 한쪽에 조용히 앉아 있는 낙일방을 불렀다.

"일방, 네가 엄 소저를 안내해 드리도록 해라."

낙일방은 다소 겸연쩍은 얼굴로 엄쌍쌍을 힐끗 돌아보더니 천천히 자리에서 일어났다.

"알겠습니다. 따라오시지요, 엄 소저."

엄쌍쌍은 얼굴이 도화빛으로 물들었으나, 거절하지 않고 못 이기는 척 그를 따라 몸을 일으켰다.

"그럼."

두 남녀가 밖으로 사라지는 광경을 부러운 듯 보고 있던 누산산이 갑자기 눈을 반짝이며 진산월을 쳐다보았다.

"저도 종남파 분들이 머무르는 곳을 구경하고 싶군요. 저는 어느 분이 안내해 줄 거죠?"

기대에 찬 눈으로 자신을 바라보는 누산산의 표정이 부담스러웠는지 진산월은 이내 동중산 쪽으로 고개를 돌렸다. 동중산은 조용히 웃으며 누산산을 향해 말했다.

"괜찮다면 내가 안내해 드리겠소."

누산산의 눈초리가 슬쩍 치켜 올라갔다.

'아니, 누구는 젊고 잘생긴 남자와 다니고, 누구는 쭈글쭈글하고 인상도 사나운 애꾸와 다녀야 한단 말인가?'

그녀의 심정을 알아차렸는지 동중산이 다시 한마디를 덧붙였다.

"나이 먹은 내가 싫다면 젊고 싱싱한 손 사제를 붙여드리겠소."

그 말에 누산산이 질색을 했다.

얼굴만 보아도 주먹부터 날리고 싶어지는 손풍이 자신의 안내를 맡았다가는 종남파의 숙소인 이곳에서 한바탕 피바람이 불지도 모르는 일이었다.

"아니에요. 친절하고 자상한 동 대협과 다니면 적어도 입이 심심하지는 않겠지요."

그런데 그녀의 말이 끝나자마자 문이 열리더니 손풍이 안으로 들어왔다.

동중산은 그가 또 무슨 실수라도 저지를까 싶어 황급히 물었다.

"무슨 일인가, 사제?"

손풍은 손에 든 한 장의 배첩을 내밀었다.

"누가 장문인을 뵙겠다고 찾아왔습니다."

배첩에 적힌 이름을 본 동중산이 약간 놀라더니, 이내 배첩을 받아 진산월에게 공손히 전해 주었다.

배첩을 받아 든 진산월의 눈에 한 줄기 기광이 번뜩였다.

배첩 위에는 뜻밖의 이름이 적혀 있었다.

경요궁주 육천기 배상.

* * *

육천기의 첫 인상은 무척이나 거칠고 투박한 것이었다.

화의신수라는 별호답지 않게, 육천기는 우람한 체구에 수염이 가득 나 있는 다소 험상궂은 외모의 소유자였다. 게다가 두 눈에서는 연신 이글거리는 신광이 번뜩이고 있어 간담이 약한 사람은 보기만 해도 심장이 오므라드는 듯한 느낌을 받을 정도였다.

안내를 받고 들어온 육천기는 진산월을 보자 그 자리에 우뚝 선 채 한동안 그의 얼굴을 뚫어지게 바라보고 있었다. 다소 무례하게 느껴질 수도 있는 모습이었으나, 진산월은 담담한 표정으로 그를 향해 먼저 인사를 했다.

"종남을 맡고 있는 진산월이라 하오. 강호에 명망이 높은 육 궁주를 뵙게 되어 반갑소."

육천기는 비록 거대문파나 명문정파의 우두머리는 아니었으나, 그의 경요궁은 백 년 남짓 되는 세월 동안 적어도 사천과 귀주, 호광 일대에서는 누구도 무시할 수 없는 명성을 날리고 있었고, 육천기 본인 또한 강호무림을 위진시키는 절정의 고수였다.

그의 나이는 오십 대로 알려져 있었는데, 막상 만나 본 육천기는 그보다는 훨씬 젊게 느껴졌다. 그것은 아마도 육천기의 다소 거친 외모와 호방한 인상 때문이었을 것이다.

육천기는 이내 진산월을 살펴보는 것을 멈추고 정중하게 답례를 했다.

"연락도 없이 불쑥 찾아와서 미안하오. 대파산의 육천기라 하오."

외모만큼이나 굵직하면서도 남성적인 힘을 느낄 수 있는 음성이었다.

육천기는 진산월과의 단독 만남을 청했고 진산월도 이를 받아들였기에, 장내에는 그들 두 사람 외에는 아무도 없었다. 서로를 마주 본 채 자리에 앉은 두 사람은 잠시 말없이 차를 기울였다.

차를 거의 마실 즈음, 육천기는 불쑥 진산월을 향해 입을 열었다.

"소문에 듣던 대로, 진 장문인은 무척이나 침착하고 평정심이 대단한 분이시구려. 생면부지의 내가 불쑥 찾아온 연유가 궁금했을 텐데도 한마디도 묻지 않는 걸 보니 오히려 내가 조바심이 날 정도라오."

진산월은 차를 모두 마신 다음에야 비로소 잔을 내려놓으며 조용한 음성으로 말했다.

"누구에게나 나름대로의 사정은 있는 법이오. 육 궁주께서도 그러리라고 생각했소."

육천기의 눈초리가 한차례 꿈틀거렸다.

"진 장문인께서는 내가 무슨 일로 진 장문인을 찾아온 것인지 이미 알고 계신 것 같구려."

"짐작 가는 일이 있기는 하지만, 솔직히 육 궁주께서 직접 찾아오실 줄은 미처 몰랐소."

"흐음."

육천기의 이마에 내 천(川) 자가 그려졌다. 그의 솔직한 반응에, 진산월은 내심 그에 대한 평가를 조금 바꾸어야겠다는 생각이 들었다.

강호에 퍼진 육천기에 대한 소문은 썩 호의적인 것만은 아니었다. 외부에 모습을 드러낸 적이 많지는 않았지만, 한번 나타날 때마다 적지 않은 풍파를 일으키곤 해서 그를 꺼려하는 사람들도 많았다. 그런데 직접 만나 본 육천기는 의외로 속마음이 겉으로 그대로 드러나는 직선적이고 꾸밈없는 성격의 소유자였다.

육천기는 한차례 무거운 한숨을 내쉬더니, 이윽고 말문을 열기 시작했다.

"여기까지 찾아온 이상 무엇을 더 숨기겠소? 진 장문인도 짐작하고 있다니 오히려 말하기가 더 수월하겠구려. 진 장문인의 생각대로, 본 궁의 무공은 그 연원이 종남파에 있소."

진산월은 그가 너무도 순순히 자신들의 비밀을 밝히자 오히려 조금은 당혹스러운 심정이었다. 일전에 만났던 경요궁의 인물들이 사용하는 무공에서 종남파 무공과 유사한 부분이 있다는 것을 알아차리기는 했으나, 경요궁주 본인이 이토록 솔직하게 그 사실을 인정할 줄은 미처 몰랐던 것이다.

오히려 그들이 그 점을 부인할 경우 희미한 의심만으로 그들을 추궁할 수가 없을 것 같아 사실을 밝히는 데 상당히 애를 먹을 거라고 우려하고 있었다. 혹시나 하는 생각에 그때 현장에 있던 삼궁주 희인몽에게 전음으로 그 점을 넌지시 물어보기도 했으나 큰 기대는 하지 않고 있었다.

그런데 육천기 본인이 제 발로 찾아와서 묻지도 않았는데 먼저 그 사실을 인정해 버렸으니, 진산월로서는 약간은 어리둥절하고 약간은 의아해하지 않을 수 없었다.

"육 궁주의 말씀은……."

"본 궁을 세우신 마일보(馬一寶) 조사께서는 종남파의 십육 대 제자셨소. 비록 그 뒤로 본 파의 역대 궁주님들의 노력으로 독자적인 길을 걷기는 했지만, 본 파의 무공의 근간이 되는 몇 가지 절학들은 당시 마 조사께서 종남파에서 가져온 것임을 부인할 수 없소."

진산월은 뜻밖의 말에 잠시 입을 다물고 묵묵히 육천기를 응시하고 있었다.

과거에 여러 가지 원인으로 유실되었던 종남파의 무공 중 몇 개가 경요궁 쪽으로 흘러들어 간 것이 아닐까 생각했었는데, 육천기의 말대로라면 그보다 더욱 심각한 일이 아닐 수 없었다. 개파 조사가 종남파의 제자고, 그가 일부러 종남파의 무공을 종남파에서 직접 가져온 것이라면 그것은 기사멸조(欺師蔑祖)의 죄를 물을 수 있는 아주 중대한 사안인 것이다.

육천기는 무거운 표정으로 그 안의 사정을 말하기 시작했다.

"진 장문인도 아시겠지만, 마 조사께서 종남파에 계시던 당시의 장문인은 풍운신룡 담명이란 분이셨소. 마 조사께서는 그분의 일곱 명의 제자 중 하나였고, 나름대로 무재(武才)를 인정받는 후기지수였다고 하오. 아마 그 일이 없었다면 마 조사께서는 종남파의 떳떳한 제자로 남았을 테고, 사정에 따라 다음 대 장문인 자리도 넘볼 수 있었을지 모르오. 하지만 그 일 때문에 모든 것은 엉망으로 헝클어지고, 많은 사람들에게 파국이 닥치고 만 것이오."

진산월은 육천기가 말한 그 일이란 바로 풍운신룡 담명의 자살임을 어렵지 않게 짐작할 수 있었다.

담명은 종남오선이 실종된 후 종남파에서 모처럼 배출된 일대 기재였다. 뛰어난 실력으로 장문인이 된 그에게 많은 종남파의 문하들은 문파 재건의 중책을 맡겼으며, 그라면 능히 그 일을 해낼 것이라고 믿어 의심치 않았다.

하나 주위의 크나큰 기대가 부담이 되었는지 담명은 사람들의 눈을 피해 밖으로 나갈 길을 찾게 되었고, 결국 지하에 외부로 나가는 암도를 만들다가 발각되어 수치심을 이기지 못하고 스스로 목숨을 끊고 말았다.

그의 자살에 실망한 종남파의 문하들 중 상당수가 종남산을 떠났고, 혼란의 와중에 장경각마저 불타 버려 종남파는 대부분의 절학들을 잃어버리고 쇠락의 길로 빠져들게 된 것이다.

어찌 보면 종남오선의 실종보다도 종남파 몰락에 더욱 큰 단초를 제공한 사건이었으며, 또한 종남파 문하들이 가장 수치스럽게 생각하는 일이기도 했다. 문파의 장문인이 제자들 몰래 밖으로 도망치려다 발각당해 자결해 버렸으니, 남에게 말하기도 부끄러운 일이 아닐 수 없었다.

경요궁을 세운 마일보도 당시에 담명의 일에 실망하여 종남파를 등진 것이 분명했다.

하나 육천기의 말은 전혀 다른 내용을 담고 있었다.

"당시 풍운신룡께서는 육합귀진신공의 복원에 전력을 기울이고 계셨었소. 육합귀진신공이야말로 종남파 무공의 정수(精髓)이며 최고의 절학이기에, 그걸 복원하지 않고서는 종남파의 재건은 불가능한 것임을 누구보다 잘 알고 있기 때문이었소. 하나 그때 이미 종남파에는 칠음진기를 비롯한 몇 가지의 신공구결이 절전(絕傳)되었기에 육합귀진신공을 되살리는 일은 지난(至難)하기만 했소. 풍운신룡께서는 실전된 신공에 대한 약간의 단서라도 찾기 위해 시간이 날 때마다 장경각의 오래된 고서(古書)들을 뒤지고는 했는데, 그러던 어느 날 책장 틈에서 낡은 책자 하나를 발견하게 되었소."

그 책자가 담명의 눈에 띈 것은 그야말로 천운(天運)이라고 할 수밖에 없었다. 책장 중 하나의 다리가 부실한 것을 본 담명이 다리를 수리하기 위해 책장을 들었다가 그 밑에 깔려 있는 얇은 책자를 발견한 것이다.

겉장에 제목도 적혀 있지 않은 책자는 너무 낡아서 세게 쥐면 그대로 바스러져 버릴 것만 같았기에, 담명은 조심스레 책자를 쥐고 겉장을 넘겨 보았다.

그 책자는 칠십 년 전의 선배 고수가 기록한 일기였다. 선배 고수의 이름은 아쉽게도 알 수가 없었다. 어디에도 이름이 적혀 있지 않을 뿐 아니라 기록 자체에도 '나' 라고만 표현되어 있을 뿐, 신원을 유추할 수 있는 어떠한 부분도 명시되어 있지 않았던 것이다.

다만 담명은 일기의 내용으로 보아 그가 종남오선의 일인이며 십삼 대 장문인이었던 취선 하정의의 사형제 중 한 사람이 아닐까 하고 막연하게 추측하고 있었다. 그가 그렇게 판단한 것은 일기의 내용 중 군데군데 '그' 라고 적힌 사람이 취선 하정의였으며, 하정의를 공경하기는 해도 존장으로는 취급하지 않는 것 같았기 때문이다.

하정의와 동배(同輩)라면 종남오선과도 같은 항렬이라는 의미였다. 담명이 장문인이 되었을 때에는 이미 그 항렬의 고수는 아무도 생존해 있지 않았기 때문에, 담명은 뜻밖의 발견에 몹시 흥분하여 단숨에 그 일기장을 모두 읽어 버렸다.

일기는 소선 우일기가 장기간 실종되어 하정의가 어쩔 수 없이 종남파의 장문인이 된 지 육칠 년 후부터 대략 오 년 정도의 일을 단편적으로 기술한 것이었다. 갈수록 약해지는 종남파의 문세에 대한 걱정과, 그래도 종남파를 제대로 이끌어 가려고 애쓰는 하정의에 대한 안쓰러움이 곳곳에 배어 있었다.

신변잡기와 문파의 미래에 대한 우려가 대부분이었던 일기의 끝 부분에 놀라운 말이 적혀 있었다.

하정의가 종남오선의 실종 같은 불의의 일로 문파의 절기들이 절전되는 것을 방비하기 위해서 남아 있는 종남파의 비전들을 따로 한곳에 모으려는 시도를 하고 있으며, 그 일은 하정의 본인만이 알 뿐 문파의 누구도 모르게 은밀히 진행되고 있는 것 같다는 내용이었다. 일기의 주인도 우연히 하정의의 거처를 방문했다가 하정의의 의복에 흙이 묻어 있음을 알고 그에게 거듭 물어 간신히 알게 된 것으로, 하정의는 그 비밀을 누구에게도 밝히지 말 것을 맹세하도록 장문인의 명으로 강요했다.

비전들을 한곳에 모으는 일은 하정의가 직접 했으며, 그 정확한 위치는 오직 다음 대 장문인만이 알 수 있도록 장문인만이 읽을 수 있는 비망록에 특수한 방법으로 기록해 놓았다고 했다.

다만 일기의 주인은 당시 하정의의 의복 상태로 보아 그 위치가 하정의의 거처 지하가 아닐까 유추하고 있었다.

짧은 문구였으나, 담명에게는 그야말로 절대절명의 순간에 하늘에서 내려온 동아줄이나 마찬가지였다.

하정의의 거처라면 지금 자신이 사용하고 있는 풍운각이 분명했다. 대대로 풍운각은 역대 장문인들이 거처로 쓰고 있는 곳이었다.

이런 중대한 사실을 장문인인 자신이 까맣게 모르고 있었다는 것이 더할 수 없이 허탈하고, 한편으로는 원통하게 느껴졌다. 그도 그럴 것이, 하정의의 죽음 이후 전대의 장문인에게서 후대의 장문인에게 내려와야 했던 비망록이 어딘가로 사라져 전해지지 않았던 것이다.

담명은 즉시 자신의 거처로 돌아가 절학을 숨겨 놓은 밀실을 찾기 시작했다. 그 일은 공개적으로 밝힐 수 없는 것이기에, 담명은 매일 오시부터 미시까지 오수(午睡)를 즐겨야 하니 누구도 방해하지 말라는 명을 내리고는 그 기간 동안 자신의 거처를 샅샅이 뒤져 보았다.

하나 밀실은 쉽게 발견되지 않았다. 일기의 주인이 하정의의 옷에 묻은 흙을 보았다는 것을 기억해 낸 담명은 지하의 구석구석을 파헤치기 시작했다. 그리고 마침내 암도를 발견할 수 있었다.

하나 그가 암도를 향해 들어가려 했을 때, 굳게 닫아 놓았던 풍운각의 문이 열리며 일단의 문도들이 뛰어들어 왔다. 그들은 온몸에 흙투성이인 담명을 보고 어리둥절한 표정을 숨기지 못했다.

담명은 그들 중 자신의 제자가 있음을 알고 버럭 소리를 질렀다.

"무슨 일이냐? 이 시간에는 나를 방해하지 말라고 하지 않았느냐?"

그 제자는 다급한 표정으로 담명에게 바짝 다가왔다.

"장경각에 불이 나서 급히 알려 드리려고 했습니다."

"그게 무슨 말이냐? 장경각에 불이 났다니?"

대경실색하여 제자의 어깨를 붙잡고 묻던 담명의 얼굴에 갑자기 이상한 표정이 떠올랐다.

"너……."

다음 순간, 담명은 그대로 앞으로 쓰러지고 말았다. 엉겁결에 담명의 몸을 안아 든 제자가 그의 몸을 몇 차례 흔들더니, 갑자기 놀란 외침을 내질렀다.

"장문인께서 자진(自盡)하셨다!"

그의 외침은 거대한 폭풍처럼 종남파 전체를 강타해 버렸다.

그 제자와 함께 풍운각에 들어왔던 다른 사람들은 그저 어안이 벙벙하여 서로 얼굴을 마주쳐다볼 뿐이었다.

그것이 바로 종남파의 운명을 바꾸고 마일보의 운명까지 바꾼 문제의 그 일이었다.

육천기의 말이 끝날 때까지 묵묵히 듣고 있던 진산월이 불쑥 물었다.

"육 궁주께선 당시의 일을 어떻게 그리도 자세히 알고 계시오?"

"마 조사께서 남기신 유품에 당시의 일을 세세하게 기록한 문서가 있었소."

"그럼 그분께서도 그때 풍운각에 계셨던 것이오?"

"그건 아니오."

"그렇다면 그분께서는 풍운각에서 벌어진 일을 어떻게 아시게 된 것이오?"

"그때 풍운각에 들어간 사람은 모두 세 명이었는데, 그들 중 한 사람에게서 직접 들었다고 하셨소."

"그들은 누구요?"

"풍운각을 지키고 있던 황조익(黃照翊), 장경각을 담당하는 서문명(徐文明), 그리고 풍운신룡의 제자인 조화(趙華)라는 분들이오. 그중 황조익이란 분에게서 직접 들었다고 기술되어 있소. 황조익은 풍운신룡의 사후에 그분의 거처를 조사하다가 문제의 일기장에 대한 풍운신룡의 기록을 발견했다고 하셨소."

"그러면 그들 중 풍운신룡 담 조사의 몸을 처음 접한 사람은 조화라는 분이겠구려?"

"그렇소. 마 조사의 말씀으로는 풍운신룡께서 가장 아끼던 제자 중 한 사람이라고 하셨소."

"그 후의 일은 어찌 되었소?"

"풍운신룡이 자진했다는 말에 모든 종남파의 문하들이 크게 흔들렸다고 하오. 그 와중에 장경각은 모두 불타서 대부분의 절학들이 소실되었고, 그에 충격을 받은 많은 사람들이 종남파를 떠났다고 하오. 마 조사께서는 원래 종남파를 떠날 생각은 없었는데, 그때 황조익이 죽은 것을 알고 떠날 결심을 굳히게 되었다고 하셨소."

"황조익은 왜 죽은 것이오?"

"풍운신룡의 자진을 막지 못한 책임을 지고 자결한다는 유서가 발견되었다고 했소. 하나 마 조사께서는 황조익은 결코 자결할 사람이 아니라며 그의 죽음과 풍운신룡의 자결에 흑막이 있는 것이 아닌가 의심하셨소. 그런데 뒤이어 서문명 또한 자살한 시신으로 발견되고, 조화는 아예 실종되어 버려 불안함을 느꼈다고 하셨소. 그 후로 이틀 동안에 풍운신룡의 죽음을 조사하던 그분의 제자들이 하나둘씩 의문의 변사체로 발견되자 더 이상 견디지 못하고 종남파를 떠나셨다고 하셨소."

풍운신룡 담명의 죽음에 대한 새로운 사실을 전해 들은 진산월은 한동안 복잡한 상념에 빠져 들 수밖에 없었다.

단순히 문파의 부흥이라는 무거운 중압감을 벗어나 자유를 찾기 위해 암도를 뚫다가 자결한 것으로만 알고 있던 담명, 그의 죽음에 담긴 뜻밖의 비사(秘史)를 듣게 되니 숱한 의문이 떠올랐던 것이다.

담명은 과연 자진한 것일까? 아니면 누군가의 암습을 받은 것일까?

담명이 발견한 선배 고수의 일기장은 과연 진실일까? 아니면 그를 함정에 빠뜨리기 위한 누군가의 술책일까?

하정의가 만들었다는 종남파의 절학을 모은 밀실은 과연 실제로 존재하는 것일까?

그리고 육천기가 말한 이 모든 일이 사실이라면 대체 그 당시에는 어떤 일이 벌어진 것이고, 그 일은 누가 주도한 것일까?

너무나 많은 의혹이 얽히고설킨 실타래처럼 늘어져 있었지만,

어느 것 하나 속 시원하게 알 수 있는 것이 없었다. 무엇보다 백년이 훨씬 넘는 장구한 세월은 당시의 일에 대한 모든 단서를 스스로 깨끗하게 지워 버린 것이다.

진산월은 하나씩 해결하자고 생각했다. 까마득한 오래전 일의 진상을 캐는 것은 지금으로서는 불가능한 일이다. 자신은 지금 자신이 할 수 있는 일만 하면 되는 것이다.

"마 조사께서 본 파를 떠나신 후 경요궁을 세우기까지의 과정을 알고 싶소."

"마 조사께서는 원래 취선의 외가 쪽 인물이시오. 정확하게 말하면 취선께서 마 조사의 외증조부가 되시오. 그래서 대대로 취선의 절학에 대해서는 어느 정도 정통하게 되었소. 종남파를 떠날 때 그분은 취선의 절학 세 개를 들고 나오셨는데, 그것이 바로 취선호(醉仙呼), 용수각(龍鬚脚), 취공대산수(醉公大散手)의 삼대절학이었소."

그 세 가지 절학에 대해서는 진산월도 이름으로만 알고 있었다.

취선 하정의는 종남오선 중 가장 무공이 떨어지는 인물로 알려져 있었으나, 그것은 다른 종남오선들이 워낙 뛰어난 절세의 고수들이기 때문이었다. 그의 무공 자체는 당시 무림의 최절정 고수들의 누구에게도 뒤지지 않았다.

특히 그는 기행이 많은 만큼 무공에서도 남들이 사용하지 않는 특이한 기공들을 많이 익히고 그 자신이 창안하기도 했는데, 그중 가장 유명한 것이 바로 취선삼학(醉仙三學)이라 불리는 세 가지 무공이었다.

취선호는 술을 좋아하는 취선 하정의가 자신의 주기(酒氣)를 이용해 외부로 강기를 뿜어내는 특이한 기공으로, 그 기발한 상상력과 경이할 위력에 많은 무림인들을 경악케 했던 놀라운 무공이었다.

용수각 또한 술 취해 흐느적거리는 듯한 동작으로 칼날보다 예리한 발길질을 해 대는 각법이었고, 취공대산수는 주정뱅이가 술김에 드잡이질을 할 때 사용하는 것처럼 투박하면서도 박투(搏鬪)의 오의를 담은 뛰어난 절학이었다.

그 무공들은 취선 하정의가 종남파의 무공들을 변형 발전시킨 것들로, 당시에는 많은 화제를 불러일으켰었으나 하정의의 죽음 이후 사라져 버려 그 후로는 아무도 익힌 사람이 없다고 알려져 있었다.

그래서 지금은 종남파에서조차 이름으로만 간신히 기억하고 있을 뿐이었다.

"마 조사께서는 비록 취선의 삼대절학을 가지고 계셨으나, 풍운신룡의 죽음에 도사린 흑막의 배후자들이 자신을 노리고 있다는 생각에 함부로 그 무공을 남에게 선보일 수는 없었소. 그분까지 자칫 흉수에게 당하게 되면 취선의 절학은 영원히 사라지게 되는 것이니 말이오. 그분은 늘 죽음의 공포에 시달리면서 천하를 떠돌다가 결국 종남파에서 멀리 떨어진 사천까지 오게 되셨소. 그러다 우연히 대파산의 깊숙한 산자락에 경치가 좋고 인적을 찾기 힘든 곳을 발견하고 그곳을 거처로 삼으셨고, 그게 바로 경요궁의 시작인 셈이오."

육천기는 품속에서 세 개의 얇은 책자들을 꺼내어 탁자 위에 올려놓았다.

"이게 바로 취선의 삼대절학이오. 백 년 만에 다시 본래의 주인을 되찾게 되니 지하에 계신 마 조사께서도 진심으로 기뻐하실 것이오."

진산월은 묵묵히 눈앞에 놓인 책자들을 내려다보았다.

취선호

용수각

취공대산수

이름으로만 전해졌던 절전된 무공들이 실로 오랜만에 다시 모습을 드러낸 것이다.

그 누렇게 변색된 책의 구석구석에 배어 있을 마일보의 근심과 시름이 눈앞에 선하게 보이는 듯했다.

"진 장문인께서 보셨던 천절뢰는 취선호의 변형이오. 원래 취선호는 몸속의 주기를 이용하는 것이라 술기운이 가득한 상태에서만 펼칠 수 있는 무공이었소. 이것을 본 궁의 역대 궁주들께서 정상적인 몸으로도 펼칠 수 있게 오랫동안 개량을 거듭하여 마침내 선사이셨던 천절신사께서 하나의 완성된 무공으로 만들어 낸 것이오. 본 궁의 다른 절학들인 창룡선풍각(蒼龍旋風脚)과 천룡십팔산수(天龍十八散手) 또한 그와 유사한 과정을 거쳐 본래의 모습을 많이 탈피한 상태요."

진산월은 아마도 그것이 흑막의 배후자의 추적을 피하기 위한 마일보의 고육지책 때문이라고 생각했으나, 굳이 그 점을 거론하지는 않았다.

"대파산으로 가던 도중, 마 조사께서는 같은 종남파에 머물렀던 우정산(禹丁山)이란 분을 만나게 되셨소. 두 분은 의기투합하여 서로 멀지 않은 곳에 거처를 정하게 되었는데, 그 우정산이란 분이 바로 비류문의 창시자이시오. 그분은 종남파의 장경각이 불탈 때 장경각에 뛰어들어 불을 끄다가 청명십이식(青明十二式)과 용음비(龍吟匕)라는 무공비급을 얻게 되었다고 하셨소."

"어쩐지 그럴 것 같았소. 그때 단후명이란 분의 무공인 청류장과 명류권에는 본 파 무공의 흔적이 너무 짙게 보여서 혹시 오래전에 실전된 청명십이식의 변형이 아닐까 생각했었소."

"맞게 보셨소. 비류문의 창시자께서는 청명십이식과 용음비를 분해하고 몇 가지 초식을 덧붙여 각기 청류장과 표류보, 명류권을 만드신 것이오. 이미 비류문은 단 총관 외에는 후인이 없어 거의 멸문된 상태지만, 단 총관도 곧 진 장문인을 찾아와 사실을 고하고 사죄할 것이오."

진산월로서는 묻지 않을 수 없는 질문이 있었다.

"그 일이 있은 후 백 년이 훨씬 넘는 세월이 흘렀소. 그런데 지금까지 그에 대한 아무런 내색도 없다가 이제 와서 그 일을 밝히는 이유가 무언지 알 수 있겠소?"

육천기의 얼굴에 한 줄기 씁쓸한 빛이 떠올랐다.

"그건 모두 조사의 유지 때문이었소. 조사께서는 풍운신룡의 죽음과 연이은 제자들의 변사가 누군가의 음모 때문이라면 종남파가 재기할 길은 거의 없다고 판단하셨소. 그분이 머나먼 대파산까지 와서 경요궁을 창건한 것도 그런 이유에서였소. 그래서 만일 종남파가 계속 유지되더라도 그들이 먼저 찾아오지 않는 한 굳이 나설 필요는 없다고 하셨소. 하나 종남파가 완벽하게 부흥하여 다시 예전의 모습을 되찾는다면, 반드시 찾아가서 당시의 일을 자세히 고하고 그들의 심판을 받으라고 하셨소."

진산월은 그런 유지를 내린 마일보의 심정을 일견 이해할 것도 같았으나, 한편으로는 입맛이 쓸 수밖에 없었다.

마일보의 말대로라면 종남파가 영락하여 본래의 모습을 되찾지 못하면 영원히 이번 일을 미궁에 빠뜨리고 모른 척했을 거라는 뜻이 아닌가? 물론 사부의 갑작스런 죽음과 사형제들의 변사에 놀라고 당황한 마일보가 그런 선택을 할 수밖에 없었다는 사정은 알고 있으나, 다시 한 번 인심의 혹독함을 절감하게 된 진산월이었다.

그나마 그 덕분에 풍운신룡 담명의 죽음에 대한 의혹을 가지게 되고, 취선의 삼대절학을 되찾게 된 것이 소득이라면 소득이었다.

육천기 또한 그 점을 알고 있었는지 표정이 그다지 밝지 않았다. 그로서는 진산월이 어떠한 판단을 내리든 받아들일 수밖에 없는 처지였다.

육천기는 한차례 무거운 한숨을 내쉬더니 돌연 그 자리에서 일어나 진산월을 향해 무릎을 꿇었다.

"종남파 십육 대 제자 마일보의 사 대손이며 경요궁의 오 대 궁주인 육천기가 종남파의 장문인에게 삼가 죄를 청합니다. 선대(先代)의 일에 대한 어떠한 죄과라도 기꺼이 달게 받겠으니, 장문인께서는 하명하십시오."

진산월은 한동안 무릎을 꿇은 채 머리를 조아리고 있는 육천기의 모습을 가만히 바라보고 있었다.

이미 오래전에 벌어진 일이었으나 지금까지도 그 인연은 이어지고 있었다. 비록 비비 꼬인 인연이라고는 하나 그 인연이 끊어지지 않고 이어져 있음을 기뻐해야 하지 않겠는가? 그토록 오랜 세월이 흘렀는데도 자신들의 본류를 잊지 않고 있다는 것만으로도 그들은 자신들의 할 도리를 다한 셈이었다.

진산월은 마침내 묵직한 음성으로 입을 열었다.

"종남파 십육 대 제자 마일보의 사 대손인 육천기에게 종남파의 장문인이 명한다. 육천기를 종남파의 이십 대 제자로 인정하며, 경요궁을 종남파의 속문(俗門)으로 삼는 바이다."

제 297 장
속문입파(俗門入派)

제297장 속문입파(俗門入派)

종남파가 머무르고 있는 청연각의 별실은 이른 아침부터 분주했다.

먼동이 트이자마자 한 떼의 사람들이 종남파로 찾아왔던 것이다. 그들은 다름 아닌 육천기를 비롯한 경요궁의 인물들이었다.

어제 저녁에 진산월에게 미리 언질을 받았기에 동중산은 조금도 당황하지 않고 그들을 별실의 중앙에 있는 대청으로 안내했다. 덕분에 덩달아 이른 아침부터 바빠진 손풍은 연신 속으로 투덜거리고 있었다.

'아니, 이자들은 잠도 없나? 느긋하게 와도 될 걸 꼭두새벽부터 찾아오고 난리네. 그런데 이번에는 내 밑으로 새로 사제나 예쁜 사매라도 생기는 걸까?'

혹시나 하는 기대감에 눈을 빛내며 들어온 인물들을 차례로 훑어보던 손풍의 얼굴이 이내 실망감으로 물들었다.

들어온 자들은 대부분이 삼십 대 이상의 칙칙한 남자들이었고, 심지어 자기보다 어린 사람은 아예 보이지도 않았던 것이다. 여인이 두 명 있기는 한데, 한 사람은 펑퍼짐한 체구의 중년 여인이었고, 다른 한 사람은 얼굴에 면사를 쓰고 있어서 알아볼 수 없을 뿐 아니라 전신에서 풍기는 기세가 만만치 않아 보여 말 한 마디 건넬 수조차 없었다.

입이 툭 튀어나온 손풍이 심통 사나운 모습으로 지켜보고 있을 때, 경요궁의 인물들 중 그나마 가장 나이가 젊어 보이는 청년이 그를 빤히 쳐다보았다.

손풍은 그 모습이 못마땅해서 퉁명스런 음성을 내뱉었다.

"뭘 봐?"

그 청년은 손풍의 위아래를 훑어보더니 혼잣말처럼 중얼거렸다.

"생긴 걸 보니 옥면신권은 아닌 것 같고, 성격이 거칠다는 폭뢰검객인가?"

"뭐라고?"

손풍이 계속 반말로 지껄이자 청년의 눈빛이 차가워졌다.

"소문대로 입이 거친 자로군. 아직 인사도 제대로 나누지 않은 초면에 너무 심한 거 아닌가?"

손풍이 무어라고 대꾸하려 할 때, 동중산이 재빨리 나타났다.

"손 사제, 말을 함부로 하지 말게."

손풍은 억울하다는 표정을 지었다.

"아니, 내가 뭘 어쨌다고?"

동중산을 본 청년의 얼굴이 이내 얼음장처럼 냉랭하게 굳어졌다.

“귀하는 비천호리로군. 귀하의 사제라면 이자는 폭뢰검객이 아니라 그의 사질이오?”

“그렇다. 이 몸이 바로…….”

동중산이 다급히 손풍의 입을 막으며 청년을 향해 정중한 태도로 인사를 했다.

“육천기 사숙조의 제자이신 길도명(吉道明) 사숙이시지요? 이십이 대 제자인 동중산이 인사드립니다. 장문인께서 기다리고 계시니 안으로 드시지요.”

청년은 날카로운 눈으로 손풍을 쏘아보더니 동중산을 향해 살짝 고개를 숙였다.

“반갑소. 귀하의 명성은 익히 들었소. 환대해 주어 고맙소.”

그의 태도는 잘 배운 명문정파의 제자가 어떠한 것인지를 보여주기라도 하려는 듯 예의가 바르고 한 점 흐트러짐이 없는 것이었다.

동중산이 그를 조심스레 안내하여 안으로 사라지자 손풍은 땅이 꺼져라 깊은 한숨을 내쉬었다.

“제기랄, 저자도 사숙이냐? 어째 젊은 놈부터 늙은이까지 몽땅 내 위로만 들어오는 거냐? 새로 속문이 생겼다기에 이제는 막내 신세를 면하나 보다 했더니…….”

손풍이 투덜거리고 있을 때 누군가가 그에게로 다가왔다.

“아침부터 혼자서 무슨 헛소리를 중얼거리고 있는 거냐?”

손풍이 돌아보니 공교롭게도 전흠이 그를 쳐다보고 서 있는 것이 아닌가?

절로 찔끔하여 손풍은 손사래를 쳤다.

"아무것도 아닙니다. 아침부터 사람이 많이 찾아와서 제가 조금 정신이 없어서 그렇습니다."

"어제 저녁에 듣지 못했느냐? 본 파의 영역이 그만큼 넓어지는 것이니, 다소의 번거로움이 있더라도 기꺼이 감수해야 한다."

"물론이지요."

손풍이 넉살 좋게 대답하자 전흠은 그의 얼굴을 한동안 가만히 주시하더니 조금은 부드러워진 음성으로 말했다.

"요즘 들어 네가 무공 수련에 매진하는 모습을 몇 번이나 보았다. 수련하다가 막히는 부분이 있으면 언제든지 내게 와서 묻도록 해라. 괜히 장문인을 귀찮게 하지 말고."

전흠은 그의 어깨를 툭 치더니 이내 앞으로 걸어가 버렸다. 손풍은 그의 뒷모습을 멀거니 쳐다보고 있다가 고개를 갸웃거렸다.

"해가 서쪽에서 뜨려나? 저 인간이 내 흉을 안 보고 그냥 가 버리다니 이상하구나."

손풍은 공연히 계면쩍은 생각이 들어 전흠이 건드리고 간 어깨 부위를 벅벅 문질렀다.

확실히 최근에는 그 깐깐한 전흠은 물론이고 종남파의 다른 고수들도 자신을 대하는 태도나 말투가 상당히 부드러워진 것을 여실히 느낄 수 있었다. 손풍은 잠시 그 자리에 서 있다가 이내 흐뭇한 표정으로 고개를 끄덕였다.

"이제 비로소 모두들 나의 잠재력을 인정해 주는 것 같군. 확실히 사람은 잘나고 볼 일이야."

마침 그때, 아침 수련을 마치고 안으로 들어오는 유소응을 발견한 손풍은 경쾌한 동작으로 그에게 다가갔다.

"같이 갑시다, 꼬마 사형."

손풍은 유소응의 작은 어깨를 팔로 감싸 안은 채 내실로 들어섰다.

내실에는 이미 진산월을 비롯한 종남파의 고수들과 경요궁의 인물들이 자리를 잡고 있었다. 경요궁을 속문으로 받아들이는 행사 준비가 갖추어진 것이다.

원래 속문을 받아들이는 행사는 본산의 조사전에서 조사들의 명패를 앞에 두고 자세한 내용을 고한 다음 모든 제자들이 모인 자리에서 하는 것이 원칙이었으나, 상황이 상황인지라 약식으로 진행하려는 것이다.

행사의 절차는 비교적 간단했다.

먼저 육천기가 그간의 사정을 적은 글을 진산월에게 올렸고, 진산월은 그들의 배분을 인정하고 속문을 허(許)함을 정식으로 선포했다. 육천기는 경요궁의 신물을 진산월에게 바치는 것으로 경요궁이 타의나 강요가 아닌 스스로의 뜻으로 종남파의 속문이 된 것임을 확인해 주었고, 진산월은 그 신물에 '보본(報本)' 이라는 글자를 새겨서 다시 육천기에게 되돌려주었다. 그래서 경요궁의 신물은 정식으로 '보본령(報本令)' 이라 불리게 되었다. 보본은 근본을 잊지 않고 은혜를 갚는다는 의미를 지니고 있었다.

그런 다음 모든 제자들이 일제히 종남파의 본산이 있는 북서쪽을 향해 구배(九拜)를 올려 오늘의 일을 선조들께 고하는 것으로 행사는 끝이 났다. 물론 그 후에 육천기를 비롯한 경요궁의 인물들과 종남파의 제자들이 서로의 배분에 따라 웃어른들에게 배례를 올리는 일이 남아 있었으나, 그것은 다분히 요식적인 절차일 뿐 필수적인 행사는 아니었다.

경요궁의 인물들 중 정식으로 종남파의 제자로 인정받은 사람은 모두 네 명이었다.

궁주인 육천기는 이십 대 제자가 되었고, 그의 유일한 적전제자(嫡傳弟子)인 길도명은 자연히 이십일 대가 되었다. 그리고 육천기에게 취선삼학의 일부를 전수받았던 삼궁주 희인몽도 육천기와의 사승(師承) 관계로 인정되어 이십일 대 제자가 될 수 있었다.

그들 외에 비류문의 후인이며 경요궁의 외총관인 색명수사 단후명 또한 정식으로 이십일 대로 인정받았다. 비류문의 조사인 우정산이 종남파의 십육 대 제자였으며, 단후명은 그의 오 대손이었기에 가능한 일이었다.

다만 육천기의 의제이며 경요궁의 이궁주인 신풍도(神風刀) 장손담(張孫譚)과 내총관인 설초홍(薛初紅)을 비롯한 경요궁의 주요 인물들은 취선삼학의 절학들을 배우지 않았기에 빈객의 신분에 만족할 수밖에 없었다.

배분이 정해지고 서로의 위치가 분명해지자 다소의 희비가 엇갈렸다.

육천기는 종남파 장문인의 사숙 신분이 되었고, 하룻밤 사이에 세 명의 사형제와 여덟 명의 사질을 두게 되어 더할 수 없이 흡족한 심정이었다. 길도명과 희인몽, 단후명도 당대 무림의 제일검객인 신검무적와 같은 항렬이 되었으니 불만이 있을 리 없었다.

성락중 또한 뛰어난 실력의 절정고수가 자신과 동배로 들어오게 된 것에 전혀 불만이 없을 뿐 아니라 종남의 성세(盛勢)를 나타내는 것 같다며 오히려 크게 기꺼워했다. 그것은 임영옥과 낙일방을 비롯한 다른 사형제들도 마찬가지였다.

반면에 손풍은 엉겁결에 모셔야 할 웃어른이 네 명이나 생겨나서 울상이 되었다. 그중에서도 조금 전에 시비가 붙었던 길도명이 자신을 유독 눈여겨보는 것 같아 배례 자리가 그야말로 가시방석과도 같았다.

가장 압권은 각 대의 제자들을 소개하는 자리였다. 이십 대와 이십일 대가 차례로 소개되고, 제일 마지막으로 이십이 대 제자인 동중산과 유소응, 손풍의 차례가 되었을 때 대부분의 중인들의 시선은 동중산에 집중되어 있었다. 그도 그럴 것이, 동중산은 비천호리라는 외호로 강호에 적지 않은 명성을 날리고 있는 유명한 인물이었기 때문이다.

하나 길도명만은 제일 끝에 엉거주춤한 자세로 서 있는 손풍을 주시하고 있었다.

제일 먼저 동중산이 앞으로 나섰다.

"이십이 대 제자인 동중산이라 합니다. 복건성 우계 태생이며, 올해 마흔입니다."

동중산이 정중하게 인사를 하고 물러나자 이어 유소응이 작은 몸을 숙이며 맑고 당찬 모습으로 입을 열었다.

"이십이대 제자인 유소응입니다. 몽고의 대초원에서 자랐으며, 장문인을 사사(師事)하고 있습니다."

육천기를 비롯한 중인들의 시선이 유소응에게 향했다. 특히 육천기의 눈이 유달리 번쩍거렸다.

"네가 바로 신검무적의 제자라는 그 아이로구나. 올해 나이가 몇 살이냐?"

유소응은 중인들의 따가운 시선에도 전혀 표정의 변화가 없이 침착한 음성으로 말했다.

"올해 열한 살입니다."

육천기는 유소응의 나이답지 않게 차분한 눈빛과 올곧은 자세를 보더니, 모처럼 얼굴에 환한 웃음을 머금었다.

"좋구나, 좋아. 너를 보니 장문인의 안목이 얼마나 대단한 것인지를 알겠구나."

유소응은 공손하게 머리를 조아리고는 동중산의 옆으로 가서 어깨를 펴고 우뚝 섰다. 그 의젓한 모습에 중인들은 모두 입가에 미소를 머금었다.

이제 마지막으로 손풍의 차례였다.

손풍은 떨어지지 않는 걸음으로 앞으로 걸어 나와 허리를 숙였다.

"이십이 대 제자인 손풍입니다. 섬서성 서안 태생이며, 올해 스무 살입니다."

"약관의 나이라. 좋은 시절이군. 네가 본산의 막내 제자냐?"

손풍은 길도명에게로 시선이 가지 않도록 유의하며 거의 알아차리기 힘들 만큼 살짝 고개를 끄덕였다.

"그렇습니다."

"몸에 활력이 넘치고 두 눈에 힘이 가득한 걸 보니 너도 좋은 인재로구나. 앞으로 계속 지켜보도록 하겠다."

"감사합니다."

육천기로부터 뜻밖의 칭찬을 받자 금세 마음이 풀어진 손풍은 삐져나오려는 웃음을 억누르며 짐짓 의젓하게 자리로 돌아갔다.

서로 간의 소개와 인사가 끝나자 사람들은 다과를 즐기며 대화를 나누었다. 웃고 떠들거나 소란을 부리는 사람은 없었다. 은연중에 내일의 일에 대해 누구도 거론하거나 화제로 삼지 않았지만, 모두의 마음속에 그 일이 무거운 중압감으로 자리하고 있음이 분명했다.

그들 중에서도 가장 가까이 붙어서 이야기꽃을 피우고 있는 사람들은 성락중과 육천기였다. 성락중은 모처럼 자기와 동배의 사형제가 생긴 것에 흥겨워하는 것 같았고, 육천기 또한 성락중의 탈속한 듯한 외모와 고매한 인품에 호감을 느꼈다. 그래서 그들은 몇 마디의 말을 나누자마자 이내 수십 년을 사귄 지기(知己)처럼 가까워졌다. 성락중은 사십 대 중반이고 육천기는 오십 대 초반이어서 두 사람이 나이 차이는 여덟 살 가까이 났으나, 그들은 나이를 의식하지 않은 듯 서로 친밀하게 이야기를 주고받기에 여념이 없었다.

"경요궁의 인물들은 강호에서의 명성에 비해 사람 수가 그리 많지 않은 것 같군요. 무슨 특별한 사연이라도 있는지요?"

성락중의 물음에 육천기는 모처럼 쓴웃음을 지어 보였다.

"마 조사께서 경요궁을 세울 때 두 가지의 금령(禁令)을 내리셨네. 첫째로 경요궁의 궁주는 오직 한 사람의 적전제자만을 둘 수 있다는 것이고, 둘째로 궁주는 절대로 혼인을 해서는 안 된다는 것이지."

성락중은 나직하게 혀를 찼다.

"그건 너무 가혹한 금령 같군요."

"마 조사께서는 그렇게 해서라도 본산을 등진 것에 대한 나름대로의 속죄를 하고 싶으셨던 것일세. 때문에 대대로 경요궁의 궁주들은 단승일맥(單承一脈)으로 이어져 왔네."

"문파를 유지하는 데는 너무나 위험한 방법입니다."

"어쩔 수 없는 일일세. 우리 나름대로는 소수정예라도 유지하려고 애를 썼지만, 본 궁의 세를 키우는 것에는 근본적으로 한계가 있을 수밖에 없었지. 그래서 선사 때부터는 마음에 맞는 자들을 불러들여 이궁주나 삼궁주에 삼기도 했다네. 나도 또한 두 명의 의제(義弟)들을 두게 되었지."

육천기의 시선이 한쪽에 그림처럼 조용히 앉아 있는 희인몽에게 향했다.

"아쉽게도 몇 년 전에 셋째가 불의의 변을 당하는 바람에 그 자리를 의제의 부인에게 넘겨주었네. 그때 위로와 격려의 의미로 그녀에게 본 궁의 비전인 천절뢰 수법을 알려 주었는데, 그 때문에 그녀가 본 파의 제자로 인정받게 되었으니 세상 일이란 참으로 묘한 것일세."

천절뢰는 취선삼학의 하나인 취선호의 변형이므로 넓은 의미에서 종남파의 무공이나 마찬가지였다. 희인몽이 그것을 익힌 이상 종남파의 제자가 되든지, 아니면 스스로의 무공을 폐하는 수밖에는 달리 방법이 없었다. 그만큼 명문정파의 무공 하나하나에는 뛰어난 위력만큼이나 분명한 책임 소재와 철저한 제약이 가해지는 법이었다.

결국 육천기의 선의가 이상한 결과를 초래하게 되었으나, 희인몽이 종남파의 제자가 되는 것을 기꺼이 받아들였기에 육천기로서도 큰 부담을 덜게 된 셈이었다. 그와 희인몽은 부녀지간이라고 해도 될 만큼 나이 차이도 많았고, 실제로 육천기는 그녀를 의제의 부인이 아닌 딸처럼 여기고 있었기에 두 사람이 사부와 제자 관계가 된 것이 그다지 어색하지는 않았다.

다만 육천기의 제자인 길도명으로서는 숙모라 부르던 희인몽이 갑자기 사저가 되었으니, 한동안은 당혹스러울 수밖에 없을 것이다.

두 사람의 대화를 듣고 있던 진산월이 조용한 음성으로 입을 열었다.

"그 금령은 오늘부로 해제하는 것이 좋겠습니다."

육천기는 잠시 머뭇거렸다.

"하지만 지난 백 년 동안 지켜 온 것인데……."

"경요궁이 본 파의 속문이 되고 취선삼학이 본 파로 돌아온 이상, 금령의 의미는 이미 사라진 것이나 마찬가지입니다. 아마 지하에 계신 마일보 조사께서도 기꺼이 승낙하실 겁니다."

육천기는 이내 마음을 결심한 듯 진지한 표정이 되었다.

"정식 명(命)으로 내려 주게."

진산월은 주저하지 않고 자리에서 일어났다.

모든 사람들의 시선이 그에게로 향했다.

"장문인으로서 명을 내리겠다."

진산월의 말에 종남파의 제자들이 모두 부복을 했다. 육천기 또한 약간은 상기된 표정으로 그 자리에 엎드렸다.

"하명하십시오."

"경요궁에 전해지는 두 가지의 금령을 이 시간부로 해제할 것을 명한다."

"삼가 명을 받겠습니다."

육천기는 진산월을 향해 두 번의 절을 한 후 비로소 홀가분한 표정이 되었다.

진산월은 따뜻한 말로 그를 위로해 주었다.

"그동안 심려가 많으셨습니다."

"나야 어차피 다 늙은 나이이니 상관없지만 제자 녀석에게는 가끔 미안할 때가 있었는데, 이제 비로소 마음이 놓이는군."

육천기의 시선이 한쪽에 있는 길도명에게로 향했다. 그러고 보니 길도명의 얼굴은 어느 때보다 밝게 빛나고 있는 것 같았다.

길도명을 바라보는 육천기의 눈에는 따뜻한 빛이 감돌고 있었다.

"고아로 떠돌던 녀석을 십여 년 전에 제자로 거두어들였네. 다행히 무재(武才)가 괜찮아서 선사께 누를 끼치지 않게 되어 한숨돌릴 수 있었지. 다만 멀쩡한 녀석을 내 욕심에 평생 홀몸으로 살게 만든 것이 늘 마음에 걸렸었는데, 장문인 덕분에 큰 걱정을 덜게 되었네."

이어 그는 길도명을 손짓해 불렀다.

"도명아, 이리 오너라."

길도명은 급히 다가와 머리를 조아렸다.

"부르셨습니까, 사부님."

"그래. 네가 그토록 만나고 싶어 하던 장문인을 보게 되었는데, 왜 다가와서 인사드리지 못하고 한쪽에 처박혀 있는 게냐? 다시 한 번 정식으로 인사 올리거라."

길도명은 안색이 약간 상기된 채 진산월을 향해 공손하게 인사를 했다.

"길도명이 장문인을 뵙니다."

진산월은 담담하게 웃었다.

"사형이라고 부르게."

길도명의 어깨가 한차례 가늘게 떨렸다.

"장문 사형……."

"반갑네, 사제."

길도명은 눈자위를 실룩거리더니 고개를 숙였다.

"저도 반갑습니다, 장문 사형."

사실 길도명은 좁은 경요궁 안에서 일생의 대부분을 보냈다.

어린 나이에 부모를 잃고 방황하다 사부를 만나 경요궁에 들어온 이래 그의 삶은 단조로움의 연속이었다. 또래의 친구도 없고 인원도 그다지 많지 않은 경요궁에서의 생활이 때로는 갑갑하고 때로는 외롭게 느껴졌으나, 그로서는 달리 벗어날 방법이 없었다.

그런데 불과 하룻밤 사이에 주변의 모든 여건이 너무나 달라져 버렸다.

자신은 욱일승천의 기세로 일어나는 종남파의 정식 제자가 되었고, 수십 명의 동문들이 생겼으며, 그 유명한 신검무적을 사형으로 두게 된 것이다. 그러니 어찌 가슴 한구석이 북받쳐 오르지 않을 수 있겠는가?

육천기는 그의 마음을 누구보다 잘 이해하고 있는지라 무어라 말도 못하고 그를 가만히 바라보기만 했다. 그러다 문득 생각난 듯 다시 한 사람을 불렀다.

"내 정신 좀 보게. 장손 아우, 이쪽으로 좀 오게."

그 말이 끝나기를 기다렸다는 듯 비쩍 마른 체구에 유난히 큰 키의 중년인이 앉은 자리에서 벌떡 일어나 성큼성큼 다가왔다.

그 중년인의 허리춤에는 그의 키 만큼이나 기다란 장도(長刀)가 매달려 있었다. 그가 바로 경요궁의 둘째 궁주인 신풍도 장손담이었다. 알려진 바로는 그는 쾌도(快刀)의 달인으로, 한때는 사천제일쾌도(四川第一快刀)라고까지 불렸던 절세의 도객이라고 했다.

십여 년 전에 장손담은 우연히 대파산을 지나다가 사소한 시비로 육천기와 싸우게 되었다. 결국 장손담은 육천기의 고강한 무공에 패하고 말았으나, 그의 호탕한 성격에 감복되어 스스로 아우가 되기를 자처했다. 그 후에 다시 천수검 좌일군이 가세하여 그들

세 사람은 결의(結義)를 맺고 의형제가 되었다.

삼 년 전 좌일군이 죽을 때까지 그들의 우정은 누구보다 굳건했고, 그들의 가세로 경요궁은 적어도 사천과 호북 일대에서는 누구도 무시하지 못할 강력한 방파로 인정받을 수 있었다.

육천기는 믿음직한 눈으로 장손담을 바라보았다.

"아까 잠깐 소개했지만, 내 의제인 장손담일세. 언제라도 기꺼이 등을 맡길 수 있는 사람이지."

단순한 말이었으나, 그 말속에 담긴 진한 신뢰의 의미를 누구라도 충분히 느낄 수 있었다.

진산월은 그를 빈객 이전에 사숙의 친구인 선배 고수로서 대우해 주었다.

"장손 대협의 명성은 잘 알고 있습니다. 이렇게 인연을 맺게 되니 반갑습니다."

장손담 또한 진산월을 대하는 데 한 점의 흐트러짐이 없이 예의를 다하는 모습이었다.

"단순한 허명에 불과하오. 나야말로 종남파와 인연을 맺게 되어 얼마나 기쁜지 모르겠소."

신검무적의 명성은 이미 중원을 넘어 강호 전역에 파다하게 퍼져 있었다. 특히 장손담은 희인몽에게서 그가 우내사마의 일인인 음양신마 복양수를 격파한 이야기를 들었기에 그에 대한 흠모와 경외심을 가지고 있었다. 당대제일의 검객을 넘어 어쩌면 강호무림의 제일고수를 바라볼지도 모를 절세의 인물을 직접 보게 되었다. 뿐만 아니라 비록 빈객의 자리라고 할망정 그와 같은 문파에

속하게 되었으니, 장손담으로서도 마치 허공을 걷고 있는 듯 마음이 들뜨지 않을 수 없었다.

"오늘 소문으로만 듣던 종남파의 여러 고수들을 만나고 보니 소문이 오히려 모자람을 알겠소. 장문인은 물론이고 어린 제자들까지 누구 하나 뛰어나지 않은 인물이 없으니, 종남파의 명성이 천하를 진동케 하는 이유를 능히 이해할 수 있겠구려."

그의 말 속에는 마음에서 우러나오는 순수한 감탄의 빛이 그대로 담겨 있었다. 하나 워낙 신중하고 침착한 성격인지라 겉으로 드러난 그의 모습은 한 치의 흔들림도 보이지 않았다.

"과찬의 말씀입니다. 우리들은 아직도 가야 할 길이 멀다고 생각하고 있습니다."

짙은 의미가 담긴 진산월의 말에 장손담은 새삼스런 눈으로 그와 종남파의 고수들을 둘러보았다.

강호를 온통 뒤흔들다시피 하고 있는 혁혁한 명성답지 않게 종남파의 고수들은 소탈했으며, 누구도 자존심을 앞세우거나 자만하는 모습을 보이는 사람이 없었다. 오히려 장문인의 말에 귀를 기울이고 있다가 고개를 끄덕이며 수긍의 빛을 보이는 자들이 대부분이었다.

'종남파가 오랫동안 질곡의 세월들을 보내왔다고 하더니, 마음속에 맺힌 것이 많은 모양이구나. 이들은 과연 어디까지 가려는 것일까?'

직접 만나 본 신검무적은 강호에 퍼진 소문처럼 삼두육비(三頭六臂)의 괴물도 아니었고, 보기만 해도 심장이 떨릴 정도로 무시

무시한 위세를 흘리고 있지도 않았다. 차분한 눈빛에 단정한 태도를 지닌 젊은이의 모습이었다.

다만 그에게서는 함부로 대할 수 없는 고고한 분위기 같은 것이 느껴졌다. 그리고 깊게 가라앉은 두 눈에는 나이답지 않은 진한 무게감이 담겨 있었다. 그것은 결코 이십 대 젊은이가 보여 줄 수 있는 것이 아니었다.

더욱 인상적인 것은 그를 대하는 종남파의 다른 고수들의 모습이었다. 그들이 장문인을 볼 때마다 그들의 눈에는 극도의 존경과 신뢰가 담겨 있었다. 십 대의 어린 소년부터 사십 대의 중년인까지, 나이와 배분을 불문하고 모두들 장문인에 대한 절대적인 믿음을 보이고 있는 것이다.

한 사람이 다른 사람에게서 이와 같은 경의를 받을 수 있다면 그자의 인생은 그것만으로도 능히 충분한 가치를 지니고 있다고 해야 할 것이다.

그런 점에서 장손담은 종남파가 마음에 들었다. 믿음직한 장문인과 그에게 절대적인 신뢰를 보내는 충실한 제자들이 함께 뜻을 뭉친다면 어떠한 어려운 길이라도 능히 헤쳐 나갈 수 있을 것이다.

그 길의 끝에서 그들은 과연 자신들이 원하는 것을 얻을 수 있을 것인가?

장손담은 언제고 그 결과를 꼭 볼 수 있게 되기를 기대했다.

육천기는 경요궁의 내총관을 맡고 있는 설초홍을 진산월에게 인사시키는 것으로 경요궁 인물들의 소개를 마쳤다. 설초홍은 사십 대 중반의 중년 여인으로, 다소 통통한 체구에 온화한 인상을 지니고 있었다.

하나 그녀는 젊었을 적에 무산마녀(巫山魔女)라고 불렸던 숨은 실력자로, 누구보다 냉정하고 손속이 매서운 여인이었다. 나이를 먹어서 성정이 부드러워지기는 했으나 지금도 많은 경요궁의 인물들은 궁주인 육천기보다도 그녀를 더 두려워할 정도였다.

육천기는 호탕한 성격에 사소한 일에는 그다지 신경을 쓰지 않는 대범한 인물이어서, 그녀가 안살림을 알뜰하게 챙기지 않았다면 경요궁의 살림살이가 곤궁해졌을지도 몰랐다. 항간에는 두 사람이 한때 정분이 있는 사이였다는 소문도 있었으나, 세월이 흐르도록 결혼을 하지 않아서 소문 자체가 흐지부지되어 버리기도 했다.

진산월은 별다른 말이 없이 조용하게 앉아 있는 설초홍이 육천기와 몰래 시선을 마주치며 살짝 미소 짓는 모습을 보고, 어쩌면 머지않아 새로운 사숙모가 생길지도 모르겠다는 생각이 들었다. 그러고 보니 경요궁의 금령을 해제했을 때 육천기가 유난히 기뻐했던 것이 단순히 제자인 길도명 때문만은 아닌 것 같기도 했다.

분위기가 한창 무르익을 즈음, 잠시 바깥으로 사라졌던 동중산이 다시 안으로 들어왔다. 동중산은 진산월과 시선이 마주치자 거의 알아차리기 힘들 만큼 살짝 고개를 끄덕였다.

진산월은 자연스런 동작으로 자리에서 일어났다.

"잠시 자리를 비워야겠습니다."

"다녀오시게."

진산월이 문 쪽으로 걸어가자 동중산이 그에게 머리를 조아리며 낮은 음성으로 속삭였다.

"우측 두 번째 방입니다. 다녀오십시오."

진산월은 그의 어깨를 가볍게 두드린 후 대청을 벗어났다.

무심코 진산월을 주시하고 있던 육천기가 이 광경을 보고 약간 의아해 하는 기색이었으나, 동중산은 눈치 빠르게 근처에 있는 희인몽을 향해 입을 열었다.

"그러고 보니 사고께서는 장문인과 음양신마가 싸우는 광경을 가까운 거리에서 보셨다고 들었습니다. 그때의 이야기를 자세히 들을 수 있겠습니까?"

그의 말에 모든 사람의 시선이 희인몽에게로 향했다. 진산월이 음양신마를 쓰러뜨렸다는 것은 종남파 고수들도 어제부터 퍼진 소문을 듣고 나서야 비로소 알게 된 것이기에 그에 대한 호기심이 누구보다도 클 수밖에 없었다.

희인몽은 중인들의 이목이 자신에게 집중되자 어쩔 수 없다는 듯 가벼운 한숨을 내쉬고는 말문을 열었다.

"그 일은 며칠 전에 한수의 강변에서 일어났어요. 그때 나는……."

대청을 벗어난 진산월은 별실의 우측에 붙어 있는 작은 회랑을 따라 안으로 들어갔다. 그쪽은 이정문과 육난음이 숙소로 쓰는 두 개의 방이 나란히 붙어 있었는데, 진산월이 방 근처로 다가가자 두 번째 방문이 열리며 이정문과 육난음이 모습을 드러냈다.

진산월은 그들을 향해 가볍게 인사를 했다.

"내 부탁을 들어주어 고맙소."

육난음은 살짝 미소 지었다.

"다행히 사부님께서 무당파의 집회에 참석하시기 위해 무당산 근처에 계시느라 어렵지 않게 연락이 닿았어요. 사부님께서도 기꺼이 수락하셨고요."

"그분은 안에 계시오?"

"예. 들어가 보세요."

"당신들은?"

육난음은 옆에 멀거니 서 있는 이정문의 팔짱을 꼈다.

"우리는 잠시 바깥바람 좀 쐬고 올 거예요."

진산월은 멀어지는 두 사람의 뒷모습을 잠시 바라보고 있다가 숨을 고르고는 방문을 열고 안으로 들어갔다.

그리 크지 않은 방은 창문에 차양이 쳐 있어 어두컴컴해 보였다. 그 어두운 방 안의 한쪽에 한 여인이 그림처럼 조용히 앉아 있었다.

짙은 남색 저고리에 유난히 붉은 치마가 시선을 끌었다.

반백의 머리칼에 수정처럼 맑고 고요한 눈을 가진 여인이었다.

나이를 짐작하기 어려운 용모였다. 백발이 성성한 머리카락으로 보아 적지 않은 나이 같았지만, 피부의 탄력이 아직도 살아 있었고 얼굴 전체에 잔주름 하나 없이 백옥(白玉) 같은 살결을 유지하고 있었다. 이목구비는 단정했으며, 이지적이고 차분한 인상이었다.

여인은 방문을 열고 들어온 진산월을 말없이 바라보고만 있었다.

한동안 그녀의 모습을 찬찬히 살펴보던 진산월은 그녀를 향해 정중하게 인사를 했다.

"종남의 진산월이 무림의 대선배를 뵙습니다."

여인의 얼굴에 그린 듯 엷은 미소가 떠올랐다.

"드디어 만나게 되었군. 반갑네. 내가 바로 천수관음일세."

제 298 장

무용불출(無用不出)

제298장 무용불출(無用不出)

천수관음은 지난 백 년간 강호에 배출된 여고수 중 최고의 고수로 인정받고 있었다. 특히 그녀는 암기 무공뿐 아니라 수공(手功)에도 뛰어나서, 능히 무림구봉의 한 자리를 차지할 만하다는 것이 그녀를 알고 있는 많은 사람들의 한결같은 의견이었다.

그럼에도 그녀가 무림구봉에 속하지 못한 것은 그녀가 여인의 몸이기 때문이기도 했지만, 워낙 강호에 모습을 드러낸 적이 적다는 것이 가장 큰 이유였다. 그래서인지 그녀에 대해 알려진 것도 단편적인 사실들뿐이었고, 그 때문에 그녀는 더욱 신비스런 존재로 부각되었다.

진산월이 대략 알기로도 그녀의 나이는 육십 대였고, 강호에서의 배분도 무척 높은 편이었다. 그러니 진산월이 아무리 일파의 장문인이라고 해도 그녀를 선배로서 예우해 주지 않을 수 없었다.

"여기까지 어려운 걸음을 해 주신 것에 감사드립니다."

"아닐세. 일전에 자네에게 몇 가지 신세진 것도 있어서 그렇지 않아도 조만간 자네를 보려고 했었네."

"신세라니, 무슨 말씀을……."

"예전에 넷째 아이의 부탁을 들어주었지 않나? 그리고 며칠 전에는 큰아이가 자네 덕분에 목숨을 부지할 수 있었다고 하더군."

진산월은 천수관음이 말한 부탁이라는 것이 비매 냉옥환의 일임을 알았다. 구궁보에서 냉옥환은 진산월에게 모용단죽의 안위를 파악하기 위해 그에게 한 가지 질문을 해 달라고 했고, 진산월은 별다른 고민 없이 그녀의 부탁을 수락했다. 그때 모용단죽에게 들은 문구가 '서풍취녹상' 이었는데, 냉옥환은 그 시구가 자신의 사부인 천수관음을 가리키는 것이며, 천수관음은 늘 붉은 치마를 입고 다니기에 지인들 사이에서 '서풍취홍상' 이라고 불린다고 했다.

지금 보니 확실히 천수관음은 붉은 치마를 입고 있었다. 선연하도록 진한 붉은색의 치마는 그녀의 하얀 피부를 더욱 두드러지게 보이도록 했다.

"냉 소저의 부탁은 어렵지 않은 일이었습니다. 그리고 능 여협의 일은 다분히 우연적인 일이었고, 그 과정에서 벌어진 자연스런 결과였을 뿐입니다."

진산월이 겸양의 말을 하자 천수관음은 조용히 미소 지었다.

"어쨌든 나로서는 자네에게 두 번이나 신세를 진 셈이지. 신세를 졌으면 갚아야 하는 게 강호의 도리일세. 이번의 만남으로 한 번의 신세는 갚은 것으로 해 주면 고맙겠네."

진산월도 더 이상은 고사(固辭)를 하지 않았다. 그것은 자칫 천수관음을 모욕하는 일이 될 수도 있기 때문이었다.

"제가 오히려 감사드려야겠군요. 사소한 일로 너무 큰 보답을 받게 되었으니 말입니다."

"일의 가치는 그 일을 부탁한 사람이 결정하는 것일세. 그 두 가지 일은 모두 내게 아주 중요한 가치를 지니고 있다네. 덕분에 나는 몇 년 동안 가지고 있던 큰 의문을 풀게 되었고, 자식과도 같이 소중한 제자를 잃지 않게 되었지."

진산월은 냉옥환에게 처음 부탁을 의뢰받았을 때부터 가지고 있던 의문이 다시 들었다.

"오랜 의문을 풀게 되었다는 말씀의 자세한 사정을 알 수 있겠습니까?"

천수관음은 잠시 생각에 잠기는 것 같더니 이내 마음을 결정한 듯 고개를 끄덕였다.

"자네도 연관된 문제이니, 자네에게도 알 권리가 있겠지."

진산월은 조용히 그녀의 말에 신경을 집중했다.

"모용 대협과 나는 오래전부터 잘 알던 사이였네. 같은 고향에서 자랐고, 한때는 마음의 교감을 나눈 적도 있었지. 점차 나이를 먹게 되면서 여러 가지 일들로 멀리 떨어지게 되었지만, 그래도 가끔은 연락을 주고받으며 서로의 안부를 묻고는 했었네."

모용단죽과 천수관음이 한때 정혼을 했을 정도로 친밀한 관계였다는 것은 진산월도 냉옥환에게 들은 적이 있었다. 그것을 당사자의 입으로 듣게 되니 묘한 기분이 들었다. 특히 마음의 교감을 나눈 사이라는 말이 무척이나 인상적이었다.

자신에게도 그와 같은 관계의 여인이 있지 않은가?

"그런데 몇 년 전부터 그와의 연락이 두절되었네. 그는 분명 구궁보에 있는데, 도무지 그와 연락을 할 수가 없었네. 그래서 나는 넷째 아이를 구궁보로 보냈지. 그간의 사정은 자네도 넷째에게 들어서 알고 있을 걸세."

"그렇습니다."

"넷째도 그에게 접근할 수 없자 나는 구궁보에 있는 그의 진위(眞僞) 여부를 진지하게 의심하지 않을 수 없었지. 그밖에는 그가 나와의 연락을 피할 이유를 찾을 수가 없었거든. 하지만 모용 대협의 진위를 밝혀내는 일은 무척이나 위험천만하고 어려운 일이었네."

그럴 수밖에 없었을 것이다. 다른 사람도 아닌 당대 무림의 제일인자이자 전설과도 같은 존재인 모용 대협이 진짜인지 가짜인지 의심한다는 것을 누구에게 말할 수 있겠는가? 더구나 그 진위를 가려내기 위해 어떤 방법을 써야 할지 너무나 난감한 일이 아닐 수 없었다.

만에 하나 제대로 진위를 가리기도 전에 이 사실이 알려진다면 오히려 천수관음과 냉옥환이 엄청난 역풍을 맞을 수도 있었다. 그리고 모용 대협의 진위를 가리는 일은 영원히 미궁 속으로 빠져들고 말았을 것이다.

천수관음의 사람의 마음을 편안하게 하는 차분한 음성이 어두운 장내를 잔잔하게 울렸다.

"나로서는 여러 가지 방법 중 가장 안전하면서도 확실한 길을 찾을 수밖에 없었네. 그때 자네가 눈에 띄었지. 자네가 천룡궤를 가지고 있는 한 모용 대협은 자네를 만날 수밖에 없었네. 그래서 자네에게 부탁을 한 것일세."

"제가 천룡궤를 가지고 있는 것과 모용 대협을 만나는 일이 무슨 상관관계가 있습니까?"

"천룡궤는 중요한 물건일세. 모용 대협이 진짜 본인이든 아니면 누군가가 변장한 것이든 천룡궤를 반드시 손에 넣으려고 할 걸세. 그런데 자네가 스스로 그것을 가지고 왔으니 만나지 않을 이유가 없지 않겠나?"

진산월은 천룡궤에 대한 많은 말들을 들어왔지만, 막상 그에 대한 애착이나 특별한 호기심은 가지고 있지 않았다. 더구나 지금은 그 물건을 애초에 목적했던 사람에게 전한 후였기에 별다른 관심도 없었다. 그런데 천수관음의 입에서 이런 말을 듣게 되자 마음 한구석에 껄끄러운 점이 생겨났다.

'천룡궤가 그처럼 중요한 물건이라면 석 장주는 대체 무슨 생각으로 생면부지의 나에게 그런 물건을 맡긴 것일까? 그리고 만약 모용 대협이 가짜라면 결과적으로 나는 석 장주의 부탁을 지키지 못한 셈이 되어 버린 게 아닌가?'

진산월이 다소 떨떠름한 기분에 젖어 있을 때, 천수관음의 말이 이어졌다.

"자네 덕분에 나는 간접적으로나마 모용 대협과 접할 수 있게 되었고, 그의 진위에 대한 나름대로의 해답을 얻을 수 있었지."

"'서풍취(西風吹)'에 그처럼 큰 의미가 담겨 있을 줄은 몰랐습니다. 대답이 붉은 치마가 아니라는 것만으로 그런 확신을 하신 이유가 궁금하군요."

천수관음은 묘하게 웃었다.

"중요한 건 서풍에 휘날리는 게 녹색 치마였는지 붉은 치마였는지가 아닐세."

진산월은 더욱 의아한 생각이 들었다.

"그럼 무엇이 중요한지요?"

"그 질문은 엄밀히 말하면 일종의 함정이었네. 그가 어떤 대답을 하던 나로서는 그가 진짜 모용 대협이 아니라고 믿을 수밖에 없었지."

진산월은 총명한 사람이었으나 지금은 되묻지 않을 수 없었다.

"그렇다면 질문을 한 의미가 없지 않습니까?"

"아니지. 그 질문은 질문 자체가 하나의 시험이었네. 그가 만약 진짜 모용 대협이었다면 그 질문을 들은 순간 대답을 하기보다는 오히려 질문을 던져 왔을 것이네."

순간, 진산월은 자신도 모르게 부지불식간에 나직한 탄성을 터뜨렸다. 천수관음의 말 속에 숨은 내용을 비로소 알아차린 것이다.

"아!"

"이제야 자네도 깨달은 모양이군."

진산월은 경탄하는 눈으로 천수관음을 바라보았다.

"그건 정말 오묘한 방법이로군요."

서로 친밀한 두 사람이 자신들만 알고 있는 은밀한 비밀을 제삼자(第三者)가 묻는다면 어떤 반응을 보이겠는가? 그 질문에 대답하기보다는 어떻게 제삼자가 그 비밀을 알고 있는지 되묻는 것이 당연한 순리 아니겠는가?

'서풍에 휘날리는 붉은 치마'는 모용단죽과 천수관음을 비롯한 극소수의 친한 사람들만이 알고 있는 내용이었다. 그런데 전혀 그 범주에 들지 않은 진산월이 갑자기 이 내용에 대해 묻는다면 모용단죽으로서는 진산월이 어떻게 그 점에 대해 알고 있는지 묻거나 전에 천수관음을 만난 적이 있는지에 대해 알려고 할 것이다.

그런데 진산월이 만난 모용단죽은 그 점에 대해 묻기는커녕 단순히 떠오르는 문구로 대답을 했던 것이다.

질문에 질문으로 되묻지 않는 것으로 천수관음은 진산월이 만난 모용단죽이 가짜임을 알 수 있었다. 그리고 그 대답 자체도 잘못된 것이었기에 진위 여부를 더욱 확신할 수 있었던 것이다.

이것은 정말 인간의 심리에 정통하지 않고서는 떠올릴 수 없는 절묘한 수법이었다.

진산월조차도 천수관음의 말을 듣고 거듭 생각해 보고 나서야 그 속에 숨은 의미를 간신히 파악할 수 있을 정도였다. 그러니 가짜 모용단죽이 아무리 그 질문에 의심을 가지고 나름대로 완벽한 대답을 했더라도 질문 자체가 가지는 교묘한 함정을 피해 갈 수 없었던 것이다.

강호무림의 제일인자로 군림하고 있던 모용단죽이 사실은 가짜였다!

실로 경천동지할 일이 아닐 수 없었다. 무림인들이 알게 된다면 경악을 금치 못했을 엄청난 비밀을 알게 된 진산월은 수없이 떠오르는 크고 작은 의문에 잠시 머릿속이 어지러워졌다.

모용단죽은 과연 언제부터 가짜로 바뀐 것일까?

진짜 모용단죽은 과연 어떻게 되었으며, 그는 지금 어디에 있을까?

가짜 모용단죽은 대체 무슨 수로 진짜 모용단죽으로 변할 수 있었으며, 그 의도는 무엇일까? 그리고 그의 진정한 정체는 과연 누구인가?

모용 대협을 가장 가까이에서 보아 왔던 모용봉은 과연 모용 대협이 가짜라는 사실을 전혀 모르고 있는 것일까? 그렇다면 가짜 모용 대협은 어떻게 모용봉의 눈마저 완벽하게 속일 수 있었을까? 그리고 만약 알고 있다면 모용봉은 왜 그 사실을 드러내지 않은 것일까?

모용봉의 생일에 벌어졌던 유중악을 둘러싼 의문의 살인 사건은 혹시 그 일과 모종의 관련이 있는 것은 아닐까?

많은 의문이 떠올랐으나 어느 것 하나 짐작이라도 할 수 있는 것이 없었다.

천수관음은 복잡한 상념에 잠겨 있는 진산월을 가만히 응시하고 있더니 다시 입을 열었다.

"자네도 머릿속이 복잡한 모양이군. 나도 마찬가지일세. 하지만 나는 이미 오래전부터 만에 하나 그가 가짜일지도 모른다는 가정하에 많은 고민을 해 왔지."

"그래서 해답을 찾으셨습니까?"

천수관음의 눈이 그를 보며 웃고 있었다.

"나를 너무 대단하게 보는군. 만약 그랬다면 자네에게 그런 부탁도 하지 않았을 걸세. 아무튼 자네 덕분에 모용 대협이 가짜라는 걸 알게 되었으니, 적어도 몇 가지 일에 관해서는 약간의 진척을 볼 수 있었지."

"그게 무엇인지 알 수 있겠습니까?"

"모용 대협이 나와 연락이 끊어진 것은 정확히 사 년 이 개월 전이었네. 다시 말해서 사 년 전에 소림사에서 무림대집회가 벌어지기 전에 모용 대협은 이미 가짜였을 확률이 높다는 것이지."

진산월은 문득 떠오르는 생각에 눈을 빛냈다.

"이번 일에 서장 무림이 관련이 되었다고 생각하십니까?"

"시기상으로 충분히 의심해 볼 수 있는 일이겠지. 둘째로, 모용봉은 그 사실을 알고 있을 것이라는 점일세."

그 점도 충분히 수긍이 가는 부분이었다. 사 년이라는 세월 동안 지척에서 모시는 할아버지가 진짜인지 가짜인지 구분하지 못할 모용봉이 아니었다. 그렇다면 대체 모용봉은 왜 그 점에 대해 철저히 함구했던 것일까?

"셋째로, 모용봉이 그 사실을 외부에 발설하지 않은 것으로 보아 모용 대협은 아직 생존해 있으며, 적어도 그의 생사(生死)를 확인할 방법을 모용봉이 가지고 있다는 것이지."

"가짜가 진짜 모용 대협을 인질로 모용 공자를 위협하고 있다고 생각하시는군요."

"내가 알고 있는 모용봉은 그것 때문이 아니라면 그런 짓을 할 이유가 없는 아이일세."

천수관음의 음성은 비록 나직하고 차분했으나 굳은 확신이 담겨 있어 드는 사람의 마음에 신뢰감을 심어 주는 것이었다.

진산월은 자신이 모용봉을 만났던 순간을 떠올려 보았으나, 그에 대한 어떠한 단서도 기억나는 것이 없었다. 당시의 그는 임영옥에 대한 일에 신경을 집중하고 있었기에 모용봉의 행동이나 말에서 특별히 이상한 점을 느낄 수 없었다. 다만 모용단죽을 만나기 직전에 그가 자신에게 모용단죽을 만나고 나면 곧바로 구궁보를 떠나라고 강요한 것이 어떤 실마리가 될 수도 있겠다는 생각이 문득 들었을 뿐이다. 하나 그것에 무슨 의미가 있는지는 알 수 없었다.

"넷째도 있습니까?"

진산월이 묻자 천수관음은 그를 가만히 지켜보더니 조용히 미소 지었다. 사람의 마음속을 들여다보는 듯한 묘한 의미를 지닌 웃음이었다.

"자네는 욕심이 많군. 한 가지만 더 말해 주지. 만약 누군가가 구궁보에 들어가서 모용 대협을 강제할 수 있다면 그런 능력을 가진 사람은 천하에 결코 많지 않을 것이네. 그런 능력의 소유자가 굳이 발각될 위험을 무릅쓰고 모용 대협으로 행세한 이유가 있을 걸세."

"그 이유가 무엇이라고 보십니까?"

"자네가 맞혀 보게."

의미심장한 천수관음의 말에 진산월의 표정이 조금 변했다.

"천룡궤 때문이란 말씀이십니까?"

"역시 눈치도 빠르군. 자네와 이야기하는 건 편하기도 하지만 너무 날카로워서 조심스러워지기도 하는군. 나는 그것조차 재미있게 느껴지지만 말일세."

천수관음이 농담인지 진담인지 모를 말을 했으나, 진산월은 전혀 다른 의문에 신경을 곤두세웠다.

"제가 천룡궤를 가지고 모용 대협을 찾아갈 것을 어떻게 알고 가짜가 사 년 전부터 모용 대협의 행세를 했겠습니까?"

"중요한 건 누가 가지고 왔느냐가 아닐세. 그저 언젠가는 천룡궤가 모용 대협에게 전해진다는 확신만 있으면 되는 일이네. 모용 대협으로 변해서 기다리고 있으면 언제 누가 가져오든 천룡궤를 받을 수 있을 테니 말일세."

"천룡궤가 반드시 모용 대협에게 전해져야 할 이유가 있단 말입니까?"

"천룡궤는 천룡객의 물건일세. 그러니 언젠가는 원주인에게 돌아가는 것이 당연한 이치 아니겠나?"

진산월은 깜짝 놀랐다.

"천룡객이 모용 대협이란 말씀이십니까?"

"모용 대협은 천룡객의 하나뿐인 제자일세. 당금 무림에서 천룡객의 행방을 알고 있는 유일한 인물이기도 하지. 그러니 천룡궤를 천룡객에게 전하고 싶으면 모용 대협에게 주는 수밖에 없지 않겠나?"

진산월은 다시 의문이 들었다.

"천룡궤가 반드시 천룡객에게 돌아가야 할 특별한 이유라도 있습니까?"

"그거야 물건을 지니고 있던 당사자의 마음이니 내가 알 수야 없지. 다만 짐작은 해 볼 수 있네."

"그게 무엇입니까?"

"천룡궤를 소지하고 있던 사람은 천룡객의 아내였던 철혈홍안이었네. 그녀는 아마도 그런 식으로라도 천룡객의 행방을 알고 싶었던 게 아닐까 싶군. 사람은 나이를 먹으면 헤어졌던 남편이 보고 싶어질 수도 있는 법이니 말일세."

진산월은 직감적으로 천수관음이 모든 사실을 말하는 것은 아니라는 걸 알아차렸다. 아마 천수관음은 철혈홍안이 천룡객에게 천룡궤를 돌려주려는 이유가 무엇인지 알고 있음이 분명했다.

하나 그녀가 밝히지 않는데 굳이 그 이유를 캐묻고 싶은 생각은 별로 없었다. 대신에 그는 다른 것을 물어보았다.

"그렇다면 가짜 모용 대협은 그들 부부의 일에 대해 상세하게 알고 있는 인물이겠군요? 그래서 모용 대협에게 언젠가는 천룡궤가 전해질 거라는 확신을 가지고 있었던 게 아닙니까?"

그의 날카로운 질문에 천수관음은 다시 조용히 미소 지었다.

"그 일에 대해서는 나중에 좀 더 분명해지면 알려 주겠네. 그보다 이제 자네 일을 이야기해 보세. 내일 있을 천수나타와의 승부 때문에 나를 보자고 한 게 아닌가?"

천수관음이 교묘하게 화제를 돌리자 진산월은 마음속에 떠오르는 많은 의문들을 잠시 접어 둘 수밖에 없었다. 솔직히 수천 리

밖에 있는 모용단죽의 진위 여부보다는 당장 코앞으로 닥친 천수나타와의 비무가 더욱 중요하게 생각되었던 것이다.

천수관음 또한 지금까지와는 달리 표정이 한층 더 진지해졌다.

"사실 자네를 만나러 온 것은 자네의 부탁을 받았기 때문이기도 하지만, 자네에게 한 가지 사실을 확인받기 위한 목적도 있다네."

"그것이 무엇입니까?"

"둘째에게 듣기로는 자네는 당각이 던진 암기에서 어떤 소리도 듣지 못했을 뿐 아니라 어떠한 기척이나 흔적도 알아차리지 못했다고 하더군. 그래서 그 아이는 당각이 무적경에 오른 것이 아닐까 의심하는 것 같았네."

진산월은 솔직하게 고개를 끄덕였다.

"무적경이 어떤 것인지는 모르지만, 제가 그의 암기에서 어떤 소리나 흔적도 알아차리지 못한 것은 사실입니다."

"자네에게는 다소 화가 나는 이야기가 될 수도 있겠지만, 나는 자네의 말을 반신반의하고 있다네."

진산월은 화를 내지 않았다. 다만 침착한 눈으로 천수관음의 얼굴을 가만히 응시했을 뿐이다.

"제가 육 소저에게 거짓말을 했으리라고 보십니까?"

천수관음의 입가에 살짝 미소가 어렸다.

"자네가 그렇게 쳐다보니 무섭군. 확실히 대단한 무형지기일세. 내가 자네의 말을 반신반의한다는 건, 자네는 비록 사실을 말했을지라도 그게 꼭 진실이라는 법은 없다는 의미였네."

진산월은 누구보다 총명한 사람이었으므로 그녀의 말이 무엇을 뜻하는지 쉽게 알아차렸다.

"제가 오해하거나 착각했을 수도 있다는 말씀이로군요."

"자네는 암기 무공에 대해 얼마나 알고 있나?"

"거의 알지 못합니다."

"그럴 것 같았네. 지금 자네 앞에 앉아 있는 사람은 강호에서 이름난 암기 무공의 고수일세. 그런데 자네는 나에 대한 대비를 전혀 하지 않고 있더군."

진산월은 수중에 차고 있는 용영검의 손잡이를 살짝 건드렸다.

"대비라면 하고 있다고 생각합니다만."

천수관음은 고개를 저었다.

"일반적인 고수라면 자네가 검을 가지고 있는 것만으로도 충분히 대비가 될 수 있겠지. 하지만 암기 무공의 고수에게는 그것만으로는 부족하네. 예를 들면 이런 것이지."

천수관음은 두 손을 무릎 위에 가지런히 올려놓았다. 그녀의 두 손이 전혀 움직임을 보이지 않았는데도 진산월은 오른쪽으로 머리를 젖혔다.

무언가 보이지 않는 희미한 기운이 그의 귓전을 스치고 지나갔다.

"잘 피하는군. 확실히 자네의 무공은 도저히 그 나이대의 고수로는 믿기지 않을 정도로 놀라운 것일세. 하지만 암기나 빠른 무공에 대한 대비는 부족하네. 조금 전에 나는 두 번의 무형기를 발출했는데, 자네는 하나는 피했지만 다른 하나는 피하지 못했군."

그녀의 말이 끝나기도 전에 그와 그녀 사이의 공간에 작은 파동이 일어났다. 그 파동은 이내 사라져 버렸지만, 그 여운은 오래도록 방 안을 떠돌았다.

"자네는 무형지기로 내 두 번째 무형기를 막았지만, 그건 내가 단지 일성(一成)의 공력만을 사용했기 때문일세. 내가 전력을 다하거나, 무형기가 아닌 암기를 발출했다면 자네는 상당히 곤궁에 처했을 걸세."

"제가 암기 무공에 대한 대비가 부족하다는 것은 알고 있습니다. 암기에 대한 견식도 많이 모자라고, 그에 대한 경험도 거의 없는 편이지요."

"사실 그런 건 어려서부터 체계적인 훈련이 필요한 법이네. 그런데 종남파에는 그에 대한 훈련이나 교습 방법이 없는 것 같군."

진산월도 그 점이 아쉽기는 마찬가지였다. 그녀의 말대로, 종남파에는 암기 무공에 대한 어떠한 대비책도 전해지지 않고 있었다. 다른 문파에서는 제자의 무공이 일정 수준에 오르면 암기와 독공(毒功), 사술(邪術)등 다양한 방면의 무공에 대한 훈련과 교육을 시킨다. 하나 종남파는 기산취악 이후 그러한 훈련이나 교육 과정이 사라져 버렸다.

불과 열 명 남짓한 제자들만으로는 생존하기에 급급한 형편이었다. 자연히 체계적인 교육 과정 같은 것이 남아 있을 리 없었다.

"강호의 고수들은 암기 무공을 익힌 자를 만나게 되면 일단 자신의 기를 주위에 퍼뜨려 놓는다네. 그자가 적이든 우호적인 인물이든 반드시 그러한 행동을 하지. 그래야만 갑작스럽게 발출되는 암기에 대응할 수 있기 때문일세. 그러한 행동은 몸에 익어서 특별히 의식하지 않아도 자연스럽게 펼칠 수 있어야 하네. 그것은 아주 오랜 동안의 훈련과 반복된 연습을 필요로 하는 것이지."

"제가 암기 무공에 대해 잘 모르기 때문에 천수나타의 상태를 잘못 이해했을지도 모른다고 생각하시는 거로군요."

"그걸 알기 위해서 자네에게 꼭 확인하고 싶었던 걸세."

"제가 어떻게 해 드리면 되겠습니까?"

천수관음은 지금까지의 웃음기 있던 모습과는 달리 진지한 표정으로 진산월을 똑바로 응시했다.

"그를 만났을 때부터 그가 물러날 때까지의 일을 최대한 자세히 이야기해 주게."

천수관음의 말은 자칫 진산월에게 모욕적인 일로 생각될 수도 있었다. 하나 진산월은 아무런 내색도 하지 않고 담담한 음성으로 그때의 일을 말해 주었다. 자신의 생각을 철저히 배제한 채 조금도 가감이 없는 말이어서 무미건조할 정도였으나, 천수관음은 눈도 깜박이지 않고 그의 말을 조용히 듣고 있었다.

그의 말이 모두 끝나자 천수관음은 고개를 끄덕였다.

"마치 눈앞에서 내가 직접 본 듯한 설명이군. 자네가 얼마나 관찰력이 예민한 사람인지 알겠네."

"제 말만으로 확인이 되십니까?"

"그렇다네."

"어떤 결론을 내리셨습니까?"

"천수나타는 완전한 무적경에 이르지 못했네."

천수관음의 단정적인 말에 진산월은 묻지 않을 수 없었다.

"왜 그렇게 생각하셨습니까?"

"천수나타가 던진 세 번째 암기에 자네는 아무런 흔적이나 소리도 듣지 못했다고 했네. 그런데 자네 사매는 알아차렸다고 했지?"

"그렇습니다."

"천수나타가 진정한 무적경에 올랐다면 자네의 사매도 알아차릴 수 없었을 걸세."

"……!"

"자네 사매는 아마 음공을 익히고 있거나 선천적으로 음기가 충만한 여인일 걸세. 음공을 익히면 신체의 감각이 예민해져서 보거나 듣지 못하는 기척도 피부에 닿는 공기의 파동만으로 알아차릴 수 있지. 무적경이란 그러한 파동조차 느낄 수 없는 완벽한 경지일세."

"인간으로서 그러한 경지에 도달할 수 있습니까?"

"당연히 안 되지. 그건 단지 이론상으로만 존재하는 경지일세. 암기 무공을 익히는 자들이 순수하게 상상만으로 지어낸 미지의 영역이란 말일세. 그래서 둘째가 자네의 말을 듣고 천수나타가 무적경에 올랐다고 했을 때 나는 반신반의했던 것일세. 그건 아직은 현세(現世)의 누구도 도달할 수 없는 것일세. 아무리 천수나타라고 해도 말이지."

"후대에는 가능하다는 말씀이십니까?"

천수관음은 모처럼 살며시 미소 지었다.

"후대의 일을 누가 알겠는가? 아마 계속 강호의 무공이 발전한다면 이론상으로는 가능하지 않겠는가? 어차피 무적경 자체도 이론상의 경지이니 말일세."

"그런데 천수나타의 암기는 정말로 아무런 소리나 기척도 알아차릴 수 없었습니다."

"그는 무적경에 이르지는 못했네. 하지만 그와 유사한 경지에는 도달한 것 같군."

"그런 경지도 있습니까?"

"그거야 아무 명칭이나 붙이면 되는 일 아닌가? 무음경이니 무적경이니 하는 것도 마찬가지일세. 석년에 그와 나는 비슷한 시기에 무음경을 이루었네. 그는 내가 소리 없이 암기를 발출하는 경지에 도달했다는 말을 듣고 나를 찾아왔네. 자신도 얼마 전에 무음경을 이루었다며 서로의 실력을 비교해 보자는 것이었지."

천수관음이 한때 천수나타와 의남매를 맺을 정도로 친분이 두터운 사이였다는 것은 진산월도 정소소에게서 들은 적이 있었다. 하나 무슨 연유에서인지 두 사람은 급격히 사이가 벌어져, 나중에는 완전히 등을 돌리고 말았다고 했다.

천수관음의 얼굴에 한 줄기 씁쓸한 빛이 떠올랐다.

"천수나타는 호승심이 강한 사람이었네. 그는 늘 내가 자신과 비교되는 것에 신경을 쓰고 있었지. 나는 몇 번이나 그에게 당신이 더 뛰어난 고수라고 말했으나, 그는 겉으로는 대범한 척 웃어도 속으로는 나에 대한 경쟁심을 가지고 있었네. 그런데 내가 무음경에 올랐다는 말을 듣자 더 이상 호승심을 참을 수 없었던 것이네."

"그래서 그와 비무를 하셨습니까?"

"몇 번이나 그를 피했지만 그는 집요했네. 나중에는 내 제자들에게까지 손을 쓰려고 해서 나도 더 이상은 피할 수 없었네."

그녀는 가벼운 한숨을 내쉬었다.

"암기 무공의 고수들끼리의 비무란 사실 존재할 수가 없는 것일세. 암기 무공이란 결국은 사람을 가장 빠르고 효과적으로 죽이는 수법일세. 그런 무공의 고수들이 싸운다면 어찌 되겠나? 둘 중 하나가 죽어야만 승부가 가려질 걸세. 그러니 그건 비무가 아니라 결투라고 해야 옳겠지."

"그래서 피하신 거로군요."

"우리 두 사람이 전력을 다해 실력을 내보인다면 둘 중 한 사람은 반드시 죽게 되네. 그건 너무나 분명한 사실이지. 그러니 내가 어찌 그와 싸울 수 있겠나?"

"하지만 천수나타는……."

"그의 의중이야 알 수 없지. 아마 그도 비슷한 생각은 했을 거야. 하지만 불타는 호승심이 그런 우려를 눌러 버린 것이지. 아무튼 나로서는 어쩔 수 없이 그와 손속을 겨루어야만 했네. 우리는 단 일초만 쓰기로 약조했으나, 결과는 누구도 장담할 수 없었네."

천수관음의 시선이 진산월의 두 눈에 고정되었다.

"그 싸움이 어떻게 되었을 것 같나?"

"제가 어찌 감히 예상할 수 있겠습니까?"

천수관음의 고요한 눈에 짓궂은 장난기가 감돌았다.

"아니야. 자네라면 충분히 결과를 맞힐 수 있을 걸세. 한 번 맞혀 보게. 정확하게 맞히면 무음경의 가장 큰 비밀 한 가지를 알려주지."

진산월의 눈이 번쩍 빛났다.

"무음경의 가장 큰 비밀이라니요?"

"어떻게 소리를 내지 않고 암기를 발출할 수 있는지 알려 주겠다는 것일세."

진산월은 뜻밖의 말에 반문하지 않을 수 없었다.

"그런 중요한 걸 제게 알려 주셔도 됩니까?"

"비밀은 비밀이지. 하나 경험이 풍부하고 일정 수준 이상에 오른 강호의 절정고수들은 대부분이 알고 있는 내용이라 반드시 숨겨야 할 만큼 특별한 비밀이라고 할 수도 없네. 다들 알음알음 알고 있으면서도 겉으로 내색을 안 할 뿐이지. 모르는 척 자기들만 알고 있다가 정말 아끼는 제자나 후인(後人)에게만 몰래 가르쳐 준단 말이지. 그게 강호에서 말하는 비전(秘傳)이 탄생되는 과정일세."

진산월로서는 쉽게 이해할 수 없는 일이었다.

"그런 비밀이 그렇게 반공개적으로 알려져도 되는 건지 모르겠군요."

천수관음은 입을 가리고 조용히 웃었다.

"호호. 무음경의 비밀이 퍼지면 내가 곤란할 것 같아서 그런가? 자네가 무공은 대단할지 몰라도 아직 강호의 생리에 대해서 잘 모르는군. 진짜 곤란한 게 어떤 건지 아나?"

"어떤 것입니까?"

"무음경에 대한 비밀을 아무도 몰라서 모든 강호인들이 무음경의 고수를 두려워하게 되는 것일세. 그렇게 되면 어떤 일이 벌어지는지 아는가?"

"……!"

"강호인들은 두려움을 이기지 못하고 나를 공적(公敵)으로 몰아서 처단하거나 함정에 빠뜨려 살해하려 할 걸세. 미지의 존재에 대한 두려움은 그처럼 무서운 것일세."

충격적인 말에 진산월은 한동안 아무 말도 하지 못했다.

"자네도 기억해 두게. 강호인들이 자네에게 성원을 보내는 것은 자네가 명문정파인 종남파의 장문인이기 때문일세. 자네의 무공 연원에 대해 잘 알고 있기 때문에 자네를 대단하게 생각하면서도 자네에게 미지의 공포를 느끼지 않는 것일세. 만약 강호에 정체 모를 신비의 고수가 나타나면 그의 무공 내력이나 정체가 알려지기 전에는 모두들 그를 경계하게 될 걸세. 그의 무공이 높을수록 경계심도 높아지고 공포심도 커지게 되지. 그러다 마침내는 파국이 닥치게 되는 것일세. 아니면 그 전에 그의 무공에 대한 비밀이 밝혀지든지."

"……."

"강호란 움직이는 생물 같아서 독불장군은 견딜 수가 없는 곳일세. 그래서 무음경에 대한 비밀도 절정고수들 사이에 알려지는 것이 자연스러운 것일세. 덕분에 무음경의 고수를 대단하게 여기면서도 절대적으로 두려워해야 할 존재로는 생각하지 않게 되었지. 그게 모두를 위해 좋은 방법일세."

진산월은 혹시 무음경의 비밀을 절정고수들에게 퍼뜨린 사람이 천수관음 본인이 아닐까 하는 생각이 들었다. 천수관음이 아니더라도 처음 무음경에 오른 누군가가 그런 비밀을 조심스레 퍼뜨렸을 가능성이 높았다.

"단순히 비밀 하나 알았다고 무음경의 고수가 던지는 암기를 피할 수는 없지. 다만 아무것도 모르는 것과 중요한 비밀 하나를 아는 것은 인식에 현격한 차이가 있네. 만약 천수나타가 진정한 무적경에 올랐다면 그의 주변인들부터 그를 가만두지 않았을 걸세. 하물며 그가 속한 쾌의당에서 내버려 둘 리가 없네. 그들은 비슷한 목적을 가진 인물들이 모인 느슨한 연합체여서 조직에 대한 충성도나 결집력이 상당히 미약하고 개인적인 성향이 강한 편이지."

진산월은 천수관음의 말에 내심 수긍하지 않을 수 없었다.

확실히 강호의 역사를 되짚어 보면 그와 유사한 일들이 적지 않게 일어났던 것이다.

"이제 말해 보게. 천수나타와 나와의 싸움이 어떻게 되었을 것 같나?"

그녀는 마치 이래도 말하지 않을 테냐고 묻는 것처럼 진산월을 보며 묘한 웃음을 짓고 있었다. 나이답지 않게 짓궂은 그녀의 모습에, 진산월은 고소를 머금을 수밖에 없었다.

"저로서는 손해나는 일이 아니니 말씀드리지요. 제 생각에는 겉으로는 무승부지만, 천수나타는 본인이 졌다고 판단하는 결과가 나왔을 것 같습니다."

천수관음의 눈이 어느 때보다 영롱하게 반짝거렸다.

"왜 그렇게 생각하는가?"

"결과가 어느 한쪽으로 기울었다면 선배님 말씀대로 두 사람

중 한 사람은 살아 있지 못했을 것입니다. 그리고 단순한 무승부라면 그 후 두 사람이 서로 갈라서는 일은 없었을 거라고 생각되는군요."

"천수나타가 스스로 졌다고 판단한다는 근거는 무엇인가?"

"만약 그렇지 않았다면 두 분은 지금까지도 친분 관계를 유지하고 있을 겁니다."

"반대의 경우도 있지 않겠나?"

"제가 본 선배님이라면 그 정도 일로 친분을 깨실 분 같지 않군요."

그 말에 천수관음은 나직한 웃음을 터뜨리고 말았다.

"호호. 만난 지 얼마 되지 않았는데도 나에 대해서 잘 알고 있는 것 같군. 진 장문인은 틀림없이 따르는 여인들이 적지 않을 걸세. 무뚝뚝한 것 같으면서도 의외로 사람의 마음을 잘 헤아리니 말일세."

"그렇지도 않습니다."

"어쨌든 정확한 답변일세. 대충 비슷하면 맞는 것으로 하려고 했는데, 너무 정확해서 오히려 당황했네. 내 암기는 천수나타의 옆구리를 가격했지만, 천수나타는 그러지 못했지. 그의 암기는 내 신발코를 맞혔네."

"그런데 무승부가 되었습니까?"

"그의 암기가 내 암기보다 먼저 도착했네. 하지만 그는 내 몸을 맞히지 못했고, 나는 그의 몸을 정확히 맞혔으니 서로 비긴 것으로 한 것이지."

그 정도면 천수나타가 스스로 패배했다고 판단하는 것도 당연한 일이었다.

하나 천수관음의 생각은 달랐다.

"사실 천수나타의 암기는 치명적인 살상력이 있네. 일단 격중되면 반드시 상대를 죽음으로 몰고 가는 위력이 있지. 그래서 천수나타는 막상 나와 겨루게 되자 자신의 전력을 기울일 수 없었네. 그가 할 수 있는 것은 내 신발의 앞부분을 맞히는 것이 전부였네. 조금이라도 암기에 맞았다면 결과에 상관없이 나는 죽고 말았을 테니까."

"……."

"그에 비해 나는 싸우기 전에 암기의 날을 뭉툭하게 만들고 치명적인 상처를 주는 부위도 없애 버렸네. 그래서 자신 있게 그의 몸을 향해 암기를 던질 수 있었지. 대신에 암기의 속도가 떨어져 그의 암기보다 늦게 도착하게 된 것일세. 천수나타는 그 점을 참작해 무승부로 하자고 했지만, 내 몸을 향해 암기를 던지지 못한 자신의 무른 마음을 못내 자책했네."

천수관음은 나직한 한숨을 내쉬었다.

"그는 그 후로 다른 사람처럼 변해서 더욱 무서운 암기술을 익히기 위해 고련을 계속했지. 나와는 저절로 멀어져 버렸고, 나중에는 남보다 못한 사이가 되고 말았네. 그러다 그는 무음경의 상태로는 나를 완벽하게 꺾을 수 없다고 판단하고, 전설로만 알려진 무적경을 이루기 위해 무모한 도전을 시작했네. 그때 그를 찾아온 사람이 있었네."

"그가 누구입니까?"

"쾌의당주일세."

진산월은 막연하게 그러지 않을까 생각했으나, 막상 그녀의 입에서 쾌의당주라는 이름을 듣게 되자 마음이 무거워졌다. 종남파와 쾌의당은 그동안 크고 작은 일로 자주 부딪혀서, 지금은 둘 중 하나가 없어지지 않는 한 도저히 한 하늘 아래 같이 살기 어려운 적대 관계에 놓이게 되었다.

누구도 정확한 이름은커녕 나이와 성별도 모른다는 신비의 쾌의당주에 대한 이야기를 처음으로 듣게 되자 한편으로는 호기심이 생기면서도 다른 한편으로는 그 이름이 주는 무거운 중압감을 느끼지 않을 수 없었다.

"쾌의당주는 그에게 한 가지 제안을 했네. 자신의 일을 도와주면 그가 가장 필요로 하는 것을 주겠다는 것일세. 쾌의당주가 주겠다는 것이 무엇인지 알겠나?"

이제는 진산월도 짐작할 수 있었다.

"탈혼검이군요."

"그렇다네. 바로 탈혼검의 구결이지. 천수나타는 그 제안을 듣는 즉시 승낙을 했네. 그는 비록 탈혼검을 익힐 수는 없었지만 탈혼검의 핵심 원리를 자신의 암기술에 응용해서 마침내 절대적인 수법을 만들어 냈네. 천수나타는 스스로의 그 수법을 '절대암류(絕代暗流)'라고 불렀네. 일단 암기를 발출하면 절대적인 암흑 속에 가려져 누구도 그 암기를 피할 수 없다고 하여 붙인 이름일세. 자네가 보았다는 그 세 번째 수법이 바로 절대암류를 사용한 것일세."

절대암류!

무척이나 광오하면서도 듣는 사람으로 하여금 섬뜩함을 느끼게 하는 이름이었다. 무림에서 자신의 무공에 이런 식의 이름을 붙이는 경우는 별로 없었다. 자칫 자신의 무공을 과신하여 과대망상에 빠졌다는 비웃음을 받을지도 모르기 때문이었다. 그것은 다시 말하면 천수나타가 그만큼 자신의 무공에 절대적인 자신감을 가지고 있다는 의미이기도 했다.

"절대암류는 무적경에 근접하는 놀라운 경지이기는 하지만 완전한 무적경이라고 볼 수는 없네. 혹시나 하여 자네에게 확인한 것이지만, 천수나타는 아직 완벽하게 기척을 숨기지는 못한 것 같군."

"하지만 제게는 큰 차이가 없습니다."

그렇다. 진산월은 천수나타의 암기에서 전혀 아무런 기척도 느끼지 못했다. 천수나타의 수준이 무적경에 올랐든 그렇지 않든, 진산월에게는 어차피 무적경의 고수를 상대하는 것이나 마찬가지 상황인 셈이었다.

천수관음은 고개를 저었다.

"차이가 있네. 음공으로 기척을 알 수 있다면 다른 방법도 있을 것이네. 그것이 완전한 무적경과 그렇지 못한 경지의 분명한 차이일세."

"하지만 제게는 시간이 없군요."

"그게 가장 큰 문제지. 일반적으로 암기 무공을 상대하는 것에는 세 가지 방법이 있네. 첫째는 청경(聽勁)일세. 청력을 향상시켜 귀로 듣는 것이지. 하나 단순히 청력을 강화하는 것이 청경은 아닐세. 귀로 들리는 모든 소리 중에서 자신이 원하는 소리를 가려내는 것이 바로 청경이지. 청경을 익혀야만 암기가 날아오는 위치를 정확하게 파악할 수 있네. 둘째는 음공(陰功)을 익히는 것일세. 음공을 익히면 주위의 변화에 민감해져서 어렵지 않게 암기를 파악할 수 있다네. 극에 이른 음공의 고수는 눈을 감고도 주위의 사정을 훤하게 파악할 수 있을 정도가 된다고 하더군. 암기의 고수들이 가장 두려워하는 상대가 바로 그런 자들이지. 그리고 셋째는 스스로가 암기 무공을 배우는 것일세. 말로 표현하기 힘든 암기의 속성을 자세히 알 수 있게 되기 때문일세."

천수관음의 표정이 조금 무거워졌다.

"문제는 이 세 가지 방법이 모두 오랜 시간의 수련을 필요로 한다는 것일세. 상당 기간 동안 체계적인 훈련을 받지 않으면 일정 경지 이상으로 오를 수 없는 방법들이지. 그래서 아쉽게도 자네는 이 중 어떤 방법도 선택할 수가 없네."

진산월은 별로 표정의 변화가 없이 담담함을 유지하고 있었다.

"제가 가지고 있지 못한 걸 아쉬워할 필요는 없다고 생각합니다. 저는 아직 가지지 못한 것보다 가진 것이 더 많으니 말입니다."

천수관음은 한동안 가만히 진산월의 얼굴을 바라보고 있더니 나직하게 고개를 끄덕였다.

"좋은 마음가짐일세. 내가 자네에게 해 줄 수 있는 것은 암기 무공에 대한 전반적인 이해일세. 그것에서 무엇을 얻게 될지는 순전히 자네 자신에게 달려 있네."

진산월은 그녀를 향해 정중하게 포권을 했다.

"그 점에 대해 미리 감사드립니다."

"별로 대단한 건 아닐세. 일반적인 문파라면 제자가 사부에게 쉽게 들을 수 있는 이야기들이라네."

진산월의 차가운 얼굴에 가벼운 미소가 떠올랐다.

"선배님은 제 사부님이 아니지 않습니까?"

천수관음은 웃을 때 한쪽 뺨에 난 칼자국이 꿈틀거리는 진산월의 얼굴을 보더니 자신도 따라서 웃었다.

"자네의 웃는 모습이 너무 보기 좋군. 하지만 젊은 여자들 앞에서는 너무 자주 웃지 말게. 늙은 나까지 가슴이 울렁거리니 말일세."

진산월의 얼굴에 떠올라 있던 미소가 씻은 듯이 사라졌다.

천수관음은 더욱 크게 웃었다.

"호호. 그렇다고 금세 그런 표정이 될 건 뭔가? 아무튼 그다지 심각한 이야기는 아니니 부담 없이 들으면 되네. 우선 무음경의 비밀에 대해 말해 주겠네. 내기에서 이겼으니 대가를 받아야지."

진산월은 살짝 고개를 숙였다. 아무래도 그녀의 제자들은 무공뿐 아니라 기질마저도 천수관음에게 많은 영향을 받은 것 같았다. 천수관음은 능자하의 차분함과 육난음의 활달함, 그리고 냉옥환의 차가움을 모두 가지고 있었다. 상황에 따라 수시로 변하는 그녀의 모습은 묘한 매력을 느끼게 했다.

젊은 시절의 그녀는 아마 남자들에게 무척이나 많은 호감을 샀을 것이다.

진산월이 그녀의 기질에 대해 이런저런 생각을 하는 동안, 그녀는 다시 차분한 모습으로 돌아와 낮게 가라앉은 음성으로 입을 열었다.

"무음경은 암기를 발출하는 소리가 나지 않는 경지일세. 사실 소리를 없애는 것은 암기 무공을 익히는 사람들에게는 오랜 숙원이나 마찬가지였지. 아무리 빠르고 은밀하게 발출한다고 해도 암기가 날아가는 소리 때문에 일정 수준 이상의 고수들은 암기의 위치를 어렵지 않게 알아낼 수 있고, 그것은 암기 무공의 고수들에게는 치명적인 약점이나 마찬가지였네."

"……!"

"그래서 누군가가 치열한 고민을 거듭한 끝에 마침내 한 가지 방법을 생각하게 되었지. 그 단편적인 생각들이 수정 보완되고 실제로 이루어지기까지는 누대(累代)에 걸친 오랜 세월과 많은 사람들의 헌신이 필요했지만, 마침내 암기를 발출하는 소리를 없애는 경지에 도달할 수 있었네."

"어떻게 소리를 없앨 수 있습니까?"

진산월은 솔직히 자신의 상식으로는 소리를 없앤다는 것이 잘 이해가 되지 않았다. 소리는 일단 발생하면 공기를 타고 전해지기 때문에 임의로 없애거나 줄일 수 없다. 암기가 형태를 가진 물체인 이상 움직일 때 소리가 나지 않을 수 없는데, 대체 그 소리를 어떻게 없앨 수 있는 것인지 아무리 궁리해도 짐작조차 할 수가 없었다.

"엄밀히 말하면 없애는 것이 아니라 숨기는 것일세."

"숨기다니요?"

"암기가 발출될 때는 당연히 소리가 나네. 아무리 은밀하게 던져도 상황은 변하지 않지. 하지만 그 소리를 듣고도 상대방이 인지(認知)하지 못한다면 결국 아무 소리도 들리지 않는 것이나 마찬가지가 아니겠는가?"

진산월은 알 듯 모를 듯 하여 다시 물었다.

"소리를 어떻게 숨길 수 있습니까?"

"우리는 많은 소리를 들으며 살고 있네. 완벽한 무음(無音)이란 존재하지 않는 법일세. 지금도 주위가 조용하다고 느끼겠지만, 귀를 기울여 보면 바람이 부는 소리, 새가 지저귀는 소리, 멀리서 사람들의 웃고 떠드는 소리를 들을 수 있을 것이네. 다만 그것을 의식하지 않기 때문에 지금 아무 소리도 들리지 않고 있다고 착각하는 것뿐이지. 그래서 누군가가 인간이라면 늘 듣게 되는 소리 속에 암기를 발출하는 소리를 숨길 수만 있다면 그것으로 완벽한 무음의 세계를 만들 수 있다고 생각한 것일세. 그것이 바로 무음경의 진정한 요체(要諦)일세."

"아!"

진산월의 머릿속에 무언가 거대한 폭발이 터진 듯한 충격이 느껴졌다. 암기를 발출하는 소리를 어떻게 숨길 수 있는지 깨달은 것이다.

늘 듣게 되는 소리, 인간이라면 누구나가 가지고 있는 소리, 그리고 자기 자신도 무의식중에 내뱉는 소리, 그래서 결국은 아무도 의식하지 못하고 느끼지도 못하는 바로 그 소리!

"호흡이로군요."

천수관음은 감탄 어린 눈으로 고개를 끄덕였다.

"역시 자네라면 알아차릴 줄 알았네. 바로 인간의 숨소리 속에 숨기는 것일세."

그것은 실로 기발한 착상이 아닐 수 없었다. 인간이라면 누구나가 자신도 모르게 내뿜는 숨소리가 있다. 아무리 상대를 경계하는 사람이라도 상대의 숨소리조차 경계하지는 않을 것이다. 그 숨소리 속에 암기가 발출되는 소리를 완벽하게 숨길 수만 있다면 상대로서는 그야말로 아무런 소리도 듣지 못한 채 암기에 당하게 될 수밖에 없을 것이다.

"말은 쉽지만, 실제로 숨소리 속에 암기가 발출되는 소리를 숨기는 것은 오랜 수련과 각고의 노력을 필요로 하는 것일세. 나조차도 사십 년을 넘게 고생한 끝에 몇 년 전에야 겨우 그 경지에 오를 수 있었네. 눈을 감아 보게."

진산월은 순순히 눈을 감았다. 암기의 고수를 상대로 눈을 감는 것은 자신을 무방비 상태로 방치하는 것이나 마찬가지였으나 그는 조금도 주저하지 않았다. 암기에 대해서 자신이 아무것도 모르는 어린아이나 마찬가지라는 것을 생생하게 절감했기 때문이었다.

"귀를 기울여 보게. 내 숨소리가 들릴 때까지."

조용한 천수관음의 말에 진산월은 청력에 신경을 집중시켰다. 그녀의 숨소리는 어렵지 않게 찾을 수 있었다. 무척이나 가늘고 안정된 호흡이었다.

들숨과 날숨의 간격이 일정하게 유지되었고, 조금도 호흡이 거칠어지거나 가빠지지 않았다. 이러한 호흡의 소유자라면 손길 또한 안정되어 있을 것이고, 마음 또한 극도의 냉정함과 침착함을 유지하고 있을 것이다. 이러한 사람의 손에서 발출되는 암기는 얼마나 무서울 것인가?

진산월은 몇 차례 반복되는 그녀의 숨소리를 듣다가 조용히 눈을 떴다. 그러고는 옆을 바라보았다. 자신이 앉아 있는 의자 모서리에 가느다란 은침(銀針) 하나가 박혀 있었다.

숨소리를 듣고 있었음에도 언제 천수관음이 은침을 발출했는지 진산월은 알아차리지 못했다. 다만 은침이 자신의 근처에 왔을 때 아주 미약한 기척을 느꼈을 뿐이었다.

천수관음은 은침을 응시하는 진산월을 가만히 바라보고 있다가 다시 조용한 음성으로 말했다.

"한 번 더 해 보게. 무음경의 요결은 날숨에 발출하고 들숨에 맞힌다는 것일세. 그 말을 잘 음미해 보게."

진산월은 다시 눈을 감았다.

그녀의 깊은 숨소리가 들려왔다. 깊고 가는 숨소리였다. 들숨과 날숨의 간격 또한 일정한 것 같았다. 그러다 어느 순간에 진산월은 그녀의 날숨이 조금 더 길어진 것 같은 느낌을 받았다. 진산월은 눈을 떴다. 그리고 막 하나의 은침이 소리도 없이 날아와 의자에 부드럽게 박히는 광경을 볼 수 있었다.

천수관음은 흡족한 듯 고개를 끄덕였다.

"잘 알아차렸군. 그것이 바로 무음경일세."

진산월은 그녀에게 깊숙이 머리를 조아렸다.

"도움에 감사드립니다. 덕분에 안계(眼界)를 넓힐 수 있었습니다."

"실전에서는 별 도움이 되지 못할 걸세."

당연한 말이었다. 눈을 감고 정신을 집중해야 겨우 알아차릴 수 있는 들숨과 날숨의 미묘한 간격 변화를 상대와 마주하면서 알 수는 없었다.

천수관음이 무음경에 대한 비밀을 기꺼이 공개한 것도 마찬가지 이유에서였다. 숨소리에 암기가 발출되는 소리를 숨긴다는 걸 알고 있어도 무음경의 고수가 날리는 암기를 피하는 것은 불가능에 가까운 일이었다. 그것이 강호의 모든 고수들이 그녀나 천수나타 같은 암기 무공의 절정고수들을 두려워하는 이유였다.

"나는 소지하기 편해서 은침을 주로 사용하지만, 천수나타가 사용하는 암기는 귀왕령(鬼王靈)이라는 것일세. 귀왕령에 대해 알고 있나?"

"잘 모릅니다. 당문에서 만든 가장 무서운 암기 중 하나라는 것밖에는 아는 게 없습니다."

"대부분의 사람들이 그 정도로만 알고 있지. 귀왕령은 작은 유리 조각 형태를 지닌 암기일세. 그래서 얼핏 보기에는 아이들 장난감이나 여인의 장신구로 오인할 수도 있지. 하나 귀왕령은 내가 알고 있는 한 천하에서 가장 무서운 살인병기일세."

천수관음의 음성이 심각하게 굳어졌다.

"귀왕령이 사람의 몸에 닿게 되면 즉시 작은 유리 조각으로 분해되어 핏줄을 타고 심장을 침입하게 되네. 다시 말해서, 몸의 어느 부분에라도 귀왕령을 맞게 되면 순식간에 심장이 멈추고 목숨을 잃게 된다는 것이지."

듣기만 해도 모골이 송연해지는 일이 아닐 수 없었다. 반짝이는 유리 조각이 혈관을 타고 심장으로 들어가 그곳을 벌집처럼 헤집어 버리는 광경을 상상해 보라.

"그 위력이 너무 잔인해서 나는 탐탁지 않아 했지만, 천수나타는 어려서부터 손에 익은 그 암기를 계속 고집했네. 그래서 아직까지 그와 싸워서 살아남은 사람이 없는 걸세. 누구든 귀왕령에 맞기만 하면 목숨을 잃어버리게 되니 말일세. 석년에 그가 그 암기를 나를 향해 던지지 못하고 신발을 맞히고 만 것도 바로 그런 이유에서였네. 내 몸에 닿지 않고 옷자락에만 맞힐 자신이 없었던 거지. 스스로 패배했다고 생각하는 것도 그 때문일세."

무음경을 넘어 무적경에 근접한 고수가 던지는 유리 조각 모양의 필살암기! 과연 그것을 막거나 피할 수 있을지 진산월은 솔직히 자신할 수 없었다. 진산월이 아닌 누구라도 그러할 것이다.

"암기 무공을 익히는 사람들 사이에는 몇 가지 불문율(不文律)이 전해진다네. 그것을 '삼무용(三無用)'과 '삼불출(三不出)'이라고 하는데, '삼무용'은 암기 무공의 고수들에게 일종의 계율과도 같은 것이고, '삼불출'은 해서는 안 되는 금기와도 같은 것일세. 그걸 들어 보겠나?"

진산월은 부지불식간에 고개를 끄덕였다.

"세이경청하겠습니다."

"'삼무용'이란 '무용지물(無用之物)', '무용지수(無用之手)', '무용지공(無用之功)'을 말하는 것일세. 즉, '상대를 맞히지 못한 암기는 쓸모가 없고, 맞히더라도 상대를 쓰러뜨리지 못하면 공연한 헛수작에 불과하며, 쓰러뜨리더라도 상대의 공격을 피하지 못하면 헛수고일 뿐이다' 라는 것이 바로 '삼무용' 일세."

듣고 보니 너무나 당연한 말이지만, 그래서 그만큼 중요한 것이기도 할 거라는 생각이 들었다.

천수관음이 말하는 '삼불출' 은 더욱 기가 막혔다.

'삼불출' 이란 절대 출수하지 말아야 할 세 가지의 경우를 가리키는 말이었다.

자신이 없으면 출수하지 마라(不信不出).
죽이지 않을 거면 출수하지 마라(不殺不出).
위치를 포착하지 못하면 출수하지 마라(不捉不出).

천수관음은 '삼무용' 과 '삼불출' 을 모두 설명한 후 침착한 음성으로 말을 맺었다.

"당시 천수나타는 '삼불출' 의 두 번째를 어겨 나에게 패했네. 하나 이번에는 결코 같은 실수를 반복하려 하지 않을 걸세."

진산월은 잠시 생각에 잠겼다. 천수관음이 말한 '삼무용' 과 '삼불출' 은 얼핏 듣기에는 너무나 당연한 사실들을 나열한 것 같았으나, 진산월은 이 안에 암기 무공의 고수를 상대하는 핵심이 담겨 있다고 생각했다.

결국 암기 무공이란 가장 빠르고 효과적으로 사람을 죽이는 무공이었다. 무음경이니 무적경이니 하는 것도 그것을 이루기 위한 방편 중 하나일 뿐이었다.

암기 무공의 본질은 이 어린아이의 장난스런 격언 같은 '삼무용'과 '삼불출'에 모두 담겨 있으며, 어떠한 암기 고수도 이 테두리 안에서 벗어날 수 없는 것이다.

천수관음은 골똘히 생각에 잠겨 있는 진산월을 한동안 응시하고 있더니, 조용히 몸을 일으켜 소리도 없이 장내에서 사라져 버렸다.

진산월은 그녀가 떠난 것도 의식하지 못한 채 깊은 상념에 한없이 침잠해 들어갔다. 조금씩 짙어지는 어둠만이 그의 몸을 부드럽게 감싸고 있을 뿐이었다.

제 299 장
십팔비보(十八秘步)

제299장 십팔비보(十八秘步)

밤은 길고, 젊음은 짧다.

밤이 깊어 가는데도 잠들지 못하는 일단의 젊은이들이 있었다.

"이것 참, 일이 이렇게 되는 수도 있군."

혁리공은 나직하게 혀를 찼다.

그의 앞에 단정한 자세로 앉아 있던 구양현성이 피식 웃었다.

"자네를 한숨짓게 하는 일이 있다니, 재미있군."

혁리공은 머리를 긁적거렸다.

"내가 만사무불통지(萬事無不通知)도 아니고, 이런 일도 있고 저런 일도 있는 법이지. 다만 시기가 너무 공교롭단 말이야."

"자네 말대로 공교롭긴 하군. 내일이 실행일인데, 바로 전날에 이런 일이 벌어졌으니. 단순히 우연 같지는 않은데, 자네 생각은 어떤가?"

"확실히 신검무적은 만만한 인물이 아니야. 무언가 종남파를 향한 움직임이 있을 것에 대비해서 경요궁이 합류한 시기를 앞당긴 게 분명해. 그래서 서둘러 입파식을 약식으로 해치우고 경요궁의 인물들을 받아들인 거야."

구양현성은 혁리공의 말에 일리가 있다고 생각했다. 종남파 같은 명문정파에서 새로운 문파를 속문으로 받아들이는데, 본산에서 수천 리 떨어진 객잔의 별실에서 참관인도 없이 약식으로 입파식을 진행하는 경우는 거의 없었다.

원래 입파식은 문파의 위세를 알릴 수 있는 좋은 기회일 뿐 아니라, 속문으로 들어오는 문파의 체면을 생각해서라도 가급적이면 크고 성대하게 치르는 것이 관례였다. 그런데 종남파는 다른 문파를 초청하거나 주위에 알리지도 않고 객잔의 별실 한쪽에서 후다닥 행사를 치러 버렸다. 때문에 행사가 끝난 늦은 오후가 되어서야 겨우 그에 대한 소식이 조금씩 주위에 퍼지고 있는 판국이었으니, 다른 사람들이 모두 영문을 몰라 하는 것은 너무도 당연한 일이었다. 부하들을 시켜 종남파의 주위를 계속 감시하고 있던 혁리공조차도 뒤늦게 그 소식을 접하고는 어안이 벙벙해서 한동안 말문을 열지 못할 정도였다.

"그나저나 어떻게 할 셈인가? 계획을 포기할 텐가?"

구양현성의 물음에 혁리공은 허공을 응시하고 있다가 고개를 흔들었다.

"그러긴 조금 이르지. 경요궁의 인물들이 가세했다고 해도 그들 중 신경 써야 할 정도의 고수는 손가락으로 헤아릴 정도에 불과할 뿐이야. 문제는 경요궁주를 상대할 마땅한 인물이 없다는 것이지."

"경요궁주가 그렇게 대단한 고수인가?"

"그것도 그렇지만, 이곳에 온 오결검객들 대부분이 그와 크고 작은 친분 관계가 있어서 직접 그에게 손을 쓰는 걸 꺼려하고 있단 말이야. 참 공교롭게 됐어. 시기상으로도 그렇고, 하필이면 그 대상이 경요궁이라는 것도 그렇고."

혁리공은 '공교롭다'는 말을 거듭 반복했다. 그만큼 이번 경요궁의 종남파 속문 입파는 그의 계획에 심각한 차질을 불러오는 중대한 사건이었다.

"그래서? 자네라면 이미 마땅한 방법을 생각해 두었을 텐데, 이제 그만 엄살 피우고 솔직히 말해 보지 그러나?"

혁리공은 피식 웃었다.

"나에 대해 훤히 꿰뚫어 보고 있는 것 같군."

"자네와 몇 번 일을 하면서 자네 성격이 어떤지는 충분히 파악해 두었지. 내가 이번 일에 선뜻 끼어든 것도 자네와 함께라면 어떤 일이 닥쳐도 능히 해치울 수 있을 거라는 믿음 때문이었네."

혁리공은 과장된 표정을 지어 보였다.

"오, 나를 그토록 신임하다니, 그것 참 놀라운 일인걸."

구양현성의 얼굴에도 묘한 미소가 떠올랐다.

"자네의 능력이라면 충분히 믿고 있지. 이제 그 능력을 보여 주게."

"능력만 믿는단 말이지? 거참……."

"우리 같은 사이에 그거면 됐지."

"하긴, 장사꾼에게 뭘 더 바라겠나? 아무튼 그래서 한 번 더 당 늙은이의 신세를 지기로 했네."

대수롭지 않은 듯한 혁리공의 말에 구양현성의 눈빛이 번쩍 빛났다.

"그가 선뜻 응해 주던가?"

"그도 노리는 게 있어서 말이지. 어차피 그걸 얻기 위해서는 그도 한 번 정도는 더 소매를 걷어야 하네."

구양현성은 혁리공의 얼굴을 가만히 쳐다보고 있더니 고개를 갸웃거렸다.

"자네는 쾌의당의 인물들을 별로 좋아하는 것 같지 않았는데, 그는 예외인 것 같군."

"그는 쾌의당에 들어와서 자신이 원하는 걸 이미 얻었지. 하나 다른 자들은 아직 그러지 못해서인지 다들 욕심이 너무 많아. 난 자기 주제를 모르고 지나친 욕심을 부리는 자들을 싫어하거든."

"그건 나에 대한 경고처럼 들리는군."

"자네 주제가 어떤데?"

"자네가 보기에는 어떤가?"

혁리공은 구양현성의 전신을 쓰윽 훑더니 싱겁게 웃었다.

"미끈하게 잘 빠졌군. 여자들이 좋아하겠어."

구양현성은 그 말이 못마땅한지 살짝 눈살을 찌푸렸다가 이내 투덜거렸다.

"생긴 게 이런데 어쩌란 말인가? 그보다 나는 약속한 것만 얻으면 되네. 그 이상의 욕심은 내지 않을 테니, 너무 걱정하지 말게."

"걱정 같은 건 안 하네. 이번 일로 자네가 얻는 것만으로도 배가 터져 죽을 지경일 테니."

"그 정도는 아닐세."

"자네가 형산파의 용선생뿐 아니라 화산파에도 한 발 걸쳐 놓은 걸 내가 모르는 줄 아나?"

"난 그냥 강북에 교두보만 마련하면 그것으로 만족하네. 정말일세. 믿어 주게."

구양현성이 억울하다는 듯한 표정을 지었으나 혁리공은 이내 그에게서 고개를 돌렸다.

"그거야 두고 보면 알게 되겠지."

구양현성은 슬쩍 화제를 돌렸다.

"그나저나 산수재는 어떻게 처리할 생각인가? 그가 종남파와 같이 있으니 영 신경 쓰이는군."

"그거야 일을 할 당사자에게 물어보면 되겠지."

혁리공의 시선이 지금까지 아무 말없이 한쪽에 조용히 앉아서 차를 마시고 있는 세 번째 젊은이에게로 향했다.

"내일 움직일 준비는 다 끝난 건가?"

세 번째 젊은이는 조용히 웃었다. 단순히 살짝 미소 지었을 뿐인데도 주위가 훤해지는 듯한 느낌이 들었다.

"준비야 늘 갖춰 놓고 있지. 나도 원하는 건 오직 한 가지밖에 없으니, 욕심 운운하는 말은 하지 말아 주게."

"그거야 믿고 있지. 그런데 그녀에게 너무 목을 매는 거 아닌가? 아무리 그녀가 인중보물(人中寶物)이라고 해도 자네가 여자에게 이토록 욕심을 내는 건 처음 보는 것 같군."

"사람마다 취향이 다른 법일세."

"그녀가 자네 취향이란 말인가?"

"말을 잘못했군. 생각이 다른 법이라고 해 두지."

혁리공은 그의 얼굴을 빤히 쳐다보더니 다시 물었다.

"선 소저가 알면 무척이나 속상해 할 텐데."

"그녀와는 예전에 끝난 사이일세."

"그녀는 그렇게 생각하는 것 같지 않던데."

"감정의 잔재일 뿐이지. 그녀도 나에 대한 애착은 없을 걸세."

"여자에 대해 너무 확신하지 말게."

그는 빙긋 웃었다. 같은 남자가 보아도 정신이 멍해질 만큼 매력적인 웃음이었다.

"확신은 안 하네. 다만 알고 있을 뿐이지."

"어련하겠나? 하지만 인간의 감정이란 절대 함부로 측량할 수 없다는 것만 알아 두게. 특히 여자의 감정은 더욱 예측하기 힘들지."

"그래서 공략하는 재미가 있는 것일세."

혁리공은 어쩔 수 없다는 듯 고개를 절레절레 흔들었다.

"아무튼 물건은 당 늙은이가 가져가기로 했으니, 그렇게 알게."

"난 그녀의 몸만 얻으면 충분하네. 그런데 그 물건이 그의 손에 들어가도 되는 건가?"

혁리공의 표정이 처음으로 조금 굳어졌다.

"사부님께서 직접 지시하신 일일세."

혁리공의 입에서 사부라는 말이 나오자 젊은이, 백석기의 얼굴에 떠올라 있던 미소가 깨끗이 사라졌다.

"그렇다면 필히 그가 가져가도록 해야겠군."

"그렇게 될 걸세. 특별한 일만 없다면."

"특별한 일이라. 자네가 걱정하는 건 뭔가?"

혁리공은 고개를 갸웃거렸다. 무언가 마음속에 걸리는 것이 있을 때 짓는 그만의 독특한 습관이었다.

"신검무적에 관련된 일은 내 예상을 벗어나는 경우가 제법 있었네. 그래서인지 이번 일도 어쩐지 계획대로 진행되지 않을 것 같은 불길한 예감이 자꾸 든단 말이야."

"그런 걸……."

"기우라고 하지. 나도 아네. 이번에는 정말 기우이길 바라야지."

그렇게 말을 하면서도 혁리공의 표정은 여전히 활짝 펴지지 않고 있었다.

* * *

잠들지 못하는 한 쌍의 젊음은 여기에도 있었다.

이정문은 멍하니 허공을 쳐다보고 있더니, 돌연 무거운 한숨을 내쉬었다.

"후우, 정말 모르겠군."

그러더니 다시 또 허공을 쏘아보는 것이었다.

육난음은 양손으로 턱을 괸 채 그의 그런 모습을 재미있다는 듯 생글생글 웃으며 바라보고 있었다.

"당신은 정말 노인네처럼 걱정이 많군요. 또 무슨 일 때문에 그러는 거예요?"

"걱정이 안 되게 생겼어? 날짜는 코앞으로 닥쳐왔는데, 아직도 혁리공이 어디에 숨어 있는지 위치도 제대로 찾지 못하고 있잖아."

"혁리공이 꼭 내일 일을 벌이리라는 법도 없잖아요."

"아니야. 그가 바보가 아니라면 내일의 기회를 그냥 보낼 리 없어. 그리고 당신도 알다시피, 그는 절대로 바보가 아니야."

"당신도 바보는 아니죠."

이정문은 고개를 절레절레 흔들었다.

"아니, 아무리 봐도 나는 바보 같아. 그러니 아무 대책도 못 세우고 이렇게 한숨만 쉬고 있잖아. 틀림없이 나는 혁리공도 놓치고 이번 일도 엉망으로 만들어 버릴 거야."

"또 당신의 그 비관병(悲觀病)이 도졌군요. 당신은 잘 해낼 테니 너무 걱정 말아요. 혁리공이 아직까지 형산파와 전혀 접촉이 없다는 건 확실해요?"

"형산파 고수들이 멀리 있는 것도 아니고, 바로 코앞에 진을 치고 있는데 내가 그런 걸 놓치겠어? 어제부터 오늘까지 형산파의 숙소에 출입하는 모든 자들을 철저히 감시했지만, 그들 중 혁리공이나 그의 수하로 보이는 자들은 없었어."

"하지만 수확이 전혀 없는 것도 아니잖아요. 형산파에서 새롭게 보강되는 고수들의 존재를 파악했다면서요?"

"형산파에서 오결검객을 두 사람이나 더 내려 보낼 줄은 나도 미처 몰랐지. 더구나 그들이 종남파와 악연이 있는 비응검과 절영검이었으니, 솔직히 조금 당혹스럽기는 했어. 아직은 형산파에서 종남파에 본격적으로 이를 드러낼 시기가 아니라고 생각했었는데, 내 예상이 어긋난 거지."

"그래서 더 걱정하는 거로군요."

"비응검과 절영검까지 왔다는 건 형산파에서 종남파를 향해 본격적으로 손을 쓰려고 결심했다는 의미야. 그래서 더욱 내일 일이 걱정되지 않을 수 없지."

육난음은 잔뜩 찡그려진 이정문의 얼굴을 귀엽다는 듯 바라보고 있더니 다시 물었다.

"그들 외에 다른 특별한 자는 없었어요?"

"형산파의 오결검객에게 눈도장을 찍으려는 군소문파의 고수들이 뻔질나게 드나들더군. 상인들도 여럿 보이고."

"상인들은 왜요?"

"형산파는 장사 구양가와 대부분의 상거래를 취급하지만, 그래도 그 외의 거래에서 떨어지는 떡고물들이 제법 많거든. 그러고 보니 장사 구양가의 공자도 한 사람 찾아왔다고 했지?"

이정문은 자신의 앞에 놓인 수북한 종이들을 뒤적거리다가 그 중에서 한 장을 꺼내 들었다.

"여기 있군. 구양가의 셋째 공자가 왔었군."

"그 소심하기로 유명한 구양현성 말인가요? 돌다리도 꼭 두들겨 보고 건넌다는."

"소심한 게 아니라 신중한 거지. 그건 상인으로서 꼭 갖춰야 할 덕목 중 하나야."

"아무튼 무림에 퍼진 소문은 그렇잖아요. 너무 소심해서 눈앞에 보이는 확실한 일이 아니면 절대로 끼어들지 않는다고 하던데."

"그만큼 계산이 철저하고 치밀하다는 뜻이지. 가만……."

이정문의 시선이 허공의 한 점에 딱 고정되었다.

"아직 종남파와의 관계가 어떻게 될지도 모르는 상태에서 그가 형산파를 찾아왔다? 그건 조금 이상한데?"

"형산파는 원래 장사 구양가와 대부분의 거래를 한다면서요?"

"그 거래를 맡은 자는 구양가의 오래된 가신 중 하나야. 그리고 그는 구양현성의 형인 구양전월의 심복이지. 다시 말해서 형산파와의 거래를 담당하는 것은 구양전월의 몫이란 말이야."

"구양현성이 자신도 그 거래에 끼어들고 싶었나 보죠."

"그래, 반드시 형산파와의 거래가 이루어질 거라는 확신을 가지고 말이지. 그렇다면 그는 어떻게 그런 확신을 가질 수 있었을까? 형산파가 종남파와의 결전을 코앞에 둔 상태에서 자신과 새로운 상거래를 할 거라고 어떻게 확신한 거지?"

이정문의 말은 육난음에게 던지는 질문이 아니었다. 자기 자신에게 스스로 묻고 대답하는 이정문만의 독특한 방식이었다. 그리고 이런 경우 이정문의 머리는 어느 때보다 영활하게 돌아간다는 것을 육난음은 잘 알고 있었다.

"구양현성이 형산파를 찾아왔다는 건 형산파와 종남파 사이의 일이 어떤 식으로든 형산파에 이로운 쪽으로 마무리될 것으로 알고 있다는 의미야. 그렇다면 그는 어떻게 그렇게 되리라는 확신을 얻었을까? 단순히 신검무적이 천수나타에게 패할 거라는 예감 때문에? 하지만 강호인들은 오히려 신검무적에게 더욱 승산이 높다고 판단하고 있는데? 그건 다시 말해서 신검무적이 무조건 천수나타에게 패한다는 확신이 없으면 하기 힘든 행동이란 말이지. 그렇다면 누가 그에게 그런 확신을 심어 주었을까?"

육난음은 혼잣말처럼 정신없이 중얼거리는 이정문의 모습을 가만히 지켜보기만 했다.

"구양현성에게 그런 확신을 심어 준 자는 천수나타가 반드시 신검무적을 이기리라는 걸 알고 있었던 거야. 그는 신검무적이 암기 무공에 취약하다는 약점을 알고 있는 자이고, 또한 천수나타가 신검무적에게 공개비무를 청할 것이라고 이전부터 알고 있던 자이기도 하지. 그래서 구양현성은 적절한 시기에 형산파를 찾아올 수 있었던 거야. 그렇다면 그자는 바로……."

육난음은 이정문의 얼굴 표정이 원래대로 돌아온 것을 보고 조용한 음성으로 말했다.

"이제 비로소 혁리공의 꼬리를 잡았군요."

이정문은 다시 서류 더미를 뒤적거렸다.

"구양현성의 숙소가 적힌 서류가 어디에 있을 텐데……."

이내 그는 한 장의 종이를 꺼내 들고 그 안에 적힌 내용을 정신없이 읽었다.

"석화가(石花街) 보성객잔(保聖客棧). 이곳이군."

"거 봐요. 당신은 할 수 있을 거라고 했죠?"

육난음이 배시시 웃으며 그의 뺨을 살짝 두드렸다. 이정문은 그녀를 힐끗 쳐다보더니 다시 서류로 시선을 돌렸다.

"보성객잔이라. 운이 좋으면 이곳에서 혁리공을 볼 수도 있겠군. 그렇지 않더라도 그의 흔적을 찾아낼 수 있을 거야. 그런데 이상하게도 어디서 듣던 이름 같은데?"

육난음이 갑자기 눈을 크게 치켜떴다.

"보성객잔이라면 천봉궁의 단봉공주 일행이 머물러 있는 곳 아니에요?"

고개를 갸웃거리던 이정문의 눈썹이 살짝 찌푸려졌다.

"당신 말이 맞아."

육난음이 깜짝 놀라 외쳤다.

"그럼 그들이 같은 숙소를 이용한다는 말이에요?"

"소리 죽여. 다들 잠들어 있을 시간이야."

"아니, 그게……."

이정문은 한 손으로는 그녀의 어깨를 다독거리며, 다른 한 손으로는 서류를 흔들어 보였다.

"흥분할 거 없어. 이건 다만 그들이 같은 객잔에 머물러 있다는 의미 외에는 아무것도 아니니까. 따지고 보면 종남파와 형산파도 모두 같은 객잔에 있는 셈이잖아."

그 말을 듣고 나서야 육난음은 겨우 평정을 되찾았다.

"그럴 수도 있겠군요. 확실히 내가 너무 성급했네요."

이정문은 갑자기 자기의 머리를 스스로의 손으로 후려쳤다.

"이런 바보!"

"왜 그래요?"

"천봉궁과 합류한 유중악의 일행 중에 혁리가의 대공자가 있다는 보고를 받은 적이 있어. 혁리공은 아마 자기의 형을 만나러 그쪽에 갔었을 거야. 그걸 미처 생각하지 못했다니."

"그럼 지금 그는 보성객잔에 있겠군요. 어서 가 봐요."

"내가 혁리공이라면 천봉궁 때문에 사람들 이목이 집중되어 있는 객잔에 오래 머물러 있지는 않을 거야. 아마 그는 지금쯤은 전혀 다른 곳에 있을걸."

이정문의 냉정한 말에 육난음은 발을 동동 굴렀다.

"우리가 너무 늦게 알아 버린 거군요."

"그건 아니지. 일단 혁리공의 꼬리가 그곳에 있는 걸 알았으니, 그곳부터 차차 좁혀 가면 되는 거야. 그리고 무엇보다 내일이면 그가 어떤 식으로든 움직임을 보일 테니, 그의 꼬리를 잡기는 더욱 수월해질 거야."

육난음은 문득 생각난 듯 물었다.

"당신은 내일 어떨 것 같아요?"

"뭐가?"

"진 장문인이 천수나타를 이길 것 같아요?"

"그거야 모르지. 내가 무공에는 거의 문외한이라는 걸 당신도 알고 있잖아."

육난음은 그를 예쁘게 흘겨보았다.

"누가 그걸 몰라서 물어요? 그래도 당신 생각을 말해 봐요."

이정문은 머리를 긁적거렸다.

"곤란한 질문이군. 다만 내일 나는 혁리공의 꼬리를 단단히 움켜쥘 수 있을 거라고 생각해."

에둘러 말한 그의 얼굴을 가만히 보고 있던 육난음의 표정이 살짝 굳어졌다.

"당신은 진 장문인이 이기지 못할 거라고 생각하는군요. 그래서 혁리공이 그 기회를 놓치지 않고 종남파 고수들에게 수작을 부려 오는 걸 노리려고 하는 것이고요."

"그럴 가능성에 대비하자는 거지. 모든 가능성을 열어 두고 준비하는 게 내 방식이잖아."

육난음의 눈이 한 줄기 기대감으로 반짝 빛났다.

"그럼 만약 진 장문인이 승리한다면? 그럴 때는 어떻게 되는 거죠?"

"혁리공은 다시 몸을 꼭꼭 숨기겠지. 그리고 무당파의 집회에서 다시 기회를 노리려 할 거야."

"그럼……."

이정문의 음성은 평상시와는 달리 어느 때보다 무겁게 가라앉아 있었다.

"그와의 무척이나 길고 험난한 줄다리기가 시작된다는 뜻이지."

* * *

여기 잠들지 못하는 또 다른 젊은이가 있었다.

진산월은 깊은 밤에 홀로 후원에 나와 몸을 움직이고 있었다.

그의 신형은 바람 앞의 촛불처럼 끊임없이 이리저리 흔들렸다. 금시라도 꺼질 듯, 혹은 날아갈 듯 미묘하게 움직이는 그 동작이 단지 열두 개의 발자국을 끝없이 반복하는 것일 뿐이라는 건 누구도 알지 못할 것이다.

한동안 끝없이 이어질 듯하던 그의 몸이 어느 순간에 딱 멈춰 버렸다.

진산월의 눈은 거의 알아차리기 힘들 만큼 살짝 찡그려져 있었다.

'역시 안 되는군. 무엇이 문제인가?'

진산월이 이 열두 걸음의 보법을 처음 본 것은 몇 달 전의 어느 한적한 봄날 오후였고, 장소는 낙양 석가장의 후원이었다. 그곳에서 그는 너무도 자유롭고 현기로 가득 찬 여인의 몸놀림을 보게 되었다.

그 여인은 다름 아닌 철혈홍안 조여홍이었다. 그때 그녀가 펼친 동작은 그야말로 천의무봉(天衣無縫)이라는 말 외에는 달리 표현할 길이 없는 놀라운 것이었다.

그로부터 상당한 시일이 흐르는 동안 진산월은 당시의 기억을 되살리며 열두 걸음의 비밀을 연구해 왔다. 하나 익히면 익힐수록 보법이 가지고 있는 신묘함에 매료되면서도 어딘지 모르게 미흡한 무언가를 느끼게 되었다. 그리고 지금 이 순간, 그 사실을 너무도 분명하게 깨달을 수 있었다.

여기서 몇 걸음만 더 내디딘다면 자신의 몸은 무한의 공간 속을 마음껏 질주할 수 있을 텐데, 그 몇 걸음이 나아가지지 않는 것이다.

진산월이 밤이 늦도록 정체도 모르는 열두 걸음을 수련하고 있는 이유는 내일 있을 당각과의 비무에 대한 해답이 바로 그 열두 걸음에 있다고 판단했기 때문이었다.

천수관음이 알려 준 암기 무공의 여섯 가지 계율 중 진산월이 주목한 것은 '불착불출(不捉不出)'이었다. 상대의 위치를 포착하지 못하면 출수하지 말라는 그 계율은 진산월에게 당각을 상대할 새로운 방법을 알려 주었다.

당각의 암기는 무음경을 넘어 무적경에 근접한 가공스러운 것이었다. 지금의 진산월로서는 일단 당각이 암기를 발출하면 도저히 피할 자신이 없었다.

그동안 진산월은 어떻게 하면 당각의 암기를 피하거나 막을 수 있을지를 고민해 왔으나, 천수관음과의 대화로 전혀 다른 길을 모색하게 된 것이다.

당각이 아예 암기를 발출하지 못한다면 굳이 피하거나 막을 필요조차 없는 것이 아닌가? 당각을 자신의 검세에 둘 때까지 당각에게 정확한 위치를 발각당하지 않고 접근할 수만 있다면 충분히 그와의 싸움에서 승기를 잡을 수 있는 것이다.

종남파에 남아 있는 무공들 중 쓸 만한 보법은 이어룡과 어운보, 와선보 정도였다. 하나 어운보는 접근전에서만 묘용이 있는 보법이었고, 와선보는 위급한 상황에서 잠시 몸을 피하는 용도로 주로 사용하는 것이어서 내일 같은 상황에서는 그다지 도움이 되지 못했다. 그나마 이어룡이 가능성이 있는데, 한 번에 이동할 수 있는 거리가 짧은 데다 결정적으로 움직임이 단조롭다는 치명적인 단점이 있었다.

그래서 별수 없이 진산월은 아직 명칭조차 모르는 열두 걸음의 보법에 주력하고 있는 것이다.

천수관음이 떠난 후, 진산월이 깊은 상념에서 깨어난 것은 늦은 저녁이었다. 그때부터 적지 않은 사람들이 진산월을 찾아왔었다. 물론 대부분은 종남파의 제자들이었다. 종남파의 제자들은 하나같이 걱정스러운 표정이었으나, 누구도 내일의 일에 대해서는 거론하지 않고 그저 그의 안부를 묻고는 이내 물러나 버렸다.

오히려 경요궁주인 육천기가 제법 오랜 시간 동안 남아서 진산월과 밀담을 주고받았다.

끝까지 모습을 보이지 않은 사람은 임영옥뿐이었다. 진산월은 자신을 찾아오지 않는 그녀의 심정을 누구보다도 잘 알고 있었다.

그녀는 믿고 싶었던 것이다. 진산월이 무사히 당각과의 비무를 마치고 돌아올 수 있다는 것을, 그래서 아무 일 없다는 듯이 서로 웃으며 다시 만날 수 있게 되기를.

섣부른 위로나 격려의 말을 전하기보다는 이 정도 도전쯤은 능히 물리칠 수 있을 거라는 굳건한 믿음을 보여 주는 것이 그녀가 할 수 있는 최고의 성원이었다.

그래서 진산월은 더욱 그녀가 보고 싶었다. 그것은 목이 타들어 가는 듯 지독한 갈증이었다.

그가 밤이 깊은 시각까지 열두 걸음의 보법에 더욱 매달리고 있는 것도 그러한 갈증에서 벗어나기 위한 필사적인 노력의 일환이었다.

다시 한차례 진산월은 열두 걸음을 내디뎠다. 이제는 특별히 의식하지 않아도 물 흐르듯 그의 몸이 허공을 유영해 갔다. 하나 이내 다시 걸음을 멈추어야만 했다.

진산월은 천천히 몸을 돌렸다.

언제 나타났는지 후원 한편의 유난히 짙은 어둠 속에 한 사람이 유령처럼 서 있었다.

짙은 청삼을 입은 준수한 용모의 중년인이었다. 어둠 속에서도 번쩍거리는 중년인의 빛나는 눈빛을 여실히 느낄 수 있었다.

시선이 마주치자 중년인은 조용한 음성으로 입을 열었다.

"정말 멋진 보법이군. 다만 여섯 걸음이 부족한 것이 아쉽지만 말이지."

진산월은 그 중년인의 얼굴을 찬찬히 살펴보았다. 처음 보는 얼굴이었다.

"어느 파의 고인이시오?"

"잠이 오지 않아서 밤길을 서성이다 들른 야행객이라고 해 두게."

진산월은 방만한 듯 서 있는 그의 자세가 무척이나 표홀하면서도 비범하다는 것을 알아차렸다.

"조금 전의 말씀은 무슨 뜻이오?"

"말 그대로일세. 자네의 움직임은 훌륭했지만, 몇 걸음이 부족한 것 같았네. 게다가……."

그의 시선은 진산월의 두 눈을 정면으로 응시했다.

"동작이 너무 크군. 불필요한 허세가 들어가 있는 것 같아 조금 아쉬웠네."

진산월은 느닷없이 나타난 그의 정체가 궁금했지만, 그의 말 속에 숨은 의미가 더욱 궁금해졌다.

"불필요한 허세라. 내 동작에 그런 게 보였단 말이오?"

"굳이 그렇게 거창하게 움직이지 않아도 충분히 효과적일 텐데 말이지. 자기 보법이 대단하다고 누구에게 뽐낼 필요라도 있나?"

진산월의 표정이 살짝 굳어졌다.

"내가 뽐낸단 말이오?"

"그렇게 정색할 필요 없네. 내 눈에 그렇게 느껴졌단 말이니, 신경이 쓰이면 그저 지나가는 야행객의 넋두리라고 생각하게."

"여섯 걸음이 부족하다는 말은 무슨 의미요?"

"말 그대로일세. 자네의 움직임은 아직 미완(未完) 같아 보이네. 적어도 여섯 걸음 정도 더 내디뎌야 비로소 제대로 된 하나의 동작으로 완성될 수 있을 것 같아서 말이지."

"그것도 당신 눈에 그렇게 느껴진 것이오?"

청삼 중년인의 입가에 묘한 미소가 떠올랐다.

"그렇다고 해 두세."

진산월은 한동안 그의 말을 가만히 되새기고 있다가 물었다.

"내게 이런 말을 해 주는 이유가 무엇이오?"

"잠들지 못하는 밤을 잠깐이나마 함께 보내게 된 인연이라고 알고 있게."

"그 말을 내가 믿으리라고 보시오?"

"믿고 안 믿고는 자네 마음이니, 내가 무어라고 말할 수 없는 일이지."

진산월은 그를 뚫어지게 바라보았으나, 엷은 미소만 머금고 있는 그의 얼굴에서는 전혀 아무것도 알아차릴 수 없었다.

진산월은 그를 향해 포권을 했다.

"늦게나마 인사드리겠소. 종남의 진산월이오."

청의 중년인의 입가에 떠올라 있는 미소가 조금 더 짙어졌다.

"듣던 대로 영리한 친구로군. 나는 심야(深夜)의 불면객(不眠客)일세."

정체를 밝히라는 뜻에서 통성명을 시도했으나, 청의 중년인은 엉뚱한 가명으로 이를 넘겨 버렸다. 진산월은 한 번 더 그를 건드려 보았다.

"내 동작을 한 번 본 것만으로 이런저런 지적을 하면서, 자신의 이름은 밝힐 용기가 없는 거요?"

"자네답지 않게 서툰 격장지계(激將之計)로군. 하지만 틀린 말도 아니지. 솔직히 나는 남에게 내 이름을 밝힐 용기가 없는 사람일세."

"그 이유가 무엇인지 알 수 있겠소?"

"회한(悔恨) 때문이라고 해 두지. 아니면 끊지 못한 미련이든지."

그 말을 할 때의 청삼 중년인의 얼굴에는 무어라 형용하기 어려운 묘한 빛이 떠올라 있었다. 하나 그 빛은 나타날 때보다 더욱 빠르게 사라졌고, 청삼 중년인은 다시 처음의 표정을 되찾았다.

진산월은 그의 그런 모습을 가만히 지켜보고 있다가 다시 물었다.

"그렇다면 심야의 불면객께서 나를 찾아온 이유는 무엇이오?"

"말했지 않나? 밤길을 서성이다 우연히 들렀다고."

"그렇게 엉뚱한 이유를 댈 거면 굳이 내 보법의 단점을 말해 줄 필요도 없지 않소?"

"혹시나 해서 말이지."

"혹시나라니?"

"혹시라도 자네와의 인연이 이것으로 그치지 않게 되면 그때 좀 더 자세한 이야기를 나눠 볼 생각이네."

"무슨 이야기를 하겠다는 거요?"

"여러 가지. 종남파에 관한 옛 이야기나 보법에 얽힌 사연 같은 거 말이지."

청삼 중년인에게서 종남파라는 단어가 나오자 진산월의 눈빛이 어느 때보다 날카롭게 번뜩거렸다.

"본 파에 대해 잘 아시오?"

청삼 중년인은 다시 묘한 미소를 지었다.

"듣고 싶으면 살아남게."

"무슨 말이오?"

"아직 자네는 자격이 없네. 내일 비무에서 살아남는다면 그때 비로소 나와 이야기를 나눌 자격이 생길 걸세. 그 전에는 들어도 아무 쓸모 없는 일이지."

"그게 무슨 말이오?"

"궁금하면 살아남아 보라니까. 종남파의 젊은 장문인 친구, 부디 나를 실망시키지 말게."

청삼 중년인은 슬쩍 손을 흔들더니 천천히 몸을 움직이기 시작했다. 그리 빠르지 않은 것 같았는데도 일단 신형이 움직이자 순식간에 한 줄기 연기처럼 장내에서 모습을 감춰 버렸다. 진산월이 눈을 빛내고 그의 움직임을 유심히 지켜보았을 때는 이미 그의 몸이 짙은 어둠 속으로 사라져 버린 후였다.

진산월은 순식간에 모습을 감춘 그의 신형이 서 있던 곳을 한동안 우두커니 바라보고 있었다. 청의 중년인이 떠날 때의 움직임이 이상하게도 마음에 걸렸다. 어딘지 익숙한 듯하면서도 현묘한 무언가가 느껴졌던 것이다.

그의 정체에 대한 궁금증과 그가 내뱉은 말에 대한 의구심 때문에 진산월의 머릿속은 어느 때보다 복잡하게 헝클어져 있었다.

특히 자신의 동작에 불필요한 허세가 들어 있다는 말과 여섯 걸음이 부족하다는 지적이 무엇보다 신경 쓰였다.

"허세라? 뽐내지 말라는 건 대체 무슨 의미일까?"

무심코 중얼거리던 진산월의 눈에서 갑자기 번쩍하는 신광이 흘러나왔다. 뒤이어 그의 몸이 무언가 거대한 벼락에 관통당한 듯 세차게 흔들렸다.

"뽐내지 마라…… 뽐내지 않는다(無艷)……?"

그리고 열두 걸음에 부족한 여섯 걸음을 합치면 모두 열여덟 걸음이다.

뽐내지 않는 열여덟 걸음!

그것은 한때 천하에서 가장 유명한 보법이며, 종남파의 자랑이었던 한 무공을 나타내는 말이 아닌가?

무염십팔보(無艶十八步).

줄여서 무염보라고 부르기도 하고, 누구는 십팔무염(十八無艶)이라고 부르기도 했다. 이백 년 전에 비선 조심향을 강호무림 최고의 신법 고수로 만들었던 전설적인 무학!

이제 비로소 진산월은 진실의 한 자락을 알게 되었다.

철혈홍안이 알려 준 열두 걸음은 바로 무염십팔보의 전반부와 중반부였다. 후반부 여섯 걸음이 없었기에 진산월은 계속 무언가 부족함을 느낄 수밖에 없었던 것이다.

대체 철혈홍안은 어떻게 이미 오래전에 실전되었던 무염보를 알고 있는 것일까?

그녀가 자신에게 무염보의 열두 걸음을 알려 준 것은 단순한 우연일까?

그리고 무염보의 모자란 여섯 걸음을 알고 있는 청삼 중년인의 정체는?

그가 당각과의 생사를 다투는 결전 전날에 자신을 찾아와 그 사실을 알려 준 진정한 목적은 과연 무엇일까?

한동안 복잡한 상념에 잠겨 있던 진산월이 갑자기 무언가에 홀린 사람처럼 앞으로 걸음을 옮겼다. 그의 눈은 조금 전에 청삼 중년인이 서 있던 곳에 못 박히듯 고정되어 있었다.

청삼 중년인이 머물러 있다가 홀연히 떠난 바닥에 몇 개의 발자국이 찍혀 있었다.

흡사 진흙더미를 세게 밟은 것처럼 바닥을 움푹 파고들어 간 선명한 발자국들.

그 수는 정확히 여섯 개였다.

제 300 장

수유일섬(須臾一閃)

제 300 장 수유일섬(須臾一閃)

날이 밝았다.

오늘은 역사적인 날이 될 것이다.

많은 사람들이 그런 생각을 했다.

그래서 그들은 아침 일찍부터 현악문으로 몰려들었다.

현악문은 무당산의 초입에 위치해 있으며, 멀지 않은 곳에 무당산 깊은 계곡에서 발원한 동하(東河)라는 제법 큰 강을 끼고 있어서 예로부터 풍광이 뛰어나기로 유명했다. 현악문에서 조금 더 올라가면 우진궁(遇眞宮)이 나오는데, 그곳에서부터 비로소 무당산이 본격적으로 시작된다고 할 수 있었다.

제법 넓은 현악문 앞의 공터는 이른 아침부터 모여든 사람들로 인산인해를 이루고 있었다.

손풍은 인파로 북적거리는 넓은 공터를 보며 고개를 절레절레 흔들었다.

"못 말릴 사람들이군. 아직 정오가 되려면 한참이나 남았는데 벌써부터 이렇게 몰려들다니. 쯧."

혀를 차는 자기 자신도 그런 사람들 행렬에 끼어 있다는 것을 전혀 의식하지 못하는 모습이었다.

손풍이 아침부터 현악문 주위를 서성거리는 것은 숙소에 계속 머물러 있기가 불편했기 때문이었다. 이른 아침부터 주위가 소란스럽다 했더니 유중악 일행이 찾아왔고, 그 뒤를 이어 꼴 보기 싫은 천봉궁의 선자들이 줄줄이 따라 들어왔다. 개중에는 당연히 그가 상종하기도 싫어하는 누산산이 포함되어 있었다.

그녀와 얼굴 마주치는 것조차 질색인 손풍은 주위의 신경이 그녀들에게 쏠린 틈을 타서 살짝 밖으로 빠져나왔다. 막상 나오고 보니 특별히 갈 곳도 없어서 어슬렁거리다가, 사람들의 움직임을 따라 무심코 걷다 보니 현악문 앞이었던 것이다.

다시 돌아가기도 뭐해서 공터를 서성거리던 손풍의 눈에 다소 특이한 광경에 들어왔다.

두 명의 남자들이 핏대를 올리며 고함을 지르고 있는 것이다. 엄밀히 말하면 한쪽은 성이 나서 씩씩거리고 있고, 다른 한쪽은 비실비실 웃으며 약을 올리는 듯한 모습이었다.

성을 내는 남자는 유난히 짙은 눈썹에 제법 괜찮게 생긴 용모의 젊은이였고, 웃고 있는 남자는 다소 마른 체구에 눈빛이 야비한 삼십 대 초반의 장한이었다. 그들 옆에는 순한 인상의 여인이 발을 동동 구르며 서 있었는데, 아마도 젊은 청년의 일행인 것 같았다.

"그럼 내가 있지도 않은 거짓말을 지껄였다는 거요?"

젊은 청년은 무엇이 그리도 원통한지 얼굴을 온통 시뻘겋게 물들이며 버럭버럭 소리를 질렀다. 그에 비해 장한은 얼굴에 유들유들한 미소를 지으며 느물거렸다.

"글쎄, 자네가 아무리 떠들어 봤자 내가 직접 본 것도 아니고, 자네 스스로 거짓말 운운하니 나도 참 답답하군."

"아니, 그러니까 지금 나를 거짓말쟁이로 몰고 가는 거 아니오?"

"거짓말 이야기는 자네가 자네 입으로 한 것이지, 내가 뭐라고 했나? 도둑이 제 발 저린다더니……."

장한은 혼잣말처럼 중얼거렸으나, 그 음성이 제법 커서 주위의 모든 사람들이 똑똑히 들을 수 있었다. 청년이 그 말에 더욱 화가 나서 어쩔 줄을 몰라 하자, 옆에 있던 젊은 여인이 그의 팔을 잡아당겼다.

"가가, 그만해요. 남들이 다 쳐다봐요."

청년은 그녀의 팔을 확 뿌리쳤다.

"쳐다보면? 내가 중인환시리에 천하의 거짓말쟁이가 되게 생겼는데, 지금 그게 문제야?"

여인은 사람들 앞에서 그런 꼴을 당해서 무척이나 창피하고 속상할 텐데도 청년의 팔을 다시 움켜잡았다.

"너무 화만 내지 말고 마음 좀 가라앉혀요. 그러기에 내가 남들 앞에서 그런 소리는 그만하라고 했잖아요."

"내가 틀린 말을 했어? 당신도 그날 분명히 봤잖아."

"나야 그 자리에 있었으니 그랬지만, 다른 사람들은 아니잖아요. 처음 보는 사람들에게 그런 말을 하면 선뜻 믿어 줄 사람이 누가 있겠어요?"

"어제는……."

"어제의 그 사람들이야 당신이 술을 산다고 하니까 들어 주었던 거지, 저 사람은 생면부지잖아요."

여인이 계속 다독거리자 청년은 그제야 조금씩 마음이 안정되는지 얼굴의 붉은빛이 가시기 시작했다. 그걸 본 장한이 다시 이죽거렸다.

"여자 말을 듣는 게 좋을 걸세. 자네 같은 사람에게는 과분한 여자 아닌가?"

청년이 그를 사납게 노려보았다. 장한은 여전히 입가에 야릇한 미소를 짓고 있는데, 누가 보아도 일부러 시비를 거는 것임을 알 수 있는 모습이었다. 청년도 그제야 그걸 알아차렸는지 눈빛에 험악한 빛이 떠올랐다.

그의 손이 자신도 모르게 옆구리에 차고 있는 검의 손잡이쪽으로 움직이려 할 때, 누군가가 그들 사이에 불쑥 끼어들었다.

"이 친구, 여기 있었군. 한참 찾았잖나."

돌연 나타난 사람은 검은 옷을 입은 날카로운 인상의 중년인이었다. 그는 청년에게 시비를 걸고 있던 야비한 눈빛의 장한 어깨에 손을 얹더니 그를 끌어당겼다.

"어서 가세. 다른 사람들이 기다리고 있네."

장한은 엉겁결에 흑의인이 이끄는 대로 걸음을 옮겼다. 어찌

된 영문인지 흑의인을 본 순간부터 장한은 꼼짝도 못하고 그의 손에 힘없이 끌려가고 있었다. 곧 두 사람의 신형은 사람들 속으로 사라져 갔다.

젊은이는 맥이 풀렸는지 검을 잡으려던 손을 멈추고 큰 한숨을 내쉬었다. 여인이 어느새 다가와 그의 팔짱을 끼더니 다른 한 손으로 그의 등을 두드렸다.

"이제 주루에서 신검무적을 만난 이야기는 그만해요. 다들 겉으로는 놀랍다고 손뼉을 쳐 주면서도 뒤에서 쑤군대고 있잖아요. 그건 그냥 우리만의 추억으로 가지고 있자고요."

젊은이는 힘없이 고개를 끄덕였다.

"아무래도 그래야 할 것 같소. 난 그저 신검무적 같은 절세의 인물과 같은 탁자에 앉아 대화를 나눈 것이 너무 꿈만 같아서 말했던 것인데, 사람들 생각은 다른 모양이구려."

두 남녀는 서로를 의지한 채 그 자리를 떠나갔다.

손풍도 어느새 그 자리를 떠나 있었다. 그는 조금 전에 두 남녀에게 시비를 걸었던 장한과 그의 동료인 듯한 흑의인의 뒤를 멀찌감치 따르고 있었다.

손풍이 그들의 뒤를 조심스레 밟는 것은 그 흑의인을 본 적이 있기 때문이었다.

흑의인은 얼마 전의 한수에서 벌어진 습격 사건 때 배를 공격했던 장강십팔채의 고수들 중 한 사람이 분명했다. 손풍이 그의 얼굴을 똑똑하게 기억하고 있는 이유는 자신의 상대로 채석대와 그 흑의인 중 누구를 고를지 잠시 고민했기 때문이었다. 그러다 아무래도 날카롭고 매서운 인상의 흑의인보다는 채석대가 더 만만해 보여서 그를 선택했다가 결국은 호되고 당하고 말았던 것이다.

한수에서 장강십팔채는 처참한 패배를 당하고 물러났지만, 그들 중 상당수는 목숨을 부지한 채 도망갈 수 있었다. 그 수적의 무리들이 중요한 비무가 벌어지는 자리에 나타났으니, 손풍으로서는 경계하지 않을 수 없었다.

'단순히 구경하려고 온 놈들 같지는 않은데…… 저놈들이 또 무슨 수작을 부리려고 하는 걸까?'

손풍의 짐작대로, 흑의인은 장한에게 무어라고 나직하게 꾸짖고 있었다. 얼핏 들으니 중대한 일을 앞두고서 여자에게 흑심을 품고 젊은이에게 시비를 건 것을 나무라는 것 같았다.

그들의 대화 중 자신의 숙소인 청연각을 언급하는 내용이 나오자 손풍은 바짝 긴장하여 그들의 뒤로 다가서며 귀를 기울였다.

"일 자체는 간단하지만, 청연각의 별실이 여러 개니까 다른 곳으로 번지지 않게 하는 게 중요해. 그놈들 있는 곳만 자연스레 화재가 난 것처럼 보여야 되는 거야."

"알겠소. 아무튼 단주께는 아무 말씀 말아 주시오."

흑의인은 못마땅한 눈으로 연신 굽실거리는 장한을 쏘아보았다.

"단주 무서운 줄 아는 놈이 사람들 많은 곳에서 그런 짓을 벌이고 있었단 말이냐?"

"그 젊은 놈이 갑자기 그렇게 큰 소리로 마구 떠들어 댈 줄 누가 알았소? 한판 붙자고 하면 으슥한 곳으로 유인해서 해치우려고 했지."

"미친놈. 오늘같이 모든 무림인들의 이목이 집중된 곳에서 사람을 죽이고 여자를 덮친다고? 그게 안 들킬 것 같으냐?"

"나도 꼭 그렇게 될 거라는 기대는 없었소. 다만 그동안 숨어 지내다 보니 너무 답답해서, 그런 식으로라도 해소하지 않으면 정말 미쳐 버릴 것 같아서 그랬소."

"답답한 건 너만이 아니다. 아무튼 오늘이 지나면 모두 해결될 일이니, 오늘만 참도록 해라."

"알겠소."

두 사람이 소곤대는 음성을 유심히 듣고 있던 손풍이 이를 갈았다.

'이 망할 놈들이 수적질로 안 되니 이제는 불까지 지르려 하는군. 불 좀 낸다고 제깟 놈들이 감히 본 파를 당해 낼 수 있을 것 같은가?'

손풍은 기분 같아서는 당장이라도 눈앞의 두 놈을 붙잡아 요절을 내고 싶었지만, 아무리 봐도 자기 혼자서는 둘 중 하나도 당해 낼 수 없을 것 같아 고민을 했다.

'이대로 돌아가서 동 사형이라도 부르면 좋은데, 그동안 이놈들이 어디로 갈지 모르니 그건 힘들 것 같고…… 그렇다고 이렇게 하염없이 따라다닐 수만도 없고…… 무슨 좋은 방법이 없을까?'

인상을 찡그리고 있던 손풍이 무엇을 보았는지 얼굴을 활짝 폈다. 멀지 않은 곳에서 이정문과 육난음이 팔짱을 낀 채로 걷고 있는 모습을 발견한 것이다.

손풍은 그들을 부르려다 앞에 있는 두 장한이 알아차릴까 봐 이정문에게 살짝 손짓을 했다. 하나 이정문과 육난음은 서로 이야기하는 데 정신이 팔려 그를 보지 못했다.

'저런 사랑 놀음은 남들 안 보는 방구석에서나 할 것이지, 백주 대낮에 점잖지 못하게 무슨 짓들이야?'

손풍은 그들의 시선을 끌기 위해 오만 가지 인상을 쓰며 몇 차례나 동작을 바꿔 가며 손짓을 했으나 두 남녀의 시선을 끌지는 못했다.

그러는 동안에 두 사람과의 거리가 점점 더 멀어지고 있었다.

'이 빌어먹을 놈! 강호에서 손꼽히는 천재라고 떠들어 대더니, 막상 필요할 때는 사람도 못 알아보냐? 이래서 난 머리 좋은 놈들이 제일 싫어!'

손풍이 속으로 마구 욕설을 퍼붓고 있는 사이에 두 남녀는 저만치 멀리로 사라져 버렸다. 별수 없이 손풍은 지금처럼 두 장한의 뒤를 조심스레 따라가는 수밖에 없었다.

손풍이 시야에서 사라지자 그제야 이정문은 한숨을 내쉬었다.

"가슴 떨리는군. 어째 상관욱의 뒤를 쫓을 때보다 더 힘든 것 같아."

육난음이 손으로 입을 가리면서 킥킥거렸다.

"정말 가관이었어요. 우리가 자기를 알아보게 하려고 별짓을 다 하는 꼴을 몰래 보고 있자니 너무 웃겨서 하마터면 배를 잡고 쓰러질 뻔했어요. 그 대단한 진 장문인 밑에 어떻게 저런 자가 제자로 들어왔는지. 호호."

"비웃지 마. 그래도 제 딴에는 문파를 위해서 무언가 해 보려고 애를 쓰는 거였잖아."

"저건 애를 쓰는 게 아니라 바보짓을 하는 거지요. 그 때문에 하마터면 그자들이 알아차릴 뻔했잖아요. 기껏 그들의 꼬리를 잡아서 두더지 소굴로 몰아가고 있는데."

"하필이면 그자들이 손풍에게 발각당한 게 잘못이지. 일을 벌일 때까지 꽁꽁 숨어 있을 줄 알았더니, 백주 대로에서 쓸데없는 시비를 벌이다가 종남파 제자의 눈에 뜨일 줄 누가 상상이나 할 수 있겠어?"

"그나저나 형산파는 어쩌려고 장강십팔채까지 이번 일에 끌어들이는 거죠? 이건 너무 막 나가는 거잖아요."

"그들을 끌어들인 건 형산파가 아니라 구양현성이야. 구양현성이 장강십팔채의 잔당을 이끌고 있는 흑수단주 염오를 구워삶아서 이번 일을 기획한 거지. 불 지르고 주위를 소란스럽게 하는 건 수적들이 가장 잘하는 짓이잖아."

"하긴, 오만하고 도도한 형산파 고수들이 얼굴에 숯검정을 묻히고 불을 지르는 광경은 상상이 되지 않아요. 그럼 형산파에서는 장강십팔채의 잔당들이 이번 일에 동원된 걸 모르고 있겠군요?"

"알려고 하지 않는다는 게 더 정확한 말이겠지. 그들로서는 그런 지저분한 일은 아예 전혀 내막을 모르고 있는 것이 더 나을 테니 말이야."

"비겁하군요."

육난음이 투덜거리자 이정문은 비쩍 메마른 미소를 지었다.

"그게 명문정파가 일을 하는 방법이야. 그들의 모든 행사가 겉으로 드러난 것처럼 공명정대하고 정당하지는 않아. 하지만 사안에 따라서는 지저분한 일을 해야 할 때도 있는 법이지. 그래서 거간꾼들이 필요한 거야. 그런 일을 얼마나 깔끔하게 해 주느냐에 따라 그들에 대한 대우가 달라지기도 해."

"구양현성이 그런 거간꾼이군요."

"거간꾼치고는 신분이나 지위가 높긴 하지만, 엄밀히 말하면 그렇지. 설마 상인들이 단순히 물건만 사고파는 사람들이라고 생각해?"

"그래서 난 상인들이 싫어요."

"그들도 우리 같은 사람들을 싫어하지. 자신들의 내면에 대해서 속속들이 알고 있으니까."

"추악한 내면이겠죠."

"아무튼 종남파의 그 친구가 너무 성급하게 일을 벌이지 않았으면 좋겠군. 그냥 조용히 그들의 뒤를 따라가서 숨어 있는 위치만 알아내고 돌아오면 좋겠는데."

"그자들이 숨어 있는 곳은 파악했잖아요?"

"그래도 가급적이면 종남파 제자가 발견하는 게 나중을 위해서 좋겠지. 굳이 우리가 사전에 그들을 주목하고 있다는 걸 알릴 필요는 없잖아?"

육난음은 밉지 않게 그를 흘겨보았다.

"이럴 때 당신은 정말 얄미워요."

"내가 왜?"

"이용할 건 다 이용하면서 남에게 욕은 안 먹으려고 하잖아요?"

"내가 내 이익을 위해서 그러는 것도 아니고, 대의(大義)를 위하는 건데, 그것 때문에 일부러 욕먹을 필요는 없잖아."

"당신만의 대의겠죠."

"원래 대의란 그런 거야."

이정문의 표정은 평상시와 다름없었으나, 육난음은 그 음성에 실린 감정을 알아차리고 입을 다물었다.

한동안 입을 다물고 묵묵히 걸음을 옮기던 두 사람은 이내 엄청나게 몰려 있는 인파를 발견하고는 걸음을 멈추었다. 주위가 온통 사람들로 뒤덮여서 어떻게 그들 사이를 헤집고 들어갈지 엄두도 나지 않았다.

육난음의 입에서 자신도 모르게 나직한 탄성이 흘러나왔다.

"정말 대단하구나."

이정문 또한 연신 날카로운 눈으로 주위를 둘러보면서도 한마디 하는 것을 잊지 않았다.

"당연한 일이지. 강호제일의 암기 고수와 강호제일의 검객이 서로의 모든 걸 걸고 겨루는 날이야. 적어도 오늘의 일은 강호의 역사가 사라지지 않는 한 오랫동안 기억에 남게 될 거야."

"정말 그렇게 될까요?"

"틀림없이. 그러니 우리는 지금부터 벌어지는 모든 일을 단 한 가지도 놓치지 않고 똑똑히 지켜봐야 돼. 역사의 산증인이 될 수 있는 기회이니 말이야."

육난음은 평상시와는 달리 굳은 표정으로 고개를 끄덕였다.

"그런 기회를 놓칠 수는 없죠."

몰려드는 사람들의 수는 점점 불어나서, 나중에는 현악문이 보이지 않는 곳까지 사람들로 가득 들어찼다. 서로 다른 신분과 성별을 가진 각양각색의 사람들이 한자리에 모여 있는 광경은 실로 강호에서 좀처럼 보기 드문 기이한 장면이었다.

그리고 모두가 초조히 기다리는 가운데, 정오가 되었다.

진산월은 문득 하늘을 올려다보았다.

시리도록 푸른 하늘이 눈을 찔렀다.

흐린 날이라면 더욱 좋았겠지만, 화창한 날이라도 상관은 없다.

태양은 하늘의 한가운데 떠 있다. 그림자가 길게 드리워지지 않을 것이다.

바람은 북쪽에서 남쪽으로 선선하게 불고 있다. 그것도 좋다고 생각했다. 바람이 조금 더 세게 불었다면 움직임에 약간의 제약이 있을지 몰랐다. 그리고 바람이 아예 없다면 옷자락 날리는 소리가 신경 쓰였을 것이다.

공기는 따뜻했고, 기온도 적당했다. 새벽에 한 시진 정도 잠깐 눈을 붙인 것이 전부였지만, 정신은 이상할 정도로 맑았고 몸 상태도 나쁘지 않았다.

그를 본 사람들이 미친 듯이 질러 대는 함성 때문에 차라리 아무 소리도 들리지 않을 정도였다. 진산월은 그 함성을 귓전으로 흘려 들으며 천천히 시선을 내려 앞을 바라보았다.

당각은 벌써 현악문 앞에 펼쳐진 공터의 우측 편에 선 채 그를 기다리고 있었다. 진산월의 위치는 자연스레 좌측이 되었다.

돌로 세워진 현악문 앞뜰의 양쪽 끝자락에 두 사람이 마주 서자, 이내 사람들의 함성이 잦아들며 고요한 적막이 흐르기 시작했다.

두 사람 사이의 거리는 정확히 십이 장. 멀다면 멀고 짧다면 짧은 거리였으나, 그들에게는 상대의 얼굴에 나 있는 모공까지 생생하게 볼 수 있을 정도로 지척이나 마찬가지였다.

진산월은 거리도 딱 적당하다고 생각했다. 더 멀었다면 접근하는 데 보법을 쓰기 애매했을 것이고, 더 가까웠다면 당각의 권역에 너무 근접해서 위험했을 것이다.

두 사람 사이에 대화는 없었다. 할 필요도 없었고, 해야 할 말도 없었다. 단지 서로를 응시한 채 호흡을 가다듬고 있을 뿐이었다.

수많은 사람들이 입추의 여지도 없이 들어차 있는 넓은 공간이 숨 막힐 듯한 정적에 휩싸여 있는 광경은 왠지 현실의 일이 아닌 것처럼 느껴졌다. 두 사람이 서로를 바라본 채 미동도 않고 있자 장내의 긴장감은 점차로 고조되어, 작은 불씨만으로도 공간 전체가 그대로 터져 버릴 것만 같았다.

그 순간, 석상처럼 고정되어 있던 두 사람 사이에 처음으로 움직임이 일어났다.

먼저 몸을 움지인 사람은 진산월이었다. 진산월은 성큼 한 걸음 앞으로 내디뎠다. 당각은 무심한 눈으로 그를 응시한 채 여전히 아무런 미동도 않고 서 있었다.

일반적으로 암기 고수의 암기가 위력을 발휘하는 공간은 삼 장 남짓이라고 알려져 있었다. 절정고수라면 오 장 이상을 암기의 영역권으로 둘 수 있을 것이다.

하나 암기가 절대적인 위력을 발휘하려면 적어도 그보다 훨씬 더 가까워야 한다. 다시 말해서 일반적인 암기의 고수라면 일 장 반 정도가 살상 영역이었고, 절정고수라면 삼 장 이내가 확실한 거리였다.

하나 당각의 암기가 정확히 몇 장의 거리까지 위력을 미치는지는 당각 본인 외에는 누구도 알지 못할 것이다.

진산월은 천천히 한 걸음씩 걸어왔다. 빠르지도 느리지도 않은 속도로 곧장 당각의 앞을 향해 다가오는 그의 모습은 마치 나들이라도 나온 것처럼 방만하면서도 한없이 자유로워 보였다.

당각은 자연스레 양손을 늘어뜨렸다. 그의 손에는 당문의 고수라면 결투 시에는 누구나가 끼고 있는 사슴 가죽 장갑이 보이지 않았다. 하나 유심히 관찰하면 손가락 부분에 특수한 기름이 살짝 발려 있음을 알아차릴 수 있을 것이다.

그 기름은 당문에서도 최고의 비전으로 알려진 칠교액(七巧液)이었다. 칠교액은 일곱 가지의 동식물 기름을 합성하여 만든 특수 기름으로, 독기의 침입을 완벽히 막고 손끝의 감각을 최고조로 끌어올리는 데 탁월한 효능이 있었다.

진산월과 그의 거리는 이내 십 장으로 가까워졌다. 당각의 주름진 눈이 거의 알아차리기 힘들 만큼 살짝 찌푸려졌다.

진산월이 다가온 거리는 이 장에 불과했지만, 당각은 마치 그의 신형이 한순간에 공간을 압축해 들어온 듯한 착각이 들었던 것이다.

'이형환위(移形換位)인가?'

당각은 숨을 고르며 늘어뜨린 오른손의 손가락을 한 차례 꼼지락거렸다. 소매 안쪽의 옷자락을 타고 흘러내린 유리구슬 하나가 엄지와 검지 사이로 미끄러지듯 안착되었다.

백이십팔 개의 면으로 이루어진 작은 유리구슬, 이것이 바로 공포의 살인병기인 귀왕령이었다. 인체에 격중되는 순간, 귀왕령은 백이십팔 조각의 유리 파편이 되어 혈관을 타고 심장으로 침투하게 된다. 그 가공할 위력은 귀왕령을 당문 사상 최강의 암기로 인정받게 했다.

당문의 암기 수법 중 무림에 가장 널리 알려진 것은 만천화우(滿天花雨)였지만, 탈혼검의 구결을 입수한 후로 당각은 더 이상 만천화우를 쓰지 않았다. 굳이 수십 개의 암기를 힘들게 가지고 다닐 필요 없이, 귀왕령만으로 어떠한 적이든 쓰러뜨릴 자신이 있었던 것이다.

만천화우는 몇 번 깨진 적이 있지만, 아직 귀왕령으로 펼치는 절대암류를 벗어난 사람은 없었다.

귀왕령 한 알에 목숨 하나.

그것이 지금까지의 공식이었다.

오늘 당각은 특별히 진산월을 위해서 세 알의 귀왕령을 준비해 왔다.

절대암류의 세 가지 초식을 차례로 시전해 볼 셈이었다. 그중 두 가지는 그도 만들어 놓고 아직 정식으로 펼쳐 본 적이 없었다. 아직까지 무림의 어느 누구도 첫 번째 초식인 흑암전시(黑暗電矢)조차 피하지 못했던 것이다. 흑암전시는 바로 탈혼검의 측탈혼을 응용한 수법이었다.

두 번째 초식인 암혼몰영(暗魂沒影)은 탈혼검의 교탈혼을 토대로 만든 것이었고, 세 번째 초식인 천지차암(天地遮暗)은 탈혼검의 가장 무서운 초식인 색탈혼의 정수를 담은 절대암류 최고의 수법이었다.

애써 만들어 놓고도 아직 펼쳐 보지 못한 암혼몰영과 천지차암을 처음 선보이는 것에 신검무적은 너무도 적절한 상대라고 하지 않을 수 없었다. 오늘 비로소 수많은 무림인들의 앞에서 절대암류의 진정한 모습을 보일 생각을 하니, 당각은 절로 가슴이 뜨거워졌다.

그렇다고 흥분하거나 냉정을 잃은 것은 아니었다. 오히려 마음 한구석에서 투지가 솟구치면서 젊은 날의 패기와 자신감이 되살아나는 것 같았다.

당각은 습관적으로 엄지와 검지 사이에 있는 귀왕령을 만지작거리며 손끝의 감촉에 신경을 집중시켰다. 손에 익은 두 개의 면이 손끝에서 느껴지자 당각은 다시 한차례 숨을 골랐다.

귀왕령을 발출한 준비를 끝낸 것이다. 귀왕령은 그 위력만큼이나 조절하기도 까다로워서, 조금이라도 소홀했다가는 자신이 의도한 방향으로 날아가지 않는 아주 세심한 암기였다.

그가 숨을 고르는 사이, 진산월은 다시 이 장을 더 전진했다.

팔 장의 거리. 지금부터는 당각의 영역이었다. 다시 말해서 팔 장 안에 들어오는 순간, 누구든 당각의 암기의 목표가 될 수 있다는 뜻이었다.

하나 당각은 귀왕령을 발출하지 않았다. 오히려 그의 눈이 조금 전보다 더욱 심하게 찌푸려져 있었다.

아무렇지도 않게 걷고 있는 듯한 진산월의 동작에서 묘한 점을 발견한 것이다.

그의 몸은 그리 빠르지 않은 속도로 움직이고 있었다. 그런데 그 동선이 한 번도 겹치거나 멈춰지지 않고 계속 바뀌고 있는 것이다. 그 바람에 당각은 그의 정확한 위치를 파악하는 데 애를 먹고 있었다.

분명 시각적으로는 눈에 훤히 들어옴에도 불구하고 공간적인 위치가 포착되지 않았다.

'단순한 이형환위는 아닌 것 같군.'

이형환위의 고수라면 당각도 몇 번 상대해 본 적이 있었다. 이형환위는 확실히 놀라운 무공이기는 하지만, 그렇다고 절대적인 것은 아니었다. 절정의 고수가 펼치는 이형환위는 언뜻 보기에는 순간이동에 가까워서 처음 상대하는 사람이라면 누구나가 당혹감을 느낄 수밖에 없었다. 하나 몇 번 보게 되면 비슷한 방식의 움직임이라는 것을 알 수 있기 때문에 어디로 이동할지 예측할 수 있는 것이다.

당각의 손에 쓰러진 자들 중에는 강호의 십대신법대가에 속한 고수도 있었다. 그는 바로 천산(天山)의 전설적인 존재인 천산비마(天山飛魔) 하일손(夏一孫)이었는데, 그의 이형환위는 당각이 본 것 중 가장 뛰어난 수준이었다. 하나 하일손은 불과 세 번의 이형환위 만에 종적이 포착되어 귀왕령의 제물이 되어 사라졌다.

그때 그와 당각의 거리는 오 장이었다. 그것은 하일손이 자신의 장기인 도법을 펼치기에는 조금 먼 거리였다. 결국 하일손은 칼 한 번 휘둘러 보지 못하고 차가운 시신이 되어 버린 것이다.

그런데 지금 진산월의 움직임은 하일손과는 분명히 달랐다.

무엇보다 눈으로 보이지도 않을 정도로 빨리 움직였던 하일손과는 달리, 진산월의 몸은 훤히 시야에 들어왔다. 그런데도 정확한 위치를 알기 힘들었던 것이다.

그렇다고 움직임이 많거나 특이한 동작을 보이는 것도 아니었다. 그저 산책이라도 하는 사람처럼 유유자적하게 걷고 있는 것 같은데, 막상 암기를 발출하려고 하면 어디로 던져야 할지 막막한 생각이 드는 것이다.

'이형환위는 아니다. 보법에 특이한 묘용(妙用)이 있는 것인가?'

당각은 진산월의 발을 유심히 바라보았다.

평범한 걸음 같았다. 단순하게 한 걸음 한 걸음 앞으로 내딛고 있을 뿐이다. 그런데 이상하게도 다음 걸음이 어디로 내디뎌질지 전혀 예측이 되지 않았다.

당각의 눈이 날카롭게 번뜩였다.

'보법이구나! 그것도 아주 특이한 보법이다. 전후좌우의 어디로도 이동할 수 있고, 어디로도 움직이지 않을 수 있는 팔방(八方) 계열의 보법을 쓰는구나.'

팔방 계열은 속도가 빠른 일자(一字) 계열과 변화가 심한 환선(還旋) 계열, 가볍고 경쾌한 점수(點水) 계열, 그리고 오묘한 조화를 가진 구궁(九宮) 계열과는 달리 형태가 자유롭고 방향을 예측하기 힘든 보법의 일종이었다.

팔방 계열의 보법은 익히기가 무척 힘들고, 일정 수준 이상에 도달하지 않으면 보법의 효력을 제대로 발휘할 수 없기 때문에 강호에서도 사용하는 사람이 그리 많지 않았다. 대신에 절정에 도달하면 다른 어떤 보법보다도 뛰어난 위력을 발휘할 수 있었다.

팔방 계열의 보법 중 강호에 유명한 것은 소림의 금강부동신법(金剛不動身法)과 곤륜의 운룡대팔식(雲龍大八式), 그리고 개방의 취리건곤보(醉裡乾坤步)등이 있는데, 하나같이 무림에서 누구나가 인정하는 절세의 보법들이었다. 하나 당각은 진산월이 지금 펼치는 보법이 그 보법들 중 어느 것과도 닮지 않았음을 알아차렸다.

'금강부동신법보다 더욱 움직임이 적고, 운룡대팔식보다 더욱 자유로우면서도 취리건곤보보다 종잡을 수 없다니……. 강호에 이런 보법이 있었던가?'

당각의 안색이 처음으로 무겁게 굳어졌다.

진산월의 몸은 어느새 그의 육 장 거리까지 도달해 있었다.

진산월의 검법 수준으로 보아 오 장 안으로 들어오면 검기를 발출할 수 있을 것이다. 그리고 그가 삼 장 안에 들어서면 당각도 위태로워질 수 있으며, 그 이상의 거리를 허용하게 되면 오히려 필패(必敗)나 동사(同死)가 될 확률이 높았다.

그 말은 진산월이 이 장을 더 걷기 전에 승부를 내야 하며, 아무리 늦어도 삼 장 안에는 그를 쓰러뜨려야 한다는 뜻이었다.

거리가 가까워진 만큼 진산월의 움직임도 선명하게 보였다.

보면 볼수록 평범하고 단조로운 걸음걸이였다. 언뜻 보면 그냥 산천을 유람하는 듯 가벼운 걸음이었는데, 당각은 아직까지도 진산월의 정확한 위치를 포착할 수가 없었다.

'직선인 듯하면서도 직선이 아니고, 곡선인 듯하면서도 곡선이 아니다. 공간과 공간, 걸음과 걸음 사이의 움직임이 직선도 아니고 곡선도 아닌 제삼의 선(線)을 그리고 있다. 그래서 동선을 제대로 파악할 수 없는 것이다.'

갑자기 당각은 가슴이 덜컥 내려앉음을 느꼈다.

'공간과 공간을 선이 아닌 점(點)으로 연결한 건가? 그렇다면…… 이건 마치 탈혼검의 구결을 보법으로 펼쳐 놓은 것 같지 않은가?'

탈혼검은 진공검 중에서도 가장 익히기 어렵다는 점형 진공검의 일종이었다. 점형 진공검이란 상대의 몸을 점으로 보고 그 점을 향해 진공검을 펼치는 상승의 수법이었다. 공간의 한 점을 압축해서 들어오는 그 수법은 일단 펼치면 피하기가 어려워 최고의 살인검법으로 불리고 있었다.

당각은 쾌의당주에게 탈혼검의 구결과 기본 원리를 들은 후, 자신의 암기 수법에 그 원리를 적용시켰다. 그래서 그가 일단 암기를 발출하면 그 암기는 공간을 가로질러 도저히 피할 사이도 없이 상대의 몸에 격중되는 것이다.

탈혼검은 검으로 펼치기에 거리의 제약이 있지만, 당각의 수법은 훨씬 더 긴 거리를 범위로 둘 수 있을 뿐 아니라 손목과 손가락을 사용해 암기를 날리기 때문에 이용하기에 따라서는 탈혼검보다 뛰어난 면이 있었다.

반면에 인체의 치명적인 부분을 꿰뚫어 버리는 탈혼검의 위력에는 미치지 못했다. 그래서 당각은 귀왕령의 가공할 살상력으로 위력의 부족함을 보완한 것이다.

절대암류를 완성한 후, 당각은 자신의 무공에 절대적인 자신을 가지게 되었다.

더구나 상대는 뛰어난 검법의 소유자이기는 하지만 암기 무공에 대한 대비가 거의 되어 있지 않은 애송이였다. 그런데 그 애송이의 걸음걸이에 점형 진공검의 원리가 담겨 있는 것 같은 느낌을 받았으니, 그로서는 당혹감을 느끼지 않을 수 없었다.

당각이 주춤거리는 사이, 진산월은 다시 일 장을 전진했다.

이제는 진산월이 언제든 출수할 수 있는 거리였다. 과연 무심한 듯 걷고 있는 진산월의 오른손이 천천히 허리춤의 용영검을 잡아 가는 광경이 당각의 눈에 선명하게 들어왔다.

'아직은 괜찮다. 한 순간, 단 한 순간이면 된다. 점과 점이 움직이는 동안에 단 한 번의 틀어짐만 있으면 된다.'

당각은 눈도 깜박이지 않고 진산월의 몸을 뚫어지게 주시했다.

진산월과 그의 거리는 불과 오 장, 당각이 한계선으로 정한 삼 장까지는 이제 겨우 이 장이 남았을 뿐이었다.

다시 진산월은 한 걸음을 성큼 내디뎠다. 옷자락 펄럭이는 소리라도 들릴 법하건만, 당각의 귀에는 가는 바람 소리 외에는 아무 소리도 들리지 않았다. 움직임 자체에 옷자락의 펄럭임을 바람 소리에 섞이게 하는 효능이 있음이 분명했다.

진산월의 오른손은 용영검의 손잡이에 거의 닿아 있었다.

당각의 눈이 어느 때보다 매섭게 번뜩거렸다.

'저거다.'

당각은 풍부한 대적 경험으로 어떤 검객이든 검을 출수할 때는 호흡이 달라지거나 근육의 꿈틀거림이 미묘하게 바뀐다는 것을 알고 있었다. 어느 경우에라도 지금의 완벽한 평정이 깨어질 수밖에 없었다.

진산월은 다시 한 걸음 다가왔다. 이제 두 사람 사이의 거리는 사 장 남짓에 불과했고, 진산월의 몸에서 흘러나오는 무형지기가 피부를 따갑게 할 만큼 가깝게 느껴졌다.

이렇게 상대의 모습이 눈앞에 선명하게 보이는데도 정확한 위치를 파악할 수 없다니, 눈으로 보고도 믿을 수 없는 일이었다.

마침내 진산월은 세 번째 걸음을 내디디며 용영검의 손잡이를 움켜잡았다. 그리고 손에 힘이 들어감과 동시에 자연스럽게 전신의 근육이 살짝 수축되었다. 그 순간, 당각은 진산월의 위치를 포착할 수 있었다.

팟!

진산월의 허리춤에서 한 줄기 섬광이 번뜩였다. 그 속도는 당각이 예상한 것보다 훨씬 더 빨랐다.

당각은 오른손의 엄지에 닿아 있는 검지를 살짝 움직였다. 그러자 엄지와 검지 사이에 놓여 있던 귀왕령이 홀연히 모습을 감추었다.

마침내 당각이 귀왕령을 발출한 것이다.

…….

주위는 조용했다.

깊은 적막 속에서 들리는 것은 오직 무당산 높은 봉우리에서 불어오는 잔잔한 바람 소리뿐이었다.

두 사람은 그 자리에 우뚝 선 채 아무런 움직임이 없었다. 그들 사이의 간격은 당각이 한계선으로 생각했던 삼 장이었다.

한차례 섬광이 번뜩이고 두 사람이 미동도 않고 있자, 주위의 군웅들이 조금씩 동요하기 시작했다.

“뭐야? 뭐가 어떻게 된 거야?”

“글쎄. 신검무적이 출검한 것 같긴 한데, 자세히는 모르겠군.”

“검이 여전히 검집에 꽂혀 있는데? 반쯤 뽑힌 걸 보니 채 출검하지 못한 모양일세.”

“어? 그러고 보니 그렇군. 그럼 그 섬광은 뭐였지?”

“천수나타가 암기를 발출한 것인가?”

중인들은 서로를 마주 보며 영문을 몰라 했다. 공터 안이 점차 시끄러워지더니, 이내 끓는 찻주전자처럼 시끌벅적해졌다.

하나 누구도 그들 두 사람에게 접근하려는 자는 없었다.

무언지 모를 무거운 분위기가 그들 사이에 감돌고 있음을 알아차린 것이다. 그러자 사람들은 다시 하나둘씩 입을 다물고 장내를 주시했다.

진산월은 오른손을 용영검의 손잡이에 댄 자세 그대로였다. 용영검은 삼분지 일쯤 검집 밖으로 나와 있었는데, 살짝 검신을 드러낸 용영검에서 흘러나오는 우윳빛 검광이 유난히 시선을 끌었다.

당각 또한 양손을 자연스레 늘어뜨리고 오른손의 엄지와 검지를 맞잡고 있는 모습은 변함이 없었다. 다만 눈이 예리한 사람이라면 검지의 위치가 조금 바뀌었다는 것을 알아차릴 수 있을 것이다.

하나 그의 손에 있던 귀왕령은 어디에도 보이지 않았다.

설마 진산월의 몸속으로 벌써 파고든 것이 아닐까? 하나 진산월의 몸 어디에도 귀왕령의 파편이 파고든 흔적은 보이지 않았다.

대신 주위의 바닥에 무언가 깨알 같은 작은 가루들이 양광을 받아 반짝거리고 있었다.

"아!"

그것을 보자 눈치가 빠른 중인들이 자신도 모르게 탄성을 터뜨렸다. 완전히 바스러져 가루로 변한 것이 무엇인지 알아차린 것이다.

그건 바로 귀왕령의 잔해였다. 놀랍게도 그동안 단 한 번도 목표를 벗어난 적이 없던 귀왕령이 한 줌의 가루로 변해 바닥에 흩뿌려져 있는 것이다.

귀왕령이 사람의 몸에 박혀 있지 않고 가루가 되어 있는 것이 무엇을 뜻하는가?

그때, 비로소 진산월은 삼분지 일쯤 뽑혀 있던 용영검의 검신을 검집 안으로 완전히 밀어 넣었다.

소리도 없이 우윳빛 검광이 사라지자, 그것을 신호로 삼기라도 한 듯 당각의 몸이 한차례 흔들렸다. 당각은 눈을 부릅뜬 채 진산월을 응시하고 있다가, 한 마디 말도 하지 않고 허물어지듯 그 자리에 쓰러져 버렸다.

그와 동시에 그의 목에서 한 줄기 핏물이 솟구치기 시작했다.

"아앗!"

사방에서 비명과 외침 소리가 거푸 터져 나왔다.

자타가 공인하는 당금 무림 최고의 암기 고수가 자신이 흘린 피바다 속에 누워 있는 광경은 모든 이를 충격에 빠뜨리기에 충분한 것이었다. 단 한 번도 패한 적이 없다는 암기 무공의 최고수가 이토록 허무하게 쓰러질 줄이야 누가 상상이나 했겠는가?

한동안 주위는 거대한 충격의 여운에 빠져 숨 막힐 듯한 정적에 싸여 있었다. 하나 다음 순간, 정적은 깨어지고 엄청난 환호와 함성 소리가 장내를 뒤흔들었다.

"와아!"

"신검무적이 천수나타를 꺾었다!"

"신검무적은 천하제일검(天下第一劍)이다!"

"종남파 만세!"

사람들은 마치 자신이 승리한 양 마구 소리치며 고함을 질러 댔다. 개중에는 아무 말도 하지 못하고 그저 박수를 치며 눈물을 글썽이는 자들도 있었다.

그들 중 대다수는 어떻게 신검무적의 검이 천수나타의 목을 잘랐는지 제대로 보지도 못했으나, 눈앞에서 벌어진 광경만으로도 충분히 흥분하고 감격하고 있는 것이다.

현악문 일대를 뒤흔드는 거대한 함성 소리는 진산월이 검을 거두고 장내를 떠난 후에도 사라지지 않았다. 중인들은 삼삼오오 모여서 벌겋게 상기된 얼굴로 자신이 목격한 장면들을 떠들어 댔으며, 미처 보지 못한 것들을 서로의 상상 속에 이리저리 집어넣으며 그 안의 내용을 짜 맞추기에 여념이 없었다.

"틀림없이 신검무적은 검으로 먼저 천수나타의 암기를 박살 낸 후 그 여세를 몰아 그의 목을 가른 것이 분명해."

"그게 말이 되는 소리인가? 그렇다면 암기를 부수고 목을 가른 다음 다시 검을 검집 안에 집어넣었다는 건데, 장내의 아무도 제대로 본 사람이 없단 말인가? 천하제일의 쾌검이라는 분광검객 고심홍도 그렇게는 못하네."

"분광검객을 감히 어디서 신검무적에 비교한단 말인가?"

"실력이야 비교가 안될지 몰라도 쾌검에 관한 한 분광검객이 당대 제일임은 누구나 인정하는 바일세."

"그것도 어제까지의 일이야. 오늘 보지 않았나? 신검무적은 쾌검으로도 천하제일이야."

"그건 아직 확인되지 않은 일일세."

"그럼 자네 의견을 말해 보라고. 어떻게 그런 일이 일어날 수 있는지."

"그거야……."

"보게, 자네도 달리 할 말이 없잖아. 내가 말한 게 정답이라니까."

"그건 너무 성급한 판단이라니까."

두 명의 장한이 정신없이 말다툼을 하고 있는 광경을 지켜보던 귀호가 교리를 돌아보았다.

"자네 생각은 어떤가?"

교리는 그때까지도 깊은 생각에 잠겨 있다가 고개를 쳐들고 그를 보더니 퉁명스런 음성을 내뱉었다.

"똑같이 봐놓고 왜 내게 묻는 건가?"

"솔직히 나는 제대로 못 보았네. 너무 순식간에 여러 가지 일들이 벌어져서 말이지. 자네는 모두 봤지?"

거짓말할 생각은 추호도 하지 말라는 듯 귀호는 교리의 눈을 똑바로 응시했다.

교리는 피식 웃고 말았다.

"궁금한 게 뭔가?"

귀호는 눈을 반짝인 채 교리를 잡아먹을 듯 얼굴을 가까이 가져갔다.

"역시 모두 봤군. 이 많은 사람들 중에서 자네만이 어떤 일이 벌어진 것인지 정확히 알고 있는 거야."

교리는 귀호의 그런 모습이 부담스러운지 손사래를 쳤다.

"소리 좀 죽이게. 아무렴 나밖에 없겠나? 몇 사람 더 있을 걸세."

"아니야. 내가 바보인 줄 아나? 나도 보지 못한 걸 볼 사람이 이곳에 자네 말고 또 있다고는 믿을 수 없네."

"몇 사람 있다니까."

귀호는 여전히 반신반의하는 표정이었다.

"그게 정말인가?"

교리는 분명하게 고개를 끄덕였다.

"최소한 두 명은 있네."

"그게 누구인가? 그 대단한 자들이?"

"공교롭게도 둘 다 여자로군."

귀호의 눈이 어느 때보다 예리하게 번뜩였다.

"한 사람은 짐작이 가는군. 천수관음이라면 암기에 관한 한 누구보다 정통한 분이니 눈 또한 예리하겠지. 그분이라면 당각의 모습만 보고도 전후 사정을 알아차릴 수 있을 걸세."

"잘 아는군."

"또 한 사람은? 그분 말고 그 정도 실력을 가진 여자가 있다는 게 도저히 믿기지 않는다네."

"믿기 싫으면 말게. 아무튼 최소한 그 두 여자는 분명하고, 또 다른 실력자가 있는지는 나도 모르겠네. 워낙 사람들이 많아서 어떤 자들이 지켜보고 있었는지 알 수 없으니 말일세."

"그러니까 그 또 한 여자가 누구냐니까?"

귀호가 다그치자 교리는 빙글거리며 웃었다.

"말해 주면 내게 뭘 해 줄 텐가?"

"그게 무슨 말인가? 우리 사이에?"

"우리 사이가 어떤 사이인데?"

"그야……."

말해 놓고도 귀호는 쉽게 뒷말을 잇지 못했다.

교리는 계속 입가에 미소를 지으며 그를 빤히 쳐다보았다.

"사소한 일은 넘어가지만, 중요한 일은 반드시 대가를 주고받아야 거래가 성립되는 사이 아닌가?"

"그렇지, 그런 사이지."

"그래서 말할 수 없다는 걸세."

귀호는 정신이 번쩍 든 모습이었다.

"그 여자가 누구인지 밝히는 게 그렇게 중요한 일인가?"

"사안의 중요도는 그 일을 알고 있는 자가 결정하는 게 우리 사이의 규칙이었지?"

귀호의 얼굴이 구겨졌다.

"제길, 망할 놈의 규칙."

교리의 눈이 조금 날카로워졌다.

"그래서 규칙을 깰 셈인가?"

귀호는 급히 고개를 저었다.

"아니, 그럴 리가 있나?"

"아직도 그 여자가 누구인지 알고 싶나?"

귀호는 생각할 것도 없다는 듯 고개를 저었다.

"아니, 그 정도로 궁금하지는 않네. 솔직히 자네가 어떤 대가를 요구할지 너무 부담스러워서 그녀에 대해 아무것도 알고 싶지 않아졌네."

교리는 그럴 줄 알았다는 듯 다시 빙글 웃었다.

"하지만 나중에는 그 결정을 후회하게 될지도 모를걸."

"미리 일어나지도 않는 일을 후회하는 성격은 아니라네. 그녀의 정체 말고 다른 일은 물어도 괜찮은가?"

"내가 말했지 않나? 무엇이 궁금하냐고?"

귀호는 그의 마음이 변하기 전에 재빨리 물었다.

"조금 전에 신검무적이 어떻게 천수나타를 쓰러뜨린 건가?"

"자네는 어디까지 봤나?"

"신검무적이 출검하는 것과 동시에 천수나타가 암기를 발출하는 것 같았네. 그런데 그 뒤로는 전혀 모르겠더군."

"동시는 아닐세. 신검무적의 출검이 조금 더 빨랐지."

귀호는 고개를 갸우뚱거렸다.

"그런가? 만약 그렇더라도 거의 알아차리기 힘든 미세한 차이였을 걸세. 나조차도 거의 동시라고 느꼈으니까."

"그래도 분명한 차이이지. 그게 승부를 갈랐네."

"뭐라고? 좀 더 자세히 말해 보게."

"애초부터 두 사람 사이의 승부는 누가 먼저 출수하느냐가 가장 중요한 사항이었네. 천수나타가 신검무적의 위치를 포착해서 먼저 암기를 날리면 천수나타가 이기는 것이고, 신검무적이 출수할 때까지 천수나타가 신검무적의 위치를 알아내지 못하면 신검무적이 이기는 싸움이었네."

"그렇게 말하니까 너무 간단해 보이는군."

"처음부터 간단한 승부였네. 두 사람 모두 일단 출수하게 되면 반드시 상대를 쓰러뜨리는 실력을 지니고 있으니, 결국은 누가 먼저 출수를 하느냐로 승부가 갈릴 수밖에 없었네. 자네도 보다시피 결과도 그렇게 나왔고."

"하지만……."

"절세고수들의 싸움치고는 너무 단순하다고? 그런데 실제로는 그렇지가 않았네. 두 사람 사이의 싸움은 정말 치열했지. 보고 있는 나조차도 손에 땀이 날 정도였으니."

"나도 그 기분을 느껴 보고 싶네. 제발 좀 더 자세하게 설명해 주게.”

“엄살 부리지 말게. 자네도 대부분은 파악했다는 걸 알고 있으니까. 아마 신검무적이 검도 완전히 뽑지 않고서 귀왕령을 부수고 천수나타의 목을 가른 것이 궁금한 모양인데, 솔직히 그건 그렇게 중요한 게 아닐세.”

“그럼 무엇이 중요한가?”

“신검무적이 자신의 검세를 온전히 발휘할 수 있는 거리까지 천수나타에게 포착당하지 않고 접근했다는 게 정말 중요하고 주목해야 할 일이었네. 나머지는 그에 비하면 부수적인 것이지.”

“나도 신검무적이 사용한 특이한 보법이 궁금하긴 했네. 멀리서 보기에는 그냥 나들이라도 나온 사람처럼 걷는 것 같았는데, 천수나타가 출수하지 못하고 쩔쩔매는 광경이 너무 낯설었네.”

“정말 대단한 보법이었지. 움직임이 없는 것 같으면서도 미묘한 현기(玄機)를 담고 있고, 느린 것 같으면서도 한없이 표홀한 그 움직임은 실로 가공스러운 것이었네. 아마 그걸 직접 눈앞에서 보게 된 천수나타는 정말 미칠 듯한 심정이었을 걸세.”

“……!”

“처음 두 사람 사이의 거리가 십여 장이었을 때부터 천수나타의 삼 장 거리까지 도달했을 때까지 신검무적이 걸은 걸음은 정확히 열여덟 걸음이었네. 두 걸음에 한 장씩 걸은 셈이지. 일반적인 보폭보다는 훨씬 넓지만, 강호의 고수가 전력을 다한 보법이라고 생각하면 그리 넓은 걸음은 아니었네. 그가 열여덟 걸음을 걷는 동안 천수나타는 전혀 그의 위치를 파악하지 못했네. 그것이 결국 승부를 결정지었지."

귀호는 교리의 말을 묵묵히 듣고 있다가 신중한 음성으로 물었다.

"자네, 혹시 그 보법이 어떤 것인지 알고 있는 게 아닌가?"

교리는 그를 힐끔 쳐다보았다. 칼날같이 예리한 시선이었다.

"왜 그런 생각을 하나?"

"자네가 말하는 모양새가 꼭 그 보법에 대해 어느 정도 알고 있는 사람 같아서 말이지. 그런가?"

교리는 한동안 귀호를 물끄러미 쳐다보더니 다시 입가에 미소를 지었다.

"자네는 확실히 같이 다닐 만한 가치가 있는 사람일세. 옆에 있으면 긴장을 늦추지 않게 만드는 재주가 있단 말이지."

귀호는 어색하게 웃었다.

"몇 안 되는 보잘것없는 재주지."

"자네 말대로, 예전에 그와 같은 보법에 대해 들은 적이 있네."

이번에는 귀호가 눈을 반짝이며 그를 쳐다보았다.

"어떤 보법인가?"

"이미 오래전에 실전된 보법일세. 한때 천하를 오시했던 전설적인 보법."

"그걸 신검무적이 복원해 냈단 말이지?"

"복원한 게 아니라 되돌아갔다고 봐야겠지."

귀호는 흠칫 놀랐다.

"그럼 그 보법이 종남파의 보법이었단 말인가? 그러면 혹시……."

귀호는 무언가를 느낀 듯 표정이 살짝 굳어졌다.

"이백 년 전에 비선을 천하제일의 신법대가로 만들었다는 바로 그 무염십팔보?"

"잘 아는군."

교리는 태연하게 수긍을 했으나 귀호는 쉽게 믿지 못하는 모습이었다.

"신검무적이 펼친 게 정말 무염십팔보라는 말인가? 그건 이미 까마득히 오래전에 실전되어 아무도 익힌 사람이 없다고 했는데……."

"그런 말을 너무 믿지 말게. 무림에 등장을 하지 않았다고 익힌 사람이 없는 건 아닐세. 그렇지 않았다면 신검무적이 어떻게 오늘 무염십팔보를 펼칠 수 있었겠나?"

"자네는 신검무적에게 무염십팔보가 전해진 내막도 알고 있는 것 같군."

"눈치 하나는 정말 비상하다니까. 나도 그냥 어렴풋이 짐작 가는 일이 있을 뿐, 정확히는 모르니 더는 묻지 말게."

교리가 묻지 말라고 하자 귀호는 정말 그 점에 대해서는 더 이상 묻지 않았다. 두 사람 사이의 규칙에 상대가 대답하기 곤란한 질문은 하지 않는다는 것도 있는 모양이었다.

대신 다른 질문을 던졌다.

"이제 신검무적이 어떻게 천수나타에게 가까이 접근할 수 있었는지는 알았네. 그렇다면 신검무적은 어떻게 귀왕령을 부수고 천수나타의 목을 벤 것인가?"

"신검무적이 출검하는 순간에야 비로소 천수나타는 그의 위치를 파악했지. 하나 그때는 이미 신검무적의 검광이 그의 목덜미를 향해 날아오고 있었네. 천수나타는 다급하게 귀왕령을 발출했으나, 귀왕령이 채 신검무적에게 닿기도 전에 검광이 그의 목을 자르고 지나가 버렸네."

"신검무적이 쾌검에 능통하다는 말은 들은 적이 없는데, 어떻게 그렇게 빠른 검을 펼칠 수가 있는 거지?"

"그건 말 그대로 검광을 날린 걸세. 검을 뽑아 휘두른 게 아니란 말일세."

교리의 말에 귀호는 짧은 탄성을 토해 냈다.

"아! 이제 알겠네. 신검무적은 단지 검신을 살짝 드러낸 것만으로도 검기를 발출할 수준에 올라가 있는 거였군?"

"좀 더 정확히 말하면 그건 검기가 아니었네. 검기는 검봉(劍鋒)에서 나오기 때문에 검신을 완전히 드러내지 않으면 발출할 수가 없지."

"그럼 그건 뭔가?"

교리의 눈이 어느 때보다 날카롭게 빛났다.

"검강(劍罡)."

그 말에 귀호는 눈을 크게 치켜떴다.

"검기성형(劍氣成形)이 되어야만 이루어진다는 그 검강 말인가?"

"그래. 검을 굳이 검집에서 다 뽑을 필요도 없으니 천수나타가 예상한 것보다 훨씬 빠른 속도로 검광이 날아든 걸세. 천수나타로서는 속수무책일 수밖에 없었지."

귀호는 교리의 말은 귀에 들어오지도 않는지 넋 나간 사람처럼 중얼거렸다.

"검강은 젊은 시절의 모용 대협조차 이루지 못한 경지였는데, 그의 나이가 몇인데 벌써 검강을 만들어 낸단 말인가?"

혼잣말을 뇌까리던 귀호가 정신을 차리고 다시 물었다.

"그럼 귀왕령은 어떻게 된 건가? 아무리 신검무적이라도 검강을 동시에 두 개나 발출할 수는 없었을 텐데."

교리의 입가에 의미를 알기 힘든 미소가 떠올랐다.

"그게 정말 재미있단 말이야. 일전에 경요궁의 여자가 이상한 수법을 사용한 걸 보았지 않나?"

"천절뢰 말인가?"

"그래. 신검무적은 바로 그 천절뢰로 자신의 미간을 향해 날아드는 귀왕령을 부순 걸세. 검강을 발출함과 동시에 입김을 내뿜더군."

"그가 천절뢰 수법을 어떻게 알고…… 아, 어제 경요궁이 종남파의 속문이 되었다고 하더니, 그래서였나?"

"아마 그 천절뢰 수법 또한 종남파의 실전된 절학에서 파생된 무공일 거야. 그걸 신검무적이 알고 경요궁에 연락해서 경요궁이 그 사실을 인정하고 속문으로 들어간 것이겠지. 그러지 않았다면 신검무적을 적으로 삼아야 했을 테니까."

귀호는 아직도 의문이 완전히 풀리지 않는다는 표정이었다.

"이제 전후 사정을 대략 알겠군. 한 가지만 제외하고는 말이지.

대체 신검무적은 어떻게 귀왕령이 자신의 미간으로 날아든다는 걸 안 것일까?"

"그게 바로 내가 신검무적을 대단하다고 인정할 수밖에 없는 이유일세. 암기 무공의 고수들에게 전해지는 삼무용과 삼불출에 대해서는 자네도 알겠지?"

"물론이지. 바로 그 삼불출 중의 불착불출 때문에 천수나타가 저런 꼴이 된 게 아닌가?"

"신검무적은 또 한 가지를 더 이용했네. 바로 삼무용중의 무용지공이지."

그 말에 귀호는 자신도 모르게 탄성을 터뜨렸다.

"아!"

"이제야 자네도 깨달은 모양이군. 신검무적이 지척까지 접근하여 결정적인 검광을 날리자, 천수나타로서는 설사 귀왕령을 발출해도 자신 또한 당할지 모른다는 두려움에 사로잡혔네. 무용지공이 되고 말 상황이었던 것이지. 그러니 그로서는 단숨에 신검무적의 숨통을 끊어야 할 필요가 있었네. 인체에서 가장 빨리 상대를 쓰러뜨릴 수 있는 부위는……."

"미간이군."

"바로 그러하네. 신검무적은 천수나타가 어떻게 반응할지 이미 훤히 꿰뚫어 보고 있었던 거야."

귀호는 교리의 말을 가만히 듣고 있다가 마음에서 우러나오는 탄식을 토해 냈다.

"그건 정말 무서운 심기로군."

"그래, 그러니 어찌 경탄하지 않을 수 있겠나?"

귀호는 그렇게 말하면서 웃고 있는 교리의 얼굴을 힐끔 쳐다보았다. 그때의 교리는 정말 더없이 행복한 얼굴로 활짝 웃고 있었다.

그 미소를 보고 있던 귀호의 얼굴이 갑자기 살짝 일그러졌다. 그때 왜인지 여자의 정체를 묻지 않은 걸 후회하게 될 거라는 교리의 말이 문득 떠올랐던 것이다.

제 301 장
흑수백수(黑手白手)

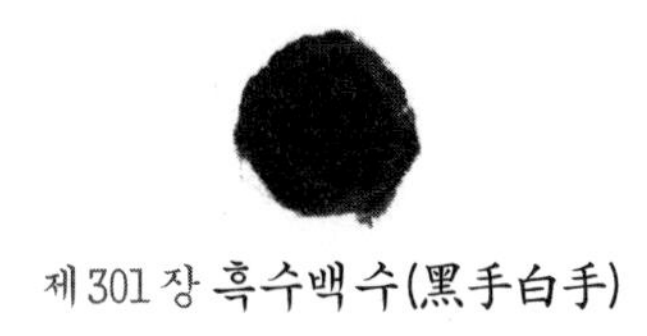

제301장 흑수백수(黑手白手)

마림은 슬쩍 뒤를 돌아보았다. 한 사내가 그의 뒤에서 멀찌감치 떨어져 걷고 있다가 마림의 시선을 눈치챘는지 근처 가게 쪽으로 슬쩍 고개를 돌리고 있었다.

마림은 자신도 모르게 한숨을 내쉬었다.

'이제는 아예 몸을 숨기지도 않는군.'

마림이 누군가가 자신의 뒤를 쫓고 있다는 것을 알아차린 것은 어제 오전이었다.

원래 마림은 흑선방주인 최동의 은밀한 일을 해 주는 은월당(隱月堂)의 책임자였다. 하는 일들이 워낙 기밀을 요하는 것이다 보니 마림은 주위의 시선에 무척 민감한 편이었다.

그래서 누군가가 자신의 뒤를 밟기 시작한 지 일각도 되지 않아 자신이 추적을 당하고 있다는 것을 알아차렸다. 처음에는 적류문의 졸개가 자신을 미행하는 줄 알았다. 적류문은 화산파의 끄나풀이 된 후 사사건건 흑선방과 충돌하고 있으며, 얼마 전에는 실제로 양 파 간의 고수들이 치열한 혈전을 벌인 적도 있었다.

하나 마림은 이내 자신을 쫓는 자들이 적류문이 아님을 알게 되었다. 미행하는 자들의 솜씨가 어설프고 동작이 지나치게 투박했던 것이다. 적류문은 무공 실력은 조금 떨어질지 몰라도 미행이나 협잡을 하는 수법은 상당히 뛰어난 자들이어서 이렇게 쉽게 자신의 눈에 뜨일 리가 없었다.

문제는 마림을 쫓는 자들도 자신들의 미행이 서툴러서 마림에게 발각당했다는 것을 알고 있는 듯하다는 것이었다. 애초부터 그들은 자신들이 쫓고 있다는 것을 숨길 의도가 별로 없어 보였다.

그것은 둘 중의 하나를 뜻하는 것이었다. 그들이 정말 어설픈 뜨내기들이거나 무공 실력에 상당한 자신감을 가진 자들이라는 말이었다.

마림을 걱정스럽게 하는 것은 아무리 보아도 그들이 후자에 가까운 자들 같았기 때문이다. 미행하는 솜씨는 상당히 서투르고 어설펐으나, 몸의 움직임 자체는 깔끔했고 행동거지도 반듯해서 제대로 된 문파에서 체계적인 무공을 익힌 자들임이 분명해 보였다.

미행을 하는 자들은 모두 세 명인데, 두 시진마다 한 번씩 교대를 하는 것 같았다. 다시 말해서 마림이 숙소로 들어가는 시간을 제외한 아침부터 저녁까지의 대부분의 시간을 그들 중 한 사람이 따라다니고 있는 것이다.

미행이라는 것은 하는 사람도 쉽지 않지만, 미행을 당하는 사람 입장에서도 상당히 불편하고 부담스러운 일이었다. 더구나 이번처럼 거의 반공개적으로 누군가가 하루 종일 뒤따르고 있다면 무척이나 짜증스럽고 갑갑한 심정이 될 것이다.

하나 마림은 그보다는 오히려 약간 불안한 생각이 먼저 들었다. 그들의 소속이 어디인지 짐작이 되었기 때문이다.

명문정파 특유의 절제된 모습과 미행이 발각당하는 것을 두려워하지 않는 당당함, 그리고 무엇보다 자신이 최근에 벌인 일을 고려해 본다면 그들의 정체는 그리 어렵지 않게 추측할 수 있었다.

'화산파로구나. 아마 이삼 대 제자들쯤 되는 것 같은데, 무척이나 까다롭게 됐군.'

화산파 제자라면 무공 실력으로는 죽었다 깨어나도 자신이 당해 낼 수 없었다. 더구나 저렇게 적당한 거리를 두고, 볼 테면 보라는 식으로 느긋하게 쫓고 있는 것은 일부러 시비를 걸어오라는 의도도 담겨 있을 것이다.

'아니, 단순히 그런 것 같지는 않군. 저들은 지금 나를 압박하고 있는 것이다. 내가 어떻게 하길 바라는 것일까?'

마림은 그들이 왜 이런 행동을 하는지를 곰곰이 생각해 보았다.

몇 가지 추측이 뇌리에 떠올랐다.

첫째, 이자들은 단순히 자신의 행적을 파악하기 위해 미행하는 것이 아니다. 이자들의 목적은 전혀 다른 것에 있으며, 그것은 아마도 상당히 치밀한 계획이 수반된 복잡하고 고차원적인 것일지도 모른다.

둘째, 이자들이 화산파의 제자들이고 얼마 전에 있던 신산 곡수의 변사에 대한 단서를 잡기 위해 자신을 압박하는 것이라면 단순히 자신을 미행하는 것만으로는 아무것도 해결할 수 없다는 것을 곧 깨닫게 될 것이다. 이 말은 다시 말하면 그들이 어떤 식으로든 본격적으로 자신을 향해 손을 써 오리라는 뜻이었다.

셋째, 자신이 만약 이자들의 미행을 뿌리치고 잠적해 버린다면 이자들의 다음 목표는 흑선방의 다른 누군가가 될 것이며, 그 대상은 방주인 최동일 가능성이 높았다.

생각이 여기에 미치자 마림은 입가에 냉소를 머금었다.

이자들이 정말 자신을 미행해 최동을 끌어내려 하는 것이라면 그건 철저하게 잘못된 생각이었다. 설사 자신의 목이 잘려 나간다 할지라도 최동은 눈 하나 깜빡이지 않을 것이며, 결코 숨겨진 거처에서 모습을 드러내지도 않을 것이다. 그리고 자신 또한 그쯤은 언제라도 각오가 되어 있었다.

흑선방이 서안의 흑도를 석권하고 오늘의 자리에 오르기까지 어떠한 아수라장을 헤쳐 왔는지를 조금이라도 알고 있는 자라면 단순히 사람 몇 명 죽이거나 위협하는 것으로는 흑선방에서 아무것도 얻지 못한다는 것을 너무도 잘 알고 있을 것이다.

마림은 그런 흑선방이 처음 탄생될 때부터 최동과 함께해 온 인물이었다.

겉보기에는 호리호리하고 항상 인상 좋은 웃음을 짓고 있어서 유약해 보이지만, 그의 오랜 친구들은 그를 칠점사(七點蛇)라고 불렀다. 독사 중에서도 가장 독성이 강한 칠점사만큼이나 지독한 면이 있는 사람이 바로 마림이었다.

마림은 우선 한 가지를 확인해야 했다.

자신을 미행하고 있는 자들이 진짜로 화산파의 제자들인지를 먼저 분명히 알아야 했다. 그래야만 다음 대책을 세울 수 있다.

다행히 어제 처음 자신에게 미행이 붙었다는 걸 알게 되었을 때부터 마림은 한 가지 준비해 둔 것이 있었다. 마침 그가 준비해 둔 일이 막 시작되려 하고 있었다.

마림의 뒤를 멀찌감치 뒤쫓던 장한에게 누군가 부딪쳐 왔다. 열 살 남짓 되는 꼬맹이 하나가 친구들을 따라 달음박질을 하다가 중심을 잃고 장한이 있는 쪽으로 넘어진 것이다. 장한은 무의식중에 손을 내밀어 꼬마를 잡았다. 덕분에 꼬마는 바닥에 나뒹굴지 않고 장한의 품에 안기는 형상이 되었다.

"고맙습니다."

꼬마는 장한을 향해 고개를 숙여 인사를 하고는 다시 친구들이 있는 쪽으로 달려갔다.

마림은 뒤쪽에서 벌어지는 광경을 전혀 모르는 사람처럼 전면에 시선을 고정시킨 채 느긋한 자세로 걸음을 옮기고 있었다. 얼마쯤 가니 오늘의 목표인 옷가게가 나왔다.

이곳에서 마림은 두 가지 중 하나를 선택할 수 있었다. 그냥 옷만 한 벌 사 가지고 나오거나, 아니면 의복을 맞추기 위해 내실로 들어가는 것이다. 물론 내실로 들어간 마림이 밖으로 나오는 일은 없을 것이다. 그 안에서 완벽하게 잠적해 버릴 수 있기 때문이다.

그 대가로 옷가게는 발각이 나겠지만, 이 옷가게는 이럴 때를 대비해서 언제든지 한 번 쓰고 버릴 수 있는 일회용 거점 중 하나에 불과했다.

마림이 옷가게로 들어서자 점원이 다가왔다.

"어서 오십시오. 찾으시는 옷이 있습니까?"

"날이 점점 더워져서 여름옷 한 벌을 사려 하네. 내 체형에 맞을 만한 것이 있는가?"

점원은 마림의 전신을 살피더니 이내 고개를 끄덕였다.

"마침 어제 새로 들어온 옷들 중 손님에게 딱 맞을 만한 게 있습니다. 잠시만 기다리십시오."

점원이 안으로 옷을 가지러 들어가자 마림은 속으로 한숨을 내쉬었다.

'역시 화산파로군.'

자신을 미행한 인물이 화산파 고수가 아니었다면 점원은 체형에 맞는 옷이 없다며 치수를 재겠다고 마림을 내실로 안내했을 것이다. 그리고 그곳에서 마림은 완벽하게 모습을 감추어 버렸을 것이다.

조금 전에 마림의 뒤를 미행하던 장한에게 부딪힌 아이는 흑선방에서 관리하는 소매치기 중 하나였다. 화산파의 제자들은 평상시에는 소맷자락에 매화 문양이 새겨진 옷을 주로 입고 있었지만, 자신들의 신분을 감출 때는 평복을 입었다. 대신 매화 문양이 새겨진 손수건을 꼭 소지하고 다녔는데, 아이는 그 손수건을 노리고 장한에게 접근했던 것이다.

아이가 장한의 품에서 손수건을 발견하지 못했다면 장한은 화산파의 제자가 아니므로 마림은 옷가게에서 종적을 감춘 다음, 반대로 장한과 그의 일당들을 역추적하여 그들의 꼬리를 잡을 계획이었다.

하나 아이는 장한의 품에서 매화 문양이 선명하게 새겨진 작은 손수건 하나를 훔쳐 냈다. 상대가 화산파임이 분명해진 이상, 그들을 대하는 마림의 방책도 달라져야 했다. 화산파는 단순한 뜨내기 집단이 아니므로 무작정 잠적했다가는 오히려 엉뚱한 여파를 맞게 될지도 몰랐다. 더욱 신중하고 치밀한 대책이 필요했다.

점원은 이내 안에서 몇 벌의 옷을 가지고 나왔다.

"재질이 가벼운 데다 땀 흡수도 잘되고 바람도 잘 통해서 요즘 인기가 있는 제품입니다. 색상이 여러 개가 있으니 손님 취향에 맞는 걸로 고르시면 됩니다."

황색과 갈색, 청색, 그리고 검은색의 네 가지 옷들 중 마림은 갈색 옷을 골랐다.

"이 색이 마음에 드는군. 이걸로 해 주게."

마림이 계산을 마치고 구입한 옷을 가지고 나가자 점원은 이내 나머지 옷들을 가지고 내실로 들어갔다.

내실에는 옷가게의 주인인 장노삼(張老三)이 초조한 표정으로 그를 기다리고 있었다.

"당주가 무슨 색을 골랐느냐?"

"갈의입니다."

장노삼의 표정이 딱딱하게 굳어졌다.

"역시 그렇군. 당주는 어쩌면 최악의 상황도 각오하고 있는 것인지 모르겠다. 어서 방주께 연락하고 형제들을 불러라."

네 가지 색의 옷은 각기 다른 네 가지 방책을 의미하는 것이었다. 마림은 그중에서 가장 강력한 방법을 선택했다. 지금 상황에서 그것은 가장 효과적일 수 있지만, 반면에 그만큼 위험천만한 방식이기도 했다.

옷가게를 나온 마림은 마음이 흥겨워졌는지 나직한 콧노래를 부르며 경쾌한 걸음으로 거리를 활보했다. 이미 대책을 결정했으므로 거리낄 것이 없었다. 그 결과 설혹 목숨을 잃게 될지라도 자신이 선택한 이상 후회나 미련 따위는 전혀 없었다.

오히려 화산파를 상대로 끌려가지 않고 상황을 주도할 수 있다는 생각에 마음속에서 불같은 투지가 일어나고 있었다.

'화산파라 이거지. 우리 흑선방이 지옥의 수라장 속에서 어떻게 살아남았는지 똑똑히 보여 주지.'

마림은 상가 지역을 지나 한적한 골목길로 접어들었다.

여기부터는 서안 뒷골목 특유의 복잡한 미로가 시작되기 때문에 미행을 하는 데 제약이 많았다. 자칫하면 앞에서 걷고 있는 사람의 종적을 놓치기 십상이기 때문이었다.

마림은 그들이 행동을 개시하려면 이쯤에서 할 것이라고 예상했다.

그리고 그의 예상은 정확하게 들어맞았다. 마림이 골목으로 들어서서 채 열 걸음도 걷기 전에 그의 앞에 불쑥 한 사람이 나타났던 것이다.

짙은 눈썹에 날카로운 인상을 지닌 청년이었다. 마림은 한눈에 그가 어제 오전에 처음으로 자신을 미행했던 청년임을 알아보았다.

청년은 그의 앞을 막아서더니 아무 말 없이 그를 빤히 쳐다보기만 했다.

마림은 의아한 생각이 들어 불쑥 물었다.

"무얼 그리 보고 있는 건가?"

청년은 퉁명스런 음성으로 대꾸했다.

"멍청한 건지, 아니면 배짱이 좋은 건지 구분이 가지 않아서."

마림은 그의 말뜻을 알아차렸으나 아무것도 모르는 사람처럼 살짝 역정을 냈다.

"처음 보는 사람에게 그런 걸 묻는 건 너무 무례한 일 아닌가?"

"정말 무례한 게 뭔지 모르는군."

"뭔가?"

"이제 보여 줄 참이야. 일단 맞고 시작하지."

그의 말이 끝나기도 전에 마림은 턱에 강한 충격을 느끼고 바닥에 쓰러졌다. 마림도 흑도에서 오래 굴렀던 인물이라 나름대로 자신의 실력에 어느 정도 자신감을 가지고 있었는데, 자신이 어떻게 바닥에 나뒹굴게 되었는지 전혀 알지 못했다.

바닥에 몸이 닿기도 전에 다시 옆구리에 강력한 충격이 전해졌다. 이번에는 마림도 알 수 있었다. 자신이 채 바닥에 쓰러지기도 전에 청년이 발길질을 했다는 것을.

그 발길질의 위력이 어찌나 강했던지, 마림의 옆구리 갈비뼈는 모조리 부서지고 말았다.

마림은 불길 위에 올라온 새우처럼 몸을 구부리다가 다시 몸을 쭉 폈다. 견딜 만해서가 아니었다. 발에서 참을 수 없는 통증이 느껴졌기에 자신도 모르게 그런 자세를 취하게 된 것이다.

쓰러진 그의 발을 청년이 짓밟고 있었다. 마림의 발목뼈는 수

수깡처럼 분질러지고 말았다.

한동안 마림은 정신없이 두들겨 맞았다. 단순히 주먹을 내뻗거나 발길질을 하는 것뿐인데도 그때마다 몸속의 뼈는 쉽게 부러져 나갔고, 마림은 지독한 통증에 숨도 제대로 쉴 수가 없었다.

반격은 엄두도 내지 못했다. 공격이 보여야 피하든 말든 할 텐데, 청년의 손놀림은 마림이 감당할 수 있는 수준이 아니었다.

하나 마림은 단 한 마디도 신음을 내지르거나 비명을 지르지 않았다. 온몸을 벌레처럼 짓밟히고 있으면서도 마림은 냉정을 유지하고 있었다.

'나를 죽이지는 않을 모양이군.'

마림은 청년의 손속이 잔혹하기는 했으나 자신의 생명과 관련된 부분은 교묘하게 피해 가고 있다는 것을 알아차렸다. 머리나 목, 가슴 같은 치명적인 부위는 건드리지 않는 것이다.

한동안 마림의 몸을 사정없이 두들겨 패던 청년이 갑자기 손을 멈추었다.

그때 이미 마림의 몸은 넝마 조각과 다름이 없을 정도로 처참하게 변해 있었다.

청년은 손을 내밀어 마림의 목을 움켜잡고 그의 얼굴을 가만히 내려다보았다.

마림은 입가로 시커먼 핏물을 꾸역꾸역 토해 내면서도 그와 시선이 마주치자 피가 묻어 시뻘게진 이를 드러내며 웃었다.

"저, 젊은 친구가 솜씨가 좋군. 남을 많이 때려 본 모양이야…… 이름이 뭔가, 젊은 친구?"

청년은 그의 눈을 가만히 보고 있더니 조용한 음성으로 말했다.

"내 이름은 장표다. 복수라도 할 생각이라면 깨끗이 포기하는 게 마음 편할 거다. 배짱이 마음에 들어 해 주는 말이니, 새겨듣는 게 좋을 거야."

마림은 꺼져 가는 눈으로 그를 보면서도 계속 웃고 있었다.

"보, 복수는 숙명이지. 거기에 이자가 붙을 거야……."

청년, 장표는 아무런 대꾸 없이 다른 손으로 마림의 관자놀이를 가격했다.

마림은 그대로 정신을 잃어버렸다.

"흑선방의 무리는 확실히 여타의 흑도 무리들과는 조금 다른 것 같군. 그래 봤자 어차피 하루살이에 불과한 존재들이지만."

장표는 축 늘어진 마림의 몸을 가볍게 옆구리에 낀 채로 신형을 날려 이내 골목 안으로 사라졌다.

* * *

일단의 무리들이 서안의 뒷골목을 질주하고 있었다.

"빨리빨리."

그들은 빠른 속도로 달리면서도 무엇이 그리도 급한지 연신 서로를 재촉하고 있었다.

정신없이 복잡한 서안의 뒷골목을 달려가는 무리들 중 선두에 선 자는 다소 뚱뚱한 체구에 둥그런 얼굴을 가진 중년인이었다.

그의 이름은 하복(河福). 하복은 인간성 좋고 늘 웃는 인상이라 그를 아는 사람들은 모두 그를 좋아했다. 서안 남문대로의 거리에서 제법 커다란 음식점을 하는 하복은 주위의 평판도 좋았고 인복도 제법 있어서 따르는 사람이 많았다. 명절 때면 주변의 가난한 노인들과 어린아이들을 초대해서 잔치도 베풀어 주었고, 한겨울에 떠돌이 거지들이 배고픔과 추위에 떨고 있을 때면 따뜻한 국물이라도 한 그릇 먹여서 몸을 녹일 수 있게 했다.

그때마다 하복의 얼굴에는 보기만 해도 흐뭇해지는 환한 미소가 떠올라 있었다. 그래서 사람들은 그를 소안가(笑顏哥)라고 불렀다.

그런데 늘 미소가 떠나지 않던 소안가 하복의 얼굴이 지금은 잔뜩 굳어진 채 차가운 빛을 띠고 있어서 다른 사람을 보는 것 같았다.

'큰일이군. 벌써 두 군데나 허탕치고 말았으니. 더 늦기 전에 당주의 행방을 찾아야 하는데, 아무래도 너무 늦은 게 아닌지 불안하구나.'

남문대로 일대에서 평판이 좋은 하복이 서안의 흑도 세력을 장악하고 있는 흑선방의 은월당 부책임자라는 것은 누구도 예상치 못했을 것이다.

지금 하복을 뒤따르고 있는 인물들은 모두 은월당 소속이었다. 그들이 찾고 있는 것은 은월당의 당주인 마림의 행방이었다.

마림은 옷가게를 나간 후 곧바로 실종되었으며, 그 뒤로 전혀 행방을 알 수 없었다. 다만 그가 들어간 곳으로 추정되는 골목 어귀에서 그가 옷가게에서 사 가지고 간 갈의만이 발견되었을 뿐이었다.

처음에 은월당의 고수들은 마림의 행방을 어렵지 않게 찾아낼 수 있을 거라고 생각했다. 그도 그럴 것이, 마림이 갈의를 건네받을 때 그 속에 작은 주머니 하나를 같이 전달받았는데, 주머니에는 향설목(香舌木) 조각이 들어 있었다. 향설목은 천리향(千里香) 같은 기물은 아니었으나, 특이한 향내를 풍기고 있어서 훈련받은 동물이라면 십 리 밖에서도 냄새를 맡을 수 있었다.

마림이 네 종류의 옷 중에서 선택한 갈의는 '호굴잠입(虎窟潛入)'을 뜻하는 것이었다. 스스로 상대에게 사로잡혀 그들의 소굴을 알아내어 역공을 취하는 방식이었다.

상당히 효과적이지만 그만큼 당사자에게는 위험이 닥치는 방법이어서 실제로는 그리 자주 사용되지 않았다. 과거에 이 방식을 선택했다가 상대에게 너무 심한 고문을 당해 죽은 자들이 없지 않았던 것이다.

마림은 갈의 속에 있는 주머니를 은밀히 보관한 후 화산파의 고수들이 자신을 공격할 만한 곳으로 일부러 걸어 들어갔다. 그의 예상은 그대로 적중해서, 그는 그곳에서 화산파 고수에게 잡혀가는 몸이 되고 말았다.

문제는 그다음에 일어났다.

은월당 고수들이 마림의 몸에 있는 향설목의 냄새를 쫓아 처음 도착한 곳은 갈의가 발견된 곳에서 백여 장 떨어진 어느 허름한 가옥이었다. 하나 은월당의 고수들이 조심스레 접근했을 때, 가옥은 이미 텅 비어 있었다.

은월당 고수들은 가옥의 먼지 한 톨까지 샅샅이 조사한 다음에야 그 가옥에 몇 명이 머물러 있다가 떠나갔음을 확인할 수 있었다. 그들 중 한 사람이 마림이라는 것은 불문가지였다.

그들은 결국 부당주인 하복에게 연락을 했고, 하복은 직접 추적에 나섰다. 그사이에 시간이 상당히 경과하여 향설목의 내음이 거의 남아 있지 않아서 무척이나 어려움을 겪었으나, 다행히 세 마리의 개들 중 가장 후각이 발달한 한 마리가 희미한 내음을 쫓아 달려가기 시작했다.

그들이 냄새를 따라 두 번째로 도착한 장소는 동문대로 끝 쪽에 있는 작은 창고였는데, 그것은 서안을 거의 반이나 가로지르는 먼 거리여서 누구나가 불안한 생각을 감추지 못했다. 이토록 멀리까지 사람을 끌고 가는 경우란 좀처럼 없기 때문이었다.

이번에는 더욱 신중하게 접근했다. 만약 그 창고 안에 화산파의 고수들이 잠복해 있거나, 창고 자체가 함정이라면 오히려 치명적인 상황에 빠질지도 모르기 때문에 희생을 각오한 자원자 두 명이 목숨을 내걸고 수색에 나섰다.

그리고 그들이 발견한 것은 비어 있는 창고 안에 널려 있는 피 묻은 의복 한 벌뿐이었다.

그 의복이 마림이 마지막에 입었던 것임을 알아낸 은월당 고수들은 허탈함을 감출 수 없었다. 옷이 벗겨진 이상 향설목의 냄새를 따라 추적한다는 것은 불가능한 일이었기 때문이다.

다만 하복만이 아직 포기하지 않았을 뿐이다.

"당주의 시신이 발견되지 않았다. 그들이 굳이 시신을 가지고 갔을 리는 없으니, 아직 당주는 살아 있음이 분명하다. 백주 대낮에 알몸의 중년인을 끌고 가지는 못했을 테니 필시 이 근처에서 옷을 샀을 것이다. 옷가게를 뒤져라."

수하들은 이내 하나의 옷가게에서 얼마 전에 마림의 체형을 가진 자가 입을 만한 옷을 팔았음을 알아냈다.

"옷을 구입한 자는?"

"송림당(松林堂)의 주인이라고 합니다."

"송림당은 뭐 하는 곳이냐?"

동문대로 일대의 지리에 밝은 부하 하나가 재빨리 대답했다.

"이곳에서 멀지 않는 골목에 있는 작은 약방(藥房)입니다."

"어서 가 보자."

하복은 그를 앞세워 송림당으로 향했다.

송림당은 동문대로의 후미진 골목 안에 있는 작고 오래된 약방으로, 뒷골목의 가난한 사람들에게 싼 값에 약을 팔아서 이 일대에서는 제법 유명한 곳이었다. 약방 주인이 약간의 의술도 알고 있어서 급한 경우에는 사람을 고치기도 해서 주위의 신망도 상당히 두터운 편이었다.

송림당으로 향하는 골목을 달려가는 하복의 표정은 여전히 어두웠다.

'그곳에서도 당주의 흔적을 찾지 못하면 가망이 없는데…… 어쩌자고 당주는 그런 위험천만한 계획을 결정한 것일까?'

마림의 마음을 짐작 못하는 것은 아니었다. 마림으로서는 어떻게든 화산파의 꼬리를 잡고 흔들어서 흑선방이 결코 호락호락한 곳이 아님을 보여 주고 싶었을 것이다.

하나 상대는 다름 아닌 화산파였다. 지금까지 자신들이 상대했던 흑도방파들과는 차원이 다른 존재들이었다. 그런 그들에게 지금까지의 방식을 고집한 것은 너무 무리한 일이 아니었을까 하는 생각이 하복의 머릿속을 스치고 지나갔다.

"저 모퉁이를 돌아가면 바로 송림당이 보입니다."

"이번에는 내가 직접 확인해 보겠다."

"위험합니다, 부당주."

"아니다. 벌써 상당한 시간이 경과되어서 우리의 행적은 이미 노출된 상태다. 그들이 우리를 해치우려고 했으면 동문대로에 들어섰을 때부터 손을 썼을 것이다."

하복은 주저하지 않고 송림당으로 들어섰다.

송림당에는 늙은 주인이 꾸벅꾸벅 졸고 있다가 불쑥 들어온 하복을 보고는 퍼뜩 놀라 잠에서 깨어났다.

"무슨 일이오?"

하복은 아무 대답도 없이 송림당 안을 찬찬히 살펴보았다. 워낙 작고 보잘것없는 약방이어서 오래 둘러보고 자시고 할 것도 없었다.

늙은 주인은 하복과 그의 뒤에 늘어선 장한들을 쳐다보더니 조심스런 표정으로 물었다.

"찾고 있는 게 있소?"

하복은 살짝 고개를 끄덕였다.

늙은 주인은 다시 물었다.

"혹시 그게 사람이오?"

하복이 다시 고개를 끄덕이자 늙은 주인은 한숨을 내쉬며 내실

쪽을 가리켰다.

"당신들이 찾는 사람은 안에 있을 거요."

하복이 눈짓을 하자 수하 두 사람이 재빨리 내실로 들어갔다. 이내 그들 중 한 사람이 다시 나오더니 하복을 향해 빠르게 말했다.

"당주를 찾았습니다. 그런데……."

"말해라."

장한은 다시 망설이더니 신중한 음성으로 말했다.

"직접 보시는 게 더 빠를 것 같습니다."

하복은 수하 서너 명을 남겨 늙은 주인을 지켜보게 하고 내실로 들어갔다.

어두운 내실은 한쪽에 작은 창문만 없었다면 창고라고 믿을 정도로 작고 협소했다. 내실의 한쪽에 한약 재료들이 쌓여 있는 걸 보면 실제로 창고 역할도 하고 있음이 분명했다.

구석의 작은 침상에 한 사람이 누워 있었다. 그를 바라본 하복의 입에서 자신도 모르게 무거운 침음성이 흘러나왔다.

"당주……."

누워 있는 사람은 분명 마림이었다. 마림은 그의 음성을 듣지 못했는지 멍하니 허공을 응시한 채 웃고 있었다. 입가로 흘러내리는 침이 가슴의 옷자락을 흠뻑 적시고 있음에도 마림은 여전히 미소를 그치지 않고 있었다.

마치 혼백이 빠져나간 듯 텅 빈 동공으로 아무 생각 없이 멍하니 웃고 있는 마림의 모습은 영락없는 백치(白痴)였다.

하복은 단숨에 그의 상태를 확인하고는 다시 내실을 벗어났다.

늙은 주인을 바라보는 그의 얼굴은 소안가라는 별호에 어울리지 않는 살벌한 것이었다.

"이 사람이 어떻게 여기에 있는지 말해 줘야겠소."

늙은 주인은 그의 얼굴에 떠오른 표정이 두려운지 시선도 제대로 마주치지 못하고 급히 말했다.

"얼마 전에 어떤 사람이 벌거벗은 그를 데리고 왔소. 옷을 입혀서 잠시 데리고 있으면 누군가가 찾으러 올 거라고 말하고는 훌쩍 떠나 버렸소."

"그가 누구요?"

"평범하게 생긴 젊은이였소."

"인상을 자세히 말해 보시오."

"눈빛이 너무 날카로워서 제대로 쳐다볼 수가 없었소. 마치 지금 당신처럼 말이오."

"아무 거라도 그에 대해 떠오르는 걸 말해 주면 되오."

"눈썹이 짙다는 것 외에는……."

하복은 늙은 주인의 표정을 보고 그가 거짓말을 하는 것이 아님을 알 수 있었다.

그때, 수하 한 사람이 안으로 뛰어들어 왔다.

"어서 가 보셔야겠습니다. 급한 일이 생겼습니다."

수하의 다급함이 가득 담긴 얼굴을 본 하복은 그에게 묻지도 않고 늙은 주인에게 은화가 든 주머니를 던지고는 몸을 돌렸다.

"당주를 잘 모셔라. 돌아간다."

흑선방의 비밀 총타는 오늘따라 무거운 침묵이 깔려 있었다.

한 사람이 약간은 갈라진 음성으로 입을 열었다.

"벌써 피해를 입은 곳이 모두 다섯 군데입니다. 그중 세 곳은 아직까지 외부의 누구에게도 공개하지 않은 은밀한 곳이었습니다."

장내에는 제법 적지 않은 사람들이 있었지만, 숨소리조차 들리지 않았다. 모두들 말없이 그의 말에 귀를 기울이고 있었다.

"도박장인 만운도장(滿運賭場)과 기루인 천방루(千芳樓)는 본 방에서 운영하고 있다는 게 어느 정도 알려져 있으니 그렇다 쳐도, 서점인 일서각(一書閣)과 골동품 점인 고보당(古寶堂), 그리고 잡화점인 천하동(天下同)은 본 방의 수뇌들 외에는 아직 아무도 우리와 연관되었다는 걸 알고 있는 사람이 없었습니다. 이 말은 우리의 가장 큰 기밀 중 상당수가 누설되었음을 뜻하는 것입니다."

말을 하는 사람은 흑선방의 정보를 총괄하고 있는 백이당(百耳堂)의 책임자인 고송(高宋)이었다.

누구도 그의 말에 대꾸하거나 대답하는 사람이 없었지만, 고송은 재차 말을 이었다.

"본 방의 가장 큰 자금원 일곱 곳 중에서 다섯 곳이 무너지고, 지금 남아 있는 곳은 단 두 곳뿐입니다. 저의 예측이지만, 그 두 곳도 지금쯤은 변을 당했으리라 생각합니다. 결국 우리가 서안에 들어와서 세운 모든 것이 일거에 사라진 것입니다."

암담할 정도로 냉정한 분석을 내린 고송은 한쪽에 누워 있는 마림에게로 시선을 돌렸다. 마림은 아직까지도 침을 질질 흘리며 동공이 풀린 얼굴로 멍한 웃음을 짓고 있었다.

"기밀의 누설처는 마 당주로 파악됩니다. 마 당주의 실종 이후에 일련의 일들이 벌어진 것으로 보아 그들이 마 당주의 입을 열게 한 것은 분명해 보입니다. 어떤 수법을 썼는지는 모르지만 말입니다."

그때 처음으로 마림의 옆에 앉아 있던 반백의 노인이 입을 열었다.

"그들이 사용한 수법에 대해서는 어느 정도 짐작 가는 게 있네."

그 노인은 약방과 의술을 담당하고 있는 약선당(藥鮮堂)의 책임자인 단종(端鐘)이었다.

모두의 시선이 단종에게 향했다.

"강호의 무공 중 사람의 뇌호혈을 자극하여 정신을 혼미하게 하는 것이 있네. 미심공(迷心功)의 일종인데, 그중에서도 상승(上乘)의 무공들은 본인의 의사와 상관없이 머릿속에 있는 내용들을 발설하게 만드는 효능이 있다고 하네."

고송이 물었다.

"화산파에도 그런 무공이 있소?"

"있지. 그것도 아주 뛰어난 놈으로."

"그게 무엇이오?"

"명령수(冥靈手)라는 것일세. 이런 종류의 무공들 중에는 천하에서 몇 손가락 안에 꼽히는 탁월한 것일세."

"마 당주가 저런 꼴이 된 이유는 뭐요?"

"이런 종류의 무공들은 그 위력이 뛰어날수록 후유증도 심하게 되네. 최고 수준의 명령수에 당하면 아무리 심지가 굳은 자라도 모든 비밀을 토설하게 되고, 그 후에는 저렇게 백치가 되어 버리지. 머리에 가해지는 압력을 뇌가 견딜 수 없으니 말일세."

"무서운 무공이군."

"악독한 무공이지."

"그런 악독한 무공을 화산파에서 익히고 있단 말이오?"

"그들은 무림인이 아닌 줄 아나? 더한 것도 가지고 있을지 모르지."

그런 화산파를 상대로 흑선방은 가지고 있는 모든 자금원을 잃어버렸다. 어떻게 복구할 수도, 되찾을 수도 없을 정도로 완벽하게 파괴되어 버린 것이다.

이번에 화산파의 급습은 그들에 대한 방비를 늦추지 않고 있던 흑선방으로서도 속수무책이라고 할 만큼 비밀스럽고 빠르게 진행되었다. 흑선방에서 마림의 행방을 찾기 위해 이목을 집중하는 동안, 그들의 알토란 같은 가게들이 모두 불이 나서 한 줌의 잿더미로 변해 버렸다. 가게를 운영하던 책임자들이 시신으로 발견되고, 모든 중요한 거래 장부와 보관하고 있던 금은보화들이 화마(火魔)에 사라졌다.

그 불을 지른 재료는 다름 아닌 역청이었다. 그것만 보아도 이번 일의 배후가 어디이며, 무엇 때문에 그런 일을 했는지 어렵지 않게 짐작할 수 있었다.

문제는 그에 대한 복수가 쉽지 않다는 것이었다.

그들은 철저하게 흑선방의 세력만을 노렸으며, 이번 일을 흑선방과 화산파 사이의 일로 국한시켜 버렸다. 종남파나 노해광이 끼어들 여지를 사전에 없애 버린 것이다.

하나 만약에 이번 일로 흑선방이 사라지게 된다면 그 후에 그들의 칼날이 어디로 향할지는 삼척동자라도 쉽게 알아차릴 수 있을 것이다. 아무리 노해광의 두뇌가 비상하고 종남파의 기세가 대단해도 눈과 귀가 모두 잘려 나간 상태로 화산파와 싸워 이길 수는 없었다.

이곳에 모인 자들은 흑선방의 핵심적인 일을 맡고 있는 수뇌들이었다. 자신들의 핵심 수뇌 한 사람이 백치가 되고, 수없이 많은 피와 땀을 흘려 가며 세운 토대들이 송두리째 무너졌음을 알게 된 그들의 표정은 하나같이 침울하기 그지없었다. 하나 그들 중 어느 누구도 울분을 토하거나 좌절에 빠진 표정을 짓는 자가 없었다.

이런 일로 굴복하기에는 그동안 흑선방이 걸어온 세월이 너무도 험하고, 거친 피와 죽음을 동반한 시간들이었다.

모두의 시선이 약속이나 한 듯이 한곳으로 향했다.

방주인 최동이 있는 곳이었다.

그리고 그때, 지금까지 한 마디도 하지 않고 묵묵히 상황을 지켜보기만 하던 최동이 처음으로 입을 열었다. 아무런 감정도 담겨 있지 않은, 낮게 가라앉은 목소리였다. 그래서 더욱 섬뜩하게 들렸다.

"백도의 수법은 잘 봤다. 이제는 흑도의 수법을 보여 주지."

제 302 장

일부함원(一婦含怨)

제 302장 일부함원(一婦含怨)

비무가 벌어진 날 저녁, 단봉공주 일행이 진산월이 머무르고 있는 숙소로 찾아왔다.

은밀한 방문은 아니었다. 오히려 네 마리 말이 이끄는 향차를 타고 적지 않은 천봉궁의 인물들을 대동한 거창한 행렬이었다. 그런 탓에 가뜩이나 주위의 시선이 집중되어 있던 청연각 일대는 온통 저잣거리처럼 시끄러워졌다.

"단봉향차다! 천봉궁의 단봉공주가 신검무적을 찾아왔다."

"천봉궁과 종남파의 만남이라. 대체 무슨 일일까?"

"낸들 아나? 하지만 바로 뒤쪽에 형산파가 머무르고 있는데도 단봉공주가 공개적으로 종남파의 숙소를 방문했다는 것은 시사하는 바가 적지 않네."

"그게 뭔가?"

"적어도 천봉궁이 형산파보다는 종남파를 더 중요하게 생각한다는 것이지."

중인들이 시끄럽게 떠드는 소리를 들으며 입술을 깨물고 있는 사람이 있었다.

구양현성이었다.

혁리공이 세우고 구양현성이 이끌던 계획은 실행하기도 전에 이미 실패하고 말았다. 가장 큰 전제조건이었던 당각의 승리가 날아가 버렸으니, 그 뒤의 모든 계획들이 공염불이 된 것이다.

그것은 지금까지 단 한 번도 실패를 모르던 구양현성에게는 참을 수 없을 정도로 수치스럽고 고통스러운 일이었다. 그 고통은 이내 거대한 불길이 되어 그의 몸을 태워 버렸다.

'길은 하나뿐이 아니다. 조금 돌아가기는 하겠지만, 어차피 결과는 마찬가지다. 종남파가 구대문파로 복귀하는 일은 절대로 일어나지 않을 것이다.'

그런 구양현성을 은밀히 주시하는 시선도 있었다.

'역시 혁리공의 모습은 보이지 않는군. 틀림없이 그와 혁리공 사이에 접점(接點)이 있을 텐데, 쉽게 드러나지 않는구나.'

그 시선의 주인은 다름 아닌 이정문이었다.

구양현성을 응시하는 이정문의 눈빛은 어느 때보다 깊게 가라앉아 있었다.

'구양현성과 천봉궁이 같은 객잔에 머문 것이 단순한 우연인지, 아니면 어떤 곡절이 있는지 알기 어렵구나. 내일이면 모두 무당산으로 들어갈 텐데, 아무래도 이번 일은 당초 예상처럼 무척이

나 길고 지루한 싸움이 될 것 같군.'

구양현성이 몸을 돌려 청연각 앞을 떠날 때, 이정문도 청연각 쪽으로 걸음을 옮겼다.

'그나저나 이토록 요란한 방문이라니, 단봉공주의 의중은 대체 무엇일까?'

이정문은 생각에 잠긴 모습으로 천천히 청연각 안으로 사라졌다.

연회는 그다지 화려하지 않았으나 소소한 가운데 차분한 분위기로 진행되었다.

종남파의 숙소에서 벌어지는 연회이기에 중앙의 상석에는 진산월이 앉아 있고, 주빈의 자리에 단봉공주가 자리했다. 두 사람 사이의 거리가 제법 떨어져 있었기에 조용한 밀담을 나누기는 힘들었으나, 연회 자체의 성격상 어쩔 수가 없었다. 밀담은 연회가 끝난 후에나 좀 더 은밀한 공간에서 진행될 것이다.

이번 방문에는 천봉궁뿐 아니라 유중악 일행과 철면군자 노방 노소연 부녀도 동행하였기에 종남파로서도 상당히 예를 갖추어 준비하지 않을 수 없었다.

하나 갑작스런 연회를 준비하는 종남파 사람들의 얼굴에는 피곤해 하거나 짜증 내는 빛이 보이지 않았다. 장문인인 진산월이 천수나타를 쓰러뜨린 후로 종남파 사람들은 무슨 일을 하더라도 힘든 줄을 몰랐으며, 시종일관 입가에 미소가 그치지 않았다.

그중에서도 낙일방의 심정은 더욱 흥겨워서, 가만히 있어도 절로 웃음이 터져 나올 것만 같았다.

그래서 손풍이 장강십팔채의 잔당들이 있는 곳을 발견했다고 알려 왔을 때도 그들에게 경고를 전하는 선에서 그쳤다. 오늘같이 좋은 날, 손에 피를 묻히기 싫었던 것이다.

물론 느닷없이 나타난 그를 본 장강십팔채의 무리들이 사색이 되어 어쩔 줄 몰라 했던 것은 너무도 당연한 일이었다. 낙일방은 그들의 우두머리로 보이는 자에게 차분한 음성으로 한 번 더 무당산 근처에서 자신의 눈에 뜨이면 이유를 불문하고 한 줌의 고혼(孤魂)으로 만들어 주겠다고 정중하게 경고했다.

그가 장내를 떠나자마자 장강십팔채의 무리들은 꼬리를 말고 도망쳤고, 그 후로 호북성에서는 더 이상 그들을 볼 수 없었다.

지금 낙일방은 입가에 보일 듯 말 듯한 미소를 지은 채 한 사람을 슬쩍 쳐다보고 있었다. 마침 그녀도 그를 보고 있었는지 두 사람의 시선이 허공에서 교차되었다. 낙일방의 눈은 어느 때보다 강하게 빛났고, 그녀는 수줍게 얼굴을 붉히며 고개를 숙였다. 낙일방이 그녀를 뚫어지게 바라보고 있을 때, 난데없는 전음성이 그의 귓전에 들려왔다.

–적당히 좀 해라. 이 자리가 어떤 자리인지 잊은 거냐?

낙일방은 돌아보지 않아도 그 음성이 전흠의 것임을 알 수 있었다. 그러고 보니 전흠은 오늘 따라 유난히 멋을 내고, 머리에는 동백기름까지 발라서 뒤로 단정하게 묶고 있었다. 강호에 미모로 유명한 천봉궁의 선자들이 단봉공주와 함께 찾아왔다는 말을 들었을 때부터 자신의 방에 콕 처박혀 나오지 않더니, 막상 방에서 나왔을 때는 딴사람처럼 변해서 모두들 눈을 휘둥그레 떴을 정도였다.

전흠은 지금 낙일방의 옆자리에 과묵한 표정으로 앉아 있었는데, 얼굴빛이 그다지 밝지 않았다. 이토록 외모에 신경을 썼음에도 천봉선자들 중 누구도 자신에게 시선을 주거나 관심을 표하지 않아서 단단히 심통이 나 있는 상태였다.

그런데 낙일방은 천봉선자 중의 한 사람과 서로 뜨거운 시선을 교환하고 있으니, 어찌 열불이 나지 않겠는가?

낙일방은 그를 힐끔 돌아보며 멋쩍게 웃었다.

"전 사형, 술 한 잔 따라 드릴까요?"

전흠은 못마땅한 눈으로 그를 꼬나보았다. 가뜩이나 잘생긴 낙일방이 미소를 짓자 주위가 온통 환해지는 것 같았고, 덩달아 모든 여자들의 시선이 그에게만 쏠리는 것 같았다.

'이 자식은 하필이면 왜 내 옆자리에 앉아서…….'

낙일방이 잔을 따르려고 술병을 들자 전흠은 퉁명스럽게 쏘아붙였다.

"일없다. 어이, 네가 따라라."

전흠의 시선이 제일 끝 쪽에 앉아 있는 손풍에게로 향했다.

손풍은 누산산의 눈을 피해 최대한 조용하게 한쪽 구석에 앉아 있었는데, 전흠의 말에 좌중의 시선이 자신에게로 쏠리자 우거지상을 지었다.

'왜 또 나한테 시비야?'

하나 사숙이 술을 따르라는데 감히 거절할 수가 없어서 엉거주춤하게 다가와서 공손하게 술을 따랐다.

전흠은 그가 따른 술을 단숨에 들이켜더니 그의 어깨를 두드렸다.

"그래, 요새 잘하고 있다며? 계속 정진해라."

전흠은 단순히 격려하기 위한 말이었을 테지만, 손풍에게는 그것도 자신을 놀리는 말처럼 생각되었다.

더구나 그때 누산산이 얄밉게 웃으며 끼어들었다.

"종남파의 막내 제자께서 요즘 무공 수련에 열심인가 보죠?"

전흠은 천봉선자들 중에서도 가장 취향에 맞는 여자가 자신에게 말을 걸자 옳다구나 하고 재빨리 고개를 끄덕였다.

"그렇소. 늦은 나이에 본 파에 입문했으나, 포기하지 않고 노력하는 모습이 가상하여 관심을 가지고 지켜보고 있소."

"전 소협은 과연 자상하시군요."

전흠의 입꼬리가 절로 실룩거렸다.

"그야 문파의 어른으로 당연한 일 아니겠소?"

"당연한 일을 제대로 하는 것도 쉬운 일은 아니지요."

누산산이 자신을 치켜세우자 전흠은 금시라도 함박웃음을 터뜨릴 듯한 얼굴이었다. 누산산은 자연스럽게 술잔을 앞으로 내밀었다.

"저도 종남파 제자의 잔을 받을 수 있을까요?"

전흠은 주저 없이 술병을 잡아 들었다.

"이를 말이오? 소저께 한 잔 따라 드리겠소."

누산산은 예쁘게 웃으며 턱으로 손풍을 가리켰다.

"이왕이면 열심히 노력한다는 막내 제자의 잔을 받고 싶군요."

전흠은 웃으며 손풍에게 술병을 내밀었다.

"알겠소. 누 소저께 한 잔 따라 드리도록 해라."

손풍은 어쩔 수 없이 누산산의 잔에 술을 따랐다. 옆에서 전흠이 눈도 깜박이지 않고 쳐다보고 있는지라 건성으로 따를 수도 없어서 두 손으로 공손히 따르자 누산산이 하얀 이를 드러내며 웃었다.

"예의범절이 몸에 박인 제자로군요."

손풍의 얼굴이 일그러졌으나, 누산산은 못 본 척하고 맛있게 술을 한 잔 마신 다음 손풍이 내려놓은 술병을 집어 들었다.

"한 잔 받았으니 돌려주는 게 강호의 예의죠. 이번에는 제가 한 잔 따라 드릴게요."

손풍은 자신이 잘못 들었나 싶어 그녀를 멀거니 쳐다보다가, 그녀가 여전히 술병을 든 채 자신을 보고 있자 엉겁결에 술잔을 내밀었다.

'이 계집이 갑자기 돌았나?'

아니나 다를까? 금시라도 손풍의 잔에 술을 따를 듯하던 누산산이 갑자기 몸을 돌리며 전흠의 앞에 놓인 술잔을 향해 술병을 내밀었다.

"찬물도 위아래가 있는데, 전 소협이 받으셔야죠."

전흠은 입을 함지박만 하게 벌리며 그녀의 잔을 받아 단숨에 들이켰다.

"캬! 역시 좋은 술이오. 누구와 대작하느냐에 따라 술맛이 달라진다는 말을 믿지 않았는데, 오늘에서야 그 말이 사실임을 알겠구려."
"역시 전 소협은 풍류를 아시는군요."
두 남녀가 시시덕거리며 웃고 있는 광경을 보는 손풍의 얼굴은 보기에 애처로울 정도로 붉으락푸르락해졌다. 때마침 동중산이 그를 부르지 않았다면 손풍은 거기서 무슨 엉뚱한 짓을 했을지도 몰랐다.
"손 사제, 잠깐 나 좀 도와주게."
동중산의 말에 손풍은 말없이 전흠을 향해 고개를 숙이고는 몸을 돌려 성큼성큼 걸어갔다. 그의 뒷등을 본 누산산은 예상과 다른 그의 침착한 모습에 고개를 갸웃거렸다.
'저 못된 망아지 같은 놈이 그새 종남파 물을 단단히 먹었나 보구나. 이 정도 놀렸으면 약이 올라서라도 험한 말 한 마디는 할 줄 알았더니…….'
하나 앞만 보고 걷고 있는 손풍의 눈이 이글이글 불타오르고 있는 것은 그녀도 알지 못했을 것이다. 피가 나도록 입술을 깨문 손풍이 다가오자, 동중산은 그의 어깨를 가만히 두들겼다.
"잘 참았네. 오늘은 우리가 주인의 신분임을 잊지 말게."
손풍은 연회장을 나온 다음에야 비로소 허공을 향해 주먹을 휘둘렀다.
시뻘겋게 상기된 얼굴로 미친 사람처럼 마구 주먹을 휘두르고 발길질을 해 대는 손풍을 가만히 지켜보고 있던 동중산이 한숨을 내쉬었다.
'좀 차분해졌나 했더니, 그런 것도 아닌 것 같군. 하긴…… 저

성질에 지금까지 참은 게 용한 거지.'

손풍은 한참이나 허공을 향해 화풀이를 하고는 그제야 아무 일도 없었다는 듯 동중산을 돌아보았다.

"시킬 일이 뭐요?"

동중산은 금시라도 터질 듯하던 손풍의 얼굴이 정상으로 돌아온 것을 보고는 그의 표정을 유심히 살펴보았다.

"화는 모두 풀렸나?"

"누구에게 화를 낸단 말이오? 장내에는 모두 윗분들만 계시고, 그 계집은 나보다 훨씬 고수인데."

동중산은 아무렇지도 않게 말하는 손풍이 신기한지 그의 얼굴을 물끄러미 쳐다보았다.

"뭘 그렇게 보고 있는 거요?"

"아닐세. 이제는 자네도 사람을 가려 가며 상대할 줄 아는 것 같아서 말일세. 별실 담당지기에게 말해서 후원의 내실에 있는 큰 방 두 개를 깨끗이 치워 두라고 하게. 조금 후에 연회가 끝나면 장문인께서 쓰실 것이네."

"동 사형은?"

"나는 주방 쪽에 가서 음식을 조금 더 주문해야 할 것 같네."

"그런 일을 동 사형이 직접 한단 말이오?"

"그럼 누구에게 시키나?"

그러고 보니 연회장에서 가장 서열이 낮은 사람들은 그들뿐이었다. 그렇다고 아직 어린 유소응에게 일을 시킬 수도 없지 않은가?

손풍은 고개를 절레절레 흔들더니 양팔을 휘적거리며 걸어갔다.
"주방에도 내가 갔다 올 테니까 그냥 여기 있으시오. 명색이 종남파의 대사형이란 사람이 그런 자잘한 일까지 해서야 되겠소?"
후원 쪽으로 가는 손풍의 뒷모습을 보고 있던 동중산은 희미하게 웃고 말았다.
"확실히 십이경맥을 타통한 효과가 나타나는 것 같군. 다른 건 몰라도 정신적으로는 성장한 게 분명하니 말이야."

연회는 별탈이 없이 무사히 끝이 났다.
그리고 진산월은 자리를 옮겨 단봉공주와 마주하게 되었다. 그녀가 독대를 원해서, 두 사람은 동중산이 마련한 후원의 방으로 향했다.
제법 넓은 방에 둥근 다탁(茶卓)이 있었고, 그 다탁을 사이에 두고 두 사람이 서로 마주 본 채 앉았다. 이번에는 그들 외에 누구도 배석하지 않았다. 늘 단봉공주의 옆을 지키고 있던 태모모도 보이지 않았다.
방 안에 두 명의 남녀만이 자리하게 되니 약간은 어색하고 경직된 분위기가 흐를 법도 하건만, 그들은 전혀 그런 내색을 보이지 않았다.
진산월은 담담한 눈으로 단봉공주를 바라보았다.
처음 소림사의 선실에서 만났을 때처럼 그녀는 여전히 붉은색 봉황 무늬가 새겨진 궁장을 입고 있었고, 눈 아래로 붉은빛 망사를 쓰고 있었다. 그녀의 눈빛은 참으로 영롱해서 도저히 사람의 눈에서 흘러나오는 것 같지 않았다.

진산월은 그녀를 여러 번 만났으나, 이토록 가까운 거리에서 단둘이 있게 되자 잠시 기이한 상념에 빠져들었다.

한때는 그녀에게서 매혹을 느낀 적도 있었고, 말로 표현하기 힘든 모욕감과 치욕을 경험한 적도 있었다. 때로는 화가 나기도 하고, 때로는 숱한 의문에 휩싸인 적도 있었다.

이제 그녀를 지척에서 마주하게 되자, 진산월은 새삼 그녀가 속을 알 수 없는 깊은 수렁 같은 여인이라는 것을 절감할 수 있었다.

더할 수 없이 맑고 영롱하게 빛나는 두 눈 속에 무슨 생각이 담겨 있는지 전혀 짐작도 되지 않았다. 그녀의 눈은 대체 무엇을 보고 있는 것일까?

그녀도 또한 진산월을 보고 있었다.

사 년 전에 처음 만났을 때만 해도 커다란 체구답지 않게 부드럽고 다소 어수룩해 보이는 젊은 청년이었는데, 이제 그때의 모습은 찾아보기 힘들었다. 불과 사 년 만에 한 사람이 이렇게 바뀔 수 있다는 것은 눈으로 보기 전에는 믿기 힘든 일이었다.

특히 자신을 향한 담담한 눈빛은 정말 깊고 묵직해서 기이한 현기(玄機)조차 느낄 수 있을 정도였다.

태도는 장중한 가운데 비범함이 엿보였고, 내뱉는 말 속에는 강한 자신감을 동반한 여유가 배어 있었으며, 전신에서 흐르는 분위기는 고적한 가운데 사람의 마음을 끌어당기는 묘한 매력이 느껴졌다.

그리고 그때 비로소 그녀는 진산월이 자신의 예상보다 훨씬 더 성장한 것임을 깨닫게 되었다. 이제는 적어도 주위의 말이나 행동에 쉽게 흔들리지 않는 거목(巨木)과도 같은 존재가 되어 버린 것이다.

먼저 말문을 연 것은 진산월이었다.

"연회는 잘 즐기셨소?"

단봉공주는 짤막하게 대답했다.

"좋았어요."

하나 그녀의 말과는 달리 진산월은 그녀가 연회를 그리 즐기지 않았다는 것을 알고 있었다. 음식도 거의 먹지 않았고, 술은 아예 입에도 대지 않았다. 심지어는 쓰고 있는 면사도 벗지 않았다. 그러고 보니, 예전 소림사의 선원에서 있었던 작은 연회에서도 그녀가 음식을 먹거나 면사를 벗는 장면을 본 적이 없었다.

"내가 가려 했는데 공주께서 이쪽으로 오신다고 해서 조금 의외였소. 어려운 걸음을 해 주셨소."

"생각해 보니 매번 진 장문인께서 오셨던 것 같아서 한 번쯤은 내가 찾아오는 게 순리일 것 같았어요. 우선 오늘의 비무에서 승리하신 것을 축하드려요."

"운이 좋았소."

"천수나타는 단순히 운이 좋은 것만으로 쓰러뜨릴 수 있는 상대가 아니었어요."

단봉공주는 진산월이 겸양하는 것으로 생각하는 모양이었으나, 진산월은 진심이었다.

"아니, 정말 운이 좋았소."

그렇다. 진산월은 자신이 정말 운이 좋았다고 생각했다.

천수나타가 비무 날짜를 하루만 앞당겨 잡았어도, 때마침 스스로 찾아와 속문으로 들어온 육천기가 비무 전날 억지로 천절뢰의 기법을 알려 주지 않았어도, 그리고 그날 밤에 정체 모를 청의 중년인이 자신을 찾아오지만 않았어도 이번의 비무 결과는 판이하게 달라졌을 것이다. 그 모든 일 중 한 가지만 부족했어도 진산월은 어쩌면 패하거나 동사(同死)를 면치 못했을 것이다.

그런 면에서 그는 확실히 운이 좋았다. 하나 그 운도 그 자신이 받아들일 준비가 되어 있기에 가능한 것이었다.

그는 자신이 암기 무공에 취약하다는 것을 알고 짧은 이틀의 시간 동안에 일파의 장문인 신분임에도 기꺼이 다른 사람에게 조언을 구했고, 그 조언을 다각도로 분석하여 현실에서 쓸 수 있는 최적의 대응방안을 찾아냈다.

천절뢰의 기본인 취선호는 태을신공을 바탕으로 펼쳐지는 무공이었다. 진산월은 이미 태을신공을 십이성 완성한 상태였기에 육천기에게서 천절뢰의 구결을 듣는 것만으로도 어렵지 않게 천절뢰를 펼칠 수 있었다.

뿐만 아니라 그는 지난 몇 달 동안 하루도 빠지지 않고 철혈홍안이 보여 준 열두 걸음을 연마해 왔다. 그래서 청의 중년인이 남긴 여섯 걸음을 보자마자 바로 몸에 적응시킬 수 있었던 것이다.

운이란 언제나 예고도 없이 찾아오는 것이지만, 그것을 받아들이는 사람에 따라 그 운은 잠깐 스쳐 지나가는 작은 행운일 수도 있고, 일생에 몇 번 보기 힘든 대운(大運)일 수도 있다.

진산월은 자신에게 찾아온 운을 스스로의 힘으로 극대화시켜 일생일대의 어려운 싸움을 극적인 승리로 이끌어 내었다.

운은 삶에 있어 중요한 요소이기는 하지만, 그것만으로는 아무것도 이루어지지 않는다. 운을 살릴 수 있는 행동력과 그것을 뒷받침하는 능력이 있어야 비로소 그 가치를 온전히 발휘할 수 있는 것이다.

단봉공주는 오늘의 승리가 운이 좋았을 뿐이라는 진산월의 말에 굳이 토를 달고 싶지 않았는지 이내 화제를 돌렸다.

"내가 진 장문인을 만나려고 한 건 진 장문인께 드릴 말씀이 있기 때문이에요."

"경청하겠소."

단봉공주의 음성은 나직하면서도 조용했다. 흡사 옆에서 소곤거리는 듯한 음성이었다. 그럼에도 너무도 선명하게 들렸다. 그래서 그녀의 음성을 듣고 있으면 자꾸만 듣고 싶어지는 묘한 충동이 일어나는 것이다.

"진 장문인은 그동안 본 궁의 행사에 몇 가지 의문을 가지거나 불만을 느끼신 적이 있을 거예요. 하지만 그 속에는 그럴 만한 사정이 있었어요. 이제는 진 장문인도 그 사정을 아셔야 할 것 같아서 그걸 말씀드리려고 해요."

진산월은 별다른 반응 없이 담담한 모습으로 앉아 있었으나, 머릿속에는 많은 생각들이 스치고 지나갔다. 그녀의 말대로, 천봉궁의 행사에 진산월은 약간의 의혹을 느끼고 있었다. 그중에서도 천룡궤 때문에 벌어진 몇 가지 일들에 대해서는 적지 않은 의문을 가지고 있었다.

노군묘에서의 일은 특히 그러했다. 사 년 만에 그녀는 불쑥 만남을 청했고, 찾아온 진산월에게 천룡궤의 행적을 물었다. 그러고는 그 대답을 듣자 그날 밤에 연락도 없이 훌쩍 떠나고 말았다. 나중에는 금교교를 통해 천룡궤와 봉황금시를 지닌 사람이 한자리에 있어서는 안 된다는 다소 이해가 가지 않는 말을 전하기도 했다.

그리고 이제는 그 속사정을 알아야 한다며 자신이 먼저 찾아와 이야기를 꺼내려 하고 있었다.

그녀도 청의 중년인처럼 때를 기다리고 있었던 것일까?

그렇다면 그들이 생각하는 때는 과연 무엇을 가리키는 것일까?

상황이 바뀌었다는 의미일까? 아니면 진산월이 이제 그 이야기를 들을 자격이 생겼다는 말일까?

어찌 되었건 진산월로서는 씁쓸함을 느끼지 않을 수 없었다.

그의 의중이야 어떻든, 단봉공주는 특유의 음성으로 속삭이듯 말했다.

"진 장문인이 구궁보에 전해 준 천룡궤에는 사실 커다란 비밀이 담겨 있어요. 그 비밀이 너무 막중해서 본의 아니게 진 장문인에게 몇 가지 사실을 숨겼지만, 이제는 진 장문인도 그에 대한 비밀을 아셔야 할 때가 되었어요."

천룡궤에 얽힌 비밀. 진산월은 물론 궁금했다. 하나 그보다는 그녀가 왜 하필이면 이 순간에 그런 말을 꺼내는지가 더욱 궁금했다.

하나 진산월은 아무것도 묻지 않고 묵묵히 그녀의 말에 귀를 기울이고 있었다.

"천룡궤는 진 장문인도 알고 있겠지만 원래 천룡객 석동의 물건이었어요. 석동은 철혈홍안과 결혼하면서 결혼예물로 천룡궤를 그녀에게 주었지요. 철혈홍안은 천룡궤가 수화불침(水火不侵)의 기보임을 알고 그 안에 자기 가문의 가장 중요한 무공비급을 넣어 보관했어요."

그녀의 말은 진산월이 알고 있는 사실과는 조금 달랐다.

진산월은 천룡궤 안의 물건이 석동이 아끼는 무공비급이라고 들었다. 그에게 그 말을 해 준 사람은 낙양에서 사귄 손검당이었으며, 손검당은 천룡궤에 얽힌 석동과 철혈홍안, 백모란의 사연에 대해 말해 주었다.

그런데 지금 단봉공주는 석동의 무공비급이라고 알고 있던 것이 사실은 철혈홍안 집안의 가보라고 말하고 있는 것이다.

무공의 원주인이 누구든 천룡궤 안에 절세의 무공비급이 있었던 것은 사실인 모양이었다. 그리고 모용봉은 그 비급이 조각상의 형태로 보관되어 있으며, 그것을 취와미인상이라 부른다고 말해 준 적이 있었다.

"전에 모용 공자는 천룡궤 안에 취와미인상이 있다고 했는데, 그럼 취와미인상이 원래 철혈홍안의 물건이었다는 말이오?"

"엄밀히 말하면 철혈홍안의 오빠의 물건이었어요. 그가 조씨 집안의 적장자였으니 말이에요. 철혈홍안은 그를 대신해 잠시 물건을 맡고 있었을 뿐이에요."

진산월은 뜻밖의 말에 약간의 당혹감을 느꼈다.

"철혈홍안에게 오빠가 있었단 말이오?"

단봉공주의 별빛 같은 시선이 그의 눈에 고정되었다.

"진 장문인은 혹시 조익현(趙益玄)이라는 사람에 대해 들어 본 적이 있나요?"

진산월은 고개를 저었다.

"처음 듣는 이름이오. 그가 철혈홍안의 오빠요?"

"그래요."

"그렇다면 철혈홍안은 자기 가문의 가보를 오빠의 허락도 받지 않고 석동에게 주었다는 말이오?"

"철혈홍안으로서는 어쩔 수 없었을 거예요. 그녀로서는 그것이 석동의 마음을 되돌리기 위한 마지막 선택이었으니까."

단봉공주는 그 안에 숨은 사정을 말해 주었다.

원래 철혈홍안과 석동의 금슬은 처음에는 제법 좋은 편이었다. 하나 석동이 아내와 함께 있는 것보다는 무공을 익히는 것에 좀 더 많은 시간을 투자하면서 두 사람 사이는 조금씩 벌어지기 시작했다.

그러다 그들 사이를 결정적으로 벌어지게 한 일이 일어났다.

석동에게 또 다른 여인이 생긴 것이다. 그녀는 다름 아닌 백모란이었다.

백모란은 낙양 제일의 미인으로 예전부터 이름이 높았고, 그녀를 직접 본 대부분의 사람들은 그녀를 당대 제일의 미인이라고 인정했다. 심지어는 고금 제일의 미녀라고 떠드는 자들도 적지 않았다.

석동은 백모란을 처음 본 순간부터 그녀에게 빠져들었고, 백모란 또한 사내다운 매력과 열정을 지닌 그의 접근을 싫어하지 않았다.

아마 석동이 결혼한 상태가 아니었다면 두 남녀는 너무도 잘 어울리는 한 쌍이 되었을 것이다. 하나 석동에게는 이미 철혈홍안이라는 아내가 있었다.

철혈홍안이 두 사람에 대한 이상야릇한 소문을 들었을 때는 이미 두 사람의 사이가 상당히 가까워진 후였다. 철혈홍안으로서는 참으로 어이없는 일이 아닐 수 없었다. 신혼 때를 제외하고는 무공 수련에 미쳐 자신을 등한시하더니, 이제는 다른 여자에게 빠져 자신을 멀리하고 있는 것이다.

철혈홍안은 남편의 마음을 돌리기 위해 백방의 노력을 기울였으나, 모두 실패하자 마침내 자신이 보관하고 있던 가문의 비보를 꺼내 들 수밖에 없었다.

그 비보는 하나의 신공비급과 세 개의 미인상이었는데, 그것은 모두 그녀의 오빠가 무공 수련을 떠나면서 그녀에게 맡긴 것이었다. 세 개의 미인상 중 하나는 그녀의 오빠가 소지하고 있고, 그녀에게는 두 개의 미인상이 남겨져 있었다.

그녀는 그에게 신공비급과 미인상 하나를 건네주었다. 아니나 다를까? 수준 높은 무공에 대한 갈망에 빠져 있던 석동은 뛸 듯이 기뻐하며 신공비급과 미인상을 연구하기 시작했다. 덕분에 그녀의 의도대로 백모란과는 멀어지게 되었으나, 단지 그것뿐이었다.

석동은 미인상을 연구할수록 그 속에 담긴 무학의 대단함을 깨닫고 미친 듯이 무공 수련에 매진했다. 그리고 그때 비로소 철혈홍안은 자신의 실수를 깨달았다.

신공비급은 몰라도 미인상은 절대로 석동에게 보여 주어서는 안 되는 것이었다. 그 미인상에 담긴 무학은 너무도 심오막측한 것이라, 결코 일조일석에 완성될 수 있는 것이 아니었다. 제아무리 무공에 천부적인 재질을 지니고 있는 석동이라 해도 마찬가지였다.

심지어 자타가 공인하는 절대의 기재였던 철혈홍안의 오빠조차 하나의 미인상에 빠져 그녀에게 가보를 맡기고는 심산유곡에 칩거하는 신세가 되지 않았는가?

하나 그녀의 후회는 너무 늦은 것이었다.

미인상을 얻은 후, 석동은 하루 종일 그에 대한 탐구에만 온 신경을 집중시켰다. 침식도 거를 정도라 그녀가 몇 번 타박을 했더니, 나중에는 아예 작은 밀실에 처박혀 아무도 출입하지 못하게 했다.

자연히 그녀의 가정생활은 엉망이 되었고, 석가장의 안위마저 흔들리게 되었다.

그리고 얼마 후에 더욱 큰 일이 벌어졌다.

무공 수련을 떠났던 철혈홍안의 오빠가 돌아온 것이다. 조익현은 자신이 애지중지하는 미인상 중 하나가 석동에게 돌아갔음을 알고 크게 분노하여 굳게 잠겨진 밀실 문을 박살 내고 안으로 뛰어들어 갔다.

그곳에서 두 사람은 맹렬한 싸움을 벌였다. 싸움의 여파가 어찌나 강력했던지 밀실은 물론이고 밀실이 있던 석가장의 후원 전체가 파괴될 정도였다.

그 싸움의 결과, 승자는 아무도 없었고 온통 패자들뿐이었다.

조익현과 석동은 양패구상하여 모두 단기간 내에는 완치될 수 없는 커다란 부상을 입었고, 철혈홍안은 남편과 오빠 모두에게 버림받는 신세가 되고 말았다. 세 사람은 서로를 믿지 못한 채 철천지원수가 되어 버린 것이다.

이에 크게 분노한 철혈홍안은 조익현과 석동에게 낙양의 십 리 이내로 들어오지 못하게 했다. 만약 두 사람이 이를 어기면 마지막 취와미인상이 담긴 천룡궤를 파괴해 버리겠다고 공언한 것이다. 그녀가 일단 입 밖으로 내뱉은 말은 절대로 지키는 성격임을 알고 있던 두 사람은 훗날을 기약하며 낙양을 떠날 수밖에 없었다.

진산월은 예상치 못했던 전개에 여러 가지 의문이 솟구치는 것을 느꼈다.

"두 사람은 정말 그 뒤로 낙양에 오지 못했소?"

단봉공주는 고개를 끄덕였다.

"내가 알기로는 지금까지 그들 중 누구도 낙양 근처에 접근한 적이 없어요."

"취와미인상이 그토록 대단한 보물이라면 나머지 하나를 얻기 위해서라도 그녀를 설득해 볼 수 있지 않소?"

"그건 진 장문인이 철혈홍안이 어떤 여인인지 몰라서 그래요.

그녀의 이름에 '철혈'이란 글자가 들어간 것이 단순히 그녀가 냉철한 수단을 지녔기 때문만은 아니에요. 그녀는 정말 칼날 같은 성격이어서, 일단 그녀의 눈 밖에 벗어난 사람은 누구도 용서하지 않았어요. 과거에 석동도 그녀의 그런 성격에 질려서 그녀를 멀리하게 되었던 거예요."

"그들이 낙양 근처로 오면 정말 그녀가 천룡궤를 파괴했을 거란 말이오?"

"그들 두 사람은 그렇게 확신하고 있어요. 그녀를 아는 사람이라면 누구든 그 점을 의심하지 않았을 거예요."

진산월은 잠시 자신이 만났던 철혈홍안을 떠올려 보았다. 그녀에 대한 첫인상은 지극히 차갑고 냉정하다는 것이었다. 극도로 가라앉은 무심한 그녀의 눈은 보고 있는 것만으로도 간담이 서늘할 정도였다.

하나 막상 그녀와 몇 마디의 대화를 나눈 후, 그녀에 대한 인상은 조금 달라져 있었다. 단순히 차갑고 냉정하기만 한 것이 아니라 마음 깊숙한 곳에 뜨거운 무언가를 지닌 여인 같다는 느낌을 받았던 것이다.

그것이 열정인지, 원한인지, 아니면 다른 무엇인지는 진산월도 알 수가 없었다. 다만 짧은 동안의 만남이었으나, 지금까지도 그녀의 얼굴이 선명하게 기억될 정도로 그의 뇌리에 강렬한 인상을 심어 준 만남이었다는 사실만 남아 있을 뿐이었다.

잠시 생각에 잠겼던 진산월은 다시 궁금한 것을 물어보았다.

"그들 두 사람은 그 후에 어떻게 되었소?"

"어떻게 되었을 것 같은가요?"

단봉공주의 반문에 진산월은 별로 깊게 고민해 보지도 않고 대답했다.

"그들의 이름이 강호에 거의 알려지지 않은 것으로 보아 아직도 어딘가에서 미인상의 절학을 수련하고 있거나, 상대의 미인상을 얻기 위해 서로 싸우다 치명적인 상처를 입어 그 후유증으로 이미 한 줌의 백골이 되어 있을지 모르겠구려."

단봉공주의 눈이 순간적으로 가늘어졌다. 아마 입술에 엷은 미소가 떠올랐을지도 몰랐다.

"재미있는 추측이군요. 진 장문인의 추측은 절반쯤은 맞았어요. 그들은 계속 싸움을 벌였죠. 장장 백 년에 이르도록 말이에요."

"정말 그들이 백 년이나 싸움을 계속했단 말이오?"

"그래요. 처음에 그들은 십 년을 주기로 싸움을 했으나, 승부를 가르지 못하자 나중에는 제자들을 보내 싸움을 계속했죠. 사실 지난 백 년간 강호의 역사는, 그들 두 사람이 벌인 격전의 흔적이 남긴 것이라고 보아도 과언이 아닐 거예요."

뜻밖의 말에 진산월은 내심 놀라움을 금할 수 없었다.

강호의 역사가 그들의 싸움의 흔적이라니…… 이건 너무도 광오한 말이 아닐 수 없었다.

이름조차 알려지지 않은 두 사람의 싸움이 강호에 그토록 커다란 영향을 끼쳤단 말인가? 그리고 그 흔적이란 과연 어떤 것일까?

그리고 만약 그녀의 말대로라면 어째서 당금 강호에는 그들의 이름조차 제대로 전해지지 않은 것일까?

"제 말이 믿어지지 않는 모양이군요. 진 장문인은 지난 백 년간 강호에서 벌어진 일들 중 가장 큰 일이 무엇이라고 생각하세요?"

그녀의 말에 진산월은 문득 예전에 자신이 이와 비슷한 질문을 해수 모인풍에게 했던 기억이 떠올랐다. 그때 모인풍은 백년삼사에 대해 말해 주었다. 백년삼사란 백 년 내 강호에서 벌어진 세 가지의 커다란 사건으로, 바로 검성현신, 법왕현세, 그리고 신검산화를 가리키는 말이었다.

진산월은 당시 모인풍의 말이 일리가 있다고 생각했으나, 신검산화는 이미 백 년이 넘는 머나먼 과거에 일어난 일이었기에 조금은 다른 의견을 내놓았다.

"아무래도 검성 모용 대협이 등장하신 것과 서장에 야율척이란 존재가 탄생한 일, 그리고 본 파가 구대문파에서 방출된 일 등이 아니겠소?"

모인풍이 말한 백년삼사에서 신검산화 대신 기산취악을 집어넣은 것은 종남파 장문인으로서 당연한 것이기도 했지만, 또한 그 일이 현재에도 진행되고 있는 중요한 사안이기 때문이었다.

기산취악을 바로잡기 위해 종남파는 정말 멀고 험한 길을 걸어서 여기까지 왔다. 이번 무당파 집회에서 어떤 결과를 맞게 될지에 따라 앞으로의 강호의 역사도 그만큼 달라질 것이 분명했다.

단봉공주는 진산월의 의견에 별다른 거부감을 보이지 않았다.

"확실히 진 장문인의 안목은 예리하군요. 저도 그 세 가지 사건이 가장 중요한 일들이라고 생각해요. 모용 대협의 등장은 석동과 밀접한 관계가 있어요. 아실지 몰라도 검성 모용 대협은 석동의 제자예요. 조익현과의 싸움으로 심각한 부상을 입었던 석동이 어린 시절의 모용 대협을 만나 그를 제자로 삼으면서 비로소 검성이 현신하게 된 것이지요."

그것은 진산월도 모용봉에게서 들은 적이 있었다. 그 일은 벌써 오십 년이 훨씬 넘은 까마득히 오래전의 일로, 당시 모용단죽은 홍안의 소년이었다. 모용단죽의 도움으로 기사회생한 석동은 모용단죽에게 몇 가지 무공을 알려 주고 하나의 취와미인상을 건네주었는데, 그것이 바로 전설의 시작인 셈이었다.

석동은 과연 무슨 의도에서 그 귀중한 미인상을 모용단죽에게 주었던 것일까?

진산월의 뇌리에 문득 그들이 제자들로 하여금 싸움을 계속하게 했다는 단봉공주의 말이 떠올랐다.

석동은 모용단죽의 재질이 범상치 않음을 보고 자신의 후계자가 되기에 적합하다고 판단한 것일까? 만약 그렇다면 조익현 또한 다른 누군가를 키우고 있는 게 아닐까?

석동의 제자가 모용단죽이라면, 조익현의 제자는 과연 누구일까?

떠오르는 사람은 한 사람뿐이었다.

그리고 단봉공주의 다음 말은 그의 짐작이 틀리지 않았음을 입증해 주었다.

"조익현도 당시의 싸움으로 치명적인 부상을 입었어요. 오히려 그의 부상은 석동보다 더욱 커서, 그는 석동의 추적을 피해 서장으로 갔어요. 그곳에서 한 명의 사미승(沙彌僧)을 눈여겨보게 되었지요. 그가 바로 아난대활불이에요."

아난대활불!

천룡사의 절대적인 존재이며, 서장 무림의 최고 고수가 아닌가? 야율척이 등장하기 전만 해도 아난대활불은 자타가 인정하는 서장 밀교 사상 최고의 고수였다. 그와 모용단죽이 벌인 세 번의 싸움은 중원은 물론 서장 무림의 역사를 송두리째 바꾸어 놓은 위대한 결투였다.

그런데 지금 단봉공주의 말은 그 격전이 석동과 조익현의 싸움의 연장선에 불과하다는 것을 의미하는 것이었다.

"그럼 아난대활불과 모용 대협의 세 차례에 걸친 격돌은 결국 그들 두 사람의 싸움을 대신한 것에 불과했단 말이오?"

"아마 처음 싸웠을 때까지만 해도 그들은 자세한 내막을 알지 못했을 거예요. 하나 결국 그들은 십 년에 한 번씩 싸우게 되었고, 그것은 석동과 조익현이 싸우던 방식과 같은 것이었어요. 과정이야 어찌 되었건, 결과적으로 그들의 싸움은 석동과 조익현의 투쟁의 연속선에 있었던 거죠."

진산월은 모용단죽이 평생에 걸쳐 이룩한 모든 일들이 단순히 백 년 전 인물들의 투쟁이 다른 형식으로 이어진 것이라는 단봉공주의 말을 선뜻 받아들일 수 없었다. 그러기에는 모용단죽이 강호에 남긴 업적이 너무도 거대하지 않은가?

한 사람의 일생을 그런 식으로 재단한다는 것은 그에게나 그를 믿고 의지했던 많은 강호인들에게 너무도 가혹한 일일 것이다.

하나 단봉공주의 다음 말은 그에 대한 생각을 더 이상 이어지지 않게 했다.

"종남파가 구대문파에서 축출당한 일도 그들과 아주 관계가 없다고 할 수는 없어요."

진산월의 눈빛이 어느 때보다 날카롭게 번뜩거렸다.

"그게 무슨 말씀이오?"

"모용 대협과 아난대활불의 싸움은 미세한 차이로 모용 대협이 계속 승리를 거두었지만, 석동과 조익현은 그 정도로 만족할 수 없었어요. 그들은 좀 더 확실한 승부를 원했죠. 그런데 그때 야율척이란 존재가 나타난 거예요."

진산월은 그녀의 말을 쉽게 이해할 수 없었다. 대체 야율척이 기산취악과 어떤 관계가 있단 말인가?

그 의문을 풀기 위해 진산월은 단봉공주의 말에 귀를 기울이지 않을 수 없었다.

"석동은 처음 야율척을 보고 큰 충격을 받았다고 해요. 아난대활불은 모용 대협이 상대하고 조익현은 자신이 감당한다고 해도, 야율척을 막을 자는 없다는 것을 깨달은 거지요. 그만큼 야율척의 등장은 파격적인 것이었어요."

석동 같은 인물이 충격을 받을 정도라면 대체 야율척의 재질이 얼마나 뛰어난 것인지 진산월은 상상도 가지 않았다.

"석동은 야율척을 상대할 자를 찾기 위해 오랜 칩거를 깨고 다시 강호로 돌아왔어요. 그는 인재를 찾기 위해 천하를 뒤지고 다녔는데, 그것을 철혈홍안이 알게 되었어요."

철혈홍안은 석동에게 깊은 사랑과 증오를 동시에 가지고 있었다. 그를 사랑하기에 귀중한 무공비급을 그에게 내놓았고, 결국 그 때문에 그와 친인을 모두 잃게 되었다.

석동에 대한 그녀의 집착은 점차 사랑에서 원망으로 넘어갔고, 시일이 흐를수록 그 감정은 더욱 깊어져 증오로 변해 버렸다. 수십 년의 세월 동안 그녀는 석동의 행방을 찾지 못해 마음속으로만 그에 대한 증오를 키워 오고 있었는데, 마침내 그의 행방을 알게 되자 깊숙이 억눌렀던 원한의 불길이 화산처럼 터져 버렸다.

그녀는 석동을 유인하기 위해 한 가지 계획을 준비했다. 그것이 무림을 송두리째 뒤흔드는 엄청난 사건의 시작이 될 줄은 아무도 예상치 못했다.

"석동은 무림을 샅샅이 뒤지고 다녔지만 좀처럼 마음에 드는 인재를 발견할 수 없었어요. 그러다 마침 소림사에서 구대문파의 회합이 벌어진다는 소문을 듣게 되었어요. 석동은 지푸라기라도 잡는 심정으로 소림사로 향했어요. 구대문파의 제자들이라면 하나같이 당금 무림에서 가장 뛰어난 기재들일 테니, 그들 중 자신의 눈에 들어오는 인재가 있을지도 모른다는 실낱 같은 희망 때문이었죠."

단봉공주가 기산취악이 벌어졌던 이십여 년 전의 소림사 집회를 언급하자, 진산월은 눈도 깜박이지 않고 그녀의 말에 온 신경을 집중시켰다.

단봉공주는 낮게 가라앉은 음성으로 속삭이듯 말을 이었다.

"그리고 그것이 석동이 무림에 모습을 드러낸 마지막 순간이었어요. 그 후로 석동의 존재는 두 번 다시 나타나지 않았어요. 그의 행방은 물론 생사(生死)조차 확인되지 않았죠."

진산월은 그녀의 말이 선뜻 이해가 되지 않았다.

"석동이 소림사의 집회에 참석했다가 실종되었다는 말이오?"

"보다 정확히 말하자면 소림사 인근에서 잠깐 모습을 보인 이후로 아무도 그를 본 사람이 없다고 하는 것이 옳겠죠."

"공주께서는 그것이 철혈홍안 때문이라고 생각하는 거요?"

"당시 소림사에서 열리는 집회의 배후에 철혈홍안이 있었다는 것이 단순히 추측만은 아니에요. 좀처럼 낙양을 벗어난 적이 없던 철혈홍안이 소림사가 있는 등봉현에 나타난 것을 목격한 사람이 적지 않거든요. 철혈홍안이 석동을 유인하기 위해 소림사에서 구대문파의 집회를 열게 했을 거라는 건 저의 짐작이지만, 그 이후 석동이 실종되고 종남파가 구대문파에서 축출된 것은 결과로 드러난 분명한 사실이에요."

진산월은 그녀의 말에 일리가 있음을 인정하지 않을 수 없었다.

실제로 몇 달 전에 소림사에서 만났던 대방 선사는 당시 기산취악을 주도했던 무당파 장문인의 배후에 한 여인이 있을지 모른다는 의혹을 제기하기도 했다. 단봉공주의 말대로라면 그 여인이 철혈홍안임은 의심의 여지가 없어 보였다.

그렇다면 그녀는 대체 왜 종남파를 구대문파에서 쫓아내려고 한 것일까?

그것은 단지 석동을 소림사로 유인하기 위해 구파회합을 열려는 수단에 지나지 않았을까? 아니면 그가 미처 모르는 또 다른 이유가 있는 것일까?

여러 가지 복잡한 상념들이 떠올랐지만, 진산월은 한 가지씩 해결하자고 생각했다. 일단 과거 기산취악을 주도한 인물은 당시의 무당파 장문인이 분명했고, 그의 배후에는 철혈홍안이 있을 확률이 높았다. 그것의 사실 여부와 진정한 내막은 자신이 무당파로 가서 직접 밝혀내면 되는 것이다.

단봉공주는 생각에 잠겨 있는 그를 가만히 응시하고 있다가 다시 입을 열었다.

"제가 굳이 오늘 진 장문인을 만나려고 했던 것은 진 장문인께서 적어도 무당파로 들어가기 전에 이 사실을 알고 계셔야 한다고 생각했기 때문이에요."

그녀는 왜 그전에는 이 사실을 말해 주지 않았을까? 아마도 진산월이 그 사실을 알아도 그것을 밝혀낼 능력이 없다고 판단했기 때문이 아니었을까?

진산월은 문득 떠오르는 의문이 있어 그녀에게 물었다.

"석가장주가 나로 하여금 천룡궤를 구궁보로 운반하게 한 것은 결국 철혈홍안이 지시한 일이겠구료?"

"그래요. 그녀가 승낙하지 않았다면 누구도 그녀의 품에서 천룡궤를 꺼내 올 수 없어요."

"그렇다면 철혈홍안이 이제 와서 나에게 천룡궤를 모용 대협에게 전하라고 한 이유가 무엇이라고 생각하시오?"

자신이 은밀히 사주하여 몰락시킨 종남파의 젊은 장문인에게 굳이 그런 일을 맡긴 철혈홍안의 의도는 납득하기 어려운 것이었다.

단봉공주는 그에 대한 나름대로의 해석을 들려주었다.

"둘 중 하나라고 생각해요. 그녀는 소림사의 집회에서 석동을 사로잡으려다 실패하여 아직까지도 그의 행방을 찾고 있을 가능성이 있어요. 그래서 마지막 수단으로 천룡궤를 석동의 제자인 모용 대협에게 전해 주어 그가 등장하기를 기다린 거지요. 천룡궤가 모용 대협에게 있다는 것이 알려지면 반드시 석동이 나타날 테니까."

"그렇다 해도 그 일을 굳이 나에게 맡길 필요는 없지 않소?"

"진 장문인이라면 천룡궤를 무사히 구궁보까지 운반할 능력이 있다고 판단한 것이겠지요. 아시다시피 천룡궤는 노리는 자들이 적지 않으니, 아무에게나 그런 중요한 물건을 맡길 수는 없지 않겠어요?"

"다른 한 가지는 뭐요?"

"석동이 당시에 그녀에게 사로잡혀 있다가 최근에 목숨을 잃었거나, 그렇지 않더라도 그녀가 석동에게서 완전히 마음이 떠났을 가능성도 있지요. 그럴 경우 그녀는 천룡궤를 원주인인 자신의 오빠에게 보내 그와 화해하려 하겠지요. 두 사람 사이가 멀어진 것은 순전히 천룡궤 때문이었으니까 말이에요."

"오빠에게 준다면서 왜 구궁보로 가져가게 한 거요?"

단봉공주의 영롱한 시선이 진산월의 두 눈을 빤히 응시했다.

"그건 진 장문인도 짐작하고 있을 거예요."

그렇다.

그녀의 두 번째 의견을 들은 순간, 진산월은 자신이 만났던 가짜 모용단죽이 혹시 철혈홍안의 오빠인 조익현이 아닐까 하는 의심이 들었던 것이다.

모용단죽 같은 인물을 제압하고 그로 변장할 수 있을 정도의 능력을 가진 사람은 석동과 조익현뿐이다. 석동이라면 굳이 제자로 변장하지 않아도 그의 곁에 머무를 방법이 있을 테니, 결국 가장 의심이 가는 인물은 조익현이었다.

그렇다면 두 번째 의견이 옳은 것일까?

하나 진산월은 왠지 그렇게 쉽게 판단 내릴 수 없다는 생각이 들었다.

자신이 무사히 천룡궤를 전달할 능력이 있기에 일을 맡겼을 거라는 단봉공주의 말과는 달리 석가장의 후원에서 만났던 철혈홍안은 마치 자신의 일이 실패하거나 몹시 어렵게 진행될 거라는 걸 알고 있는 듯한 모습이었다.

그녀는 혹시 자신이 실패하기를 기대한 것은 아니었을까? 그렇다면 실패할 줄 알면서 그 일을 자신에게 맡긴 이유는 무엇이었을까?

진산월은 그 안에 자신이 아직 알지 못하는 무언가 전혀 다른 이유가 있을 것 같다는 생각을 했다. 그리고 그 진정한 이유를 알게 되는 순간에야 비로소 천룡궤에 얽힌 모든 비밀이 풀릴 것이라는 예감이 들었다.

단봉공주가 떠나간 뒤에도 진산월은 자신의 숙소에서 한동안 깊은 상념에 잠겨 있었다.

문득 고개를 드니, 언제 들어왔는지 임영옥이 조용한 눈으로 그를 바라보고 있었다.

"아직 자지 않았어?"

"사형의 방에 불이 켜져 있기에 들어와 봤어요."

진산월은 그녀에게 손을 내밀었다. 그녀는 다가와서 그의 손을 잡았다. 체내의 음기 때문에 그녀의 손은 여전히 얼음장처럼 차가웠지만, 진산월은 더할 수 없이 따뜻한 손을 만지는 것처럼 꼬옥 움켜잡았다. 마치 다시는 놓지 않겠다는 듯이.

두 사람은 손을 맞잡은 채 서로의 눈을 가만히 응시했다.

특별한 말은 하지 않았어도 상대의 마음을 속속들이 알 수 있는 그런 눈빛이었다. 한동안 그런 자세로 있다가, 진산월은 담담한 음성으로 단봉공주와 대화한 내용을 말해 주었다.

임영옥은 아무런 대꾸 없이 그의 말을 조용히 듣고만 있었다. 다만 가끔씩 고운 손가락으로 그의 손등을 부드럽게 쓰다듬고 있을 뿐이었다. 차가운 손이었으나, 그녀의 손길이 닿을 때마다 진산월은 말로 표현하기 힘든 따스한 기운이 손을 타고 온몸으로 퍼져가는 듯한 느낌이 들었다.

이야기를 마친 진산월은 나직한 음성으로 물었다.

"어떻게 생각해?"

믿기 힘들 정도로 엄청난 말을 들었음에도 불구하고 임영옥의 표정은 조금도 변하지 않았다. 그녀는 특유의 낮게 가라앉은 차분한 음성으로 말했다.

"과거의 일도 중요하지만, 더욱 중요한 건 미래의 일이에요."

"당연하지."

"내일 우리는 무당파로 갈 거예요. 지금은 그것만 생각하세요."

"사매는?"

임영옥의 아름다운 눈이 그를 향했다.

"내가 뭘요?"

진산월은 한 손을 내밀어 그녀의 삼단 같은 고운 머리를 쓰다듬었다. 그러다 그녀의 머리에 꽂혀 있는 봉황 문양의 금비녀에 손이 닿았다.

"천룡궤를 받은 자가 조익현이라면 반드시 이 봉황금시도 얻으려고 할 거야."

"……!"

"만약 누군가 노리는 자가 있다면 가져가게 놔둬. 이걸 지키기 위해서 굳이 위험을 감수할 필요가 없다는 말이야."

"그렇게 해도 되나요? 천룡궤 안에 절세의 무공비급이 들어 있다면서요?"

"어떤 것이라도 사매보다 중요하지는 않아. 그러니 내 말대로 해. 어쩔 수 없는 상황이면 그냥 줘 버리라고."

임영옥은 그 말을 하는 진산월의 심정을 너무도 잘 알고 있기 때문에 그윽하게 웃어 보였다.

"알겠어요."

진산월은 다짐을 받듯 그녀의 눈을 가만히 들여다보았다.

"정말이지?"

"그럴게요."

그제야 진산월은 그녀를 향해 웃음을 보였다. 단지 살짝 웃는 것에 불과했지만, 그녀는 그 미소의 작은 부분까지도 놓치지 않으려는 듯 눈도 깜박이지 않고 그의 얼굴을 뚫어지게 바라보았다.

"뭘 그렇게 보고 있는 거야?"

"그냥요."

"그냥?"

"사형이 웃는 게 너무 보기 좋아서."

진산월은 말없이 그녀를 꼬옥 안아 주었다. 그의 듬직한 품속에 푹 파묻힌 그녀는 엄마 품에 안긴 한 마리 작은 새처럼 한없이 편안하고 행복해 보였다.

한참을 그러고 있다가 그녀는 속삭이듯 물었다.

"이번에는 될 수 있겠지요?"

그녀가 특정한 것을 지칭하지 않았어도 진산월은 그녀의 말이 무엇을 뜻하는지 너무도 잘 알고 있었다. 그는 묵직하면서도 단호하게 고개를 끄덕였다.

"물론이지. 반드시 될 거야. 내가 그렇게 만들고야 말 거야."

그것은 스스로에게 하는 다짐이었다.

그의 소망, 그녀의 소망, 그리고 모든 종남파 제자들의 간절한 소망!

구대문파로의 복귀를 반드시 이루고야 말겠다는 굳건한 다짐이었다.

다음 날인 오 월 이십구 일.

진산월과 종남파 일행은 드디어 무당산으로 들어서게 되었다. 훗날 '악산대전(嶽山大戰)' 이라 불리며 오랫동안 인구(人口)에 회자(膾炙)되는 거대한 싸움이 그들을 기다리고 있었다.

(군림천하 30권에서 계속)